Singulière

Écrits à Londres en 1884 [...] Henry James qui se déroulent de part et d'autre de l'Atlantique sont autant de regards critiques portés sur la société, les mœurs, les institutions américaines et européennes.

Pandora décrit une jeune Américaine, telle qu'un diplomate allemand, le comte Vogelstein, la perçoit, d'abord pendant la traversée, puis dans les salons chics de Washington. Lorsque, au cours d'une réception, Pandora Day obtient du président des États-Unis que son fiancé soit nommé à un poste diplomatique, Vogelstein se considère informé sur le ressort et la hardiesse de ces jeunes filles « qui se font toutes seules ».

Les Vraies Raisons de Georgina relate l'histoire d'une jeune Américaine qui, ayant épousé en secret un officier de marine, et abandonné en Italie l'enfant né de cette union, se remarie ensuite. De retour d'un long voyage, le premier mari se trouve devant le dilemme de la dénoncer ou d'accepter la bigamie.

Dans *Lady Barberina*, les parents de cette « fleur de l'aristocratie britannique » accordent à contrecœur la main de leur fille au « nouveau riche » américain Jackson Lemon. Lady Barberina dépérit à New York qu'elle juge ennuyeux et vulgaire. Le retour à Londres ravivera son âme mélancolique.

Né en 1843 à New York et issu d'une famille très fortunée d'ascendance irlandaise, Henry James reçut une éducation éclectique et peu conformiste qu'il compléta par de nombreux voyages en Europe, avant de s'établir à Londres où il allait demeurer jusqu'à sa mort en 1916.

Américain de tempérament, Européen d'esprit, il fut toujours tiraillé entre les deux tendances, comme en témoignent nombre de ses romans, nouvelles et pièces de théâtre. On s'accorde pourtant à reconnaître que le sommet de son œuvre tient en trois romans. Les Ambassadeurs (1903), La Coupe d'or (1904), Les Ailes de la colombe (1902).

Henry James

Singulières jeunes filles

nouvelles

TRADUITES DE L'ANGLAIS
PAR PHILIPPE BLANCHARD

Pandora
Les vraies raisons de Georgina
Lady Barberina

Éditions du Seuil

TEXTE INTÉGRAL

EN COUVERTURE : André Brasilier,
L'Après-midi à Loupeigne, 1983
© SPADEM, 1991

Titres originaux des nouvelles de ce recueil :
Pandora, Georgina's Reasons, Lady Barberina

ISBN 2-02-013348-2
(ISBN 2-903947-10-4, 1re publication française)

© Éditions du Seuil, pour la traduction française, septembre 1991

La première édition en langue française de cet ouvrage a été publiée
en 1984 par les éditions de l'Équinoxe

Pandora

1

C'est une vieille coutume des paquebots de la Llyod
d'Allemagne du Nord, qui transportent leurs passagers de
Brême à New York, que de jeter l'ancre quelques heures
dans le joli port de Southampton, où leur chargement
humain s'adjoint un important supplément. Jeune Allemand intelligent, le comte Otto Vogelstein ne savait pas
clairement, il y a quelques années, s'il fallait approuver ou
condamner cette coutume. Il était appuyé au bastingage du
Donau tandis que montaient à bord les passagers américains — la plupart des passagers qui embarquent à Southampton sont de cette nationalité — et, avec une curiosité
mêlée d'indifférence, il les voyait confusément, à travers la
fumée de son cigare, se faire absorber par la cavité
immense du navire, en éprouvant, quant à lui, le sentiment
agréable qu'un nid confortable y était déjà préparé à son
intention. Observer d'en haut les tribulations des derniers
arrivants — les ignorants, les démunis, les désorientés —
n'est pas une occupation sans douceur, et il n'y avait rien
qui pût diminuer la complaisance avec laquelle notre jeune
ami s'y adonnait ; du moins n'y aurait-il rien eu sans une
bienveillance naturelle qui n'avait pas encore été complètement étouffée par le sentiment de son importance officielle. Car le comte Vogelstein était un personnage officiel,
comme vous l'auriez reconnu, je pense, à la droiture de son
dos, à l'éclat de ses lunettes fines et élégantes, à quelque
chose de réservé et de diplomatique dans la courbure de sa

moustache qui donnait l'impression qu'elle pouvait aider
les lèvres à remplir leur fonction principale, qui est — selon
les cyniques — de dissimuler la pensée. Il avait été nommé à
la chancellerie de l'ambassade d'Allemagne à Washington
et, en ce début d'automne, il partait prendre possession de
sa charge. Sérieux, urbain, cérémonieux, raide, cherchant
toujours à en savoir plus, bourré de connaissances et
pénétré de l'idée que, pour l'heure, il n'y avait pas dans le
monde de pays plus évolué que l'Empire allemand, il avait
toutes les qualités requises par sa fonction. Il était cependant tout à fait conscient des prétentions des États-Unis et
de l'immense champ d'investigation que lui offrait cette
portion du globe. Son enquête était déjà lancée, bien qu'il
n'eût jusqu'alors parlé avec aucun de ses compagnons de
voyage. Car Vogelstein ne menait pas son enquête seulement avec la langue : il la menait aussi avec les yeux (du
moins, avec les lunettes), avec les oreilles, avec le nez, avec
le palais, avec tous ses sens et tous ses organes.

   C'était un excellent jeune homme, et son seul défaut
était de ne pas avoir un grand sens de l'humour. Toutefois,
il en avait assez pour soupçonner cette déficience, et il était
conscient de se rendre auprès d'un peuple chez qui cette
qualité était très développée. Ce soupçon suscitait en lui
une certaine méfiance à l'égard des propos qui pouvaient
être tenus sur son compte, et si la circonspection est bien
l'essence de la diplomatie, notre jeune aspirant promettait
beaucoup. Il avait en tête quelques millions de faits, qui
formaient une masse trop compacte pour que la brise
légère de l'imagination pût s'y jouer. Il était pressé de se
présenter à son supérieur à Washington, et il ne pouvait
que trouver fâcheux de perdre du temps dans un port
anglais, dans la mesure où l'étude des institutions de ce
pays ne faisait pas partie de sa mission. Cela dit, la journée
était délicieuse ; les eaux bleues de la baie de Southampton,
mouchetées de lumière, n'étaient agitées que de leur
scintillement sans fin. Et il n'avait absolument aucune
certitude de devoir trouver le bonheur aux États-Unis où, à
coup sûr, il n'allait pas tarder à être débarqué. Il savait que
là n'était pas l'important, et que le bonheur était un terme
sans valeur scientifique qu'il avait honte d'utiliser, même

dans le silence de ses pensées. Toutefois, perdu au milieu d'une foule indifférente, et sentant qu'il n'était ni dans son pays ni dans celui auprès duquel il était, d'une certaine façon, accrédité, il en était réduit aux seules ressources de sa personnalité ; si bien que pour se donner un peu de poids, il essayait de se faire une opinion sur l'attente imposée au paquebot allemand dans les eaux anglaises. Il eut l'impression qu'on pouvait soutenir qu'elle excédait considérablement ce que les circonstances exigeaient.

Le comte Vogelstein était encore assez jeune diplomate pour croire nécessaire d'avoir des opinions. Il en avait plus d'une, en effet, qu'il s'était formée sans difficulté, les ayant héritées toutes faites d'une lignée d'ancêtres qui savaient ce qu'ils aimaient. C'était là, évidemment — il l'aurait reconnu volontiers — une façon sans valeur scientifique de meubler son esprit. Notre jeune homme était un conservateur raide, un parfait *Junker* ; il considérait la démocratie moderne comme une phase transitoire et comptait bien trouver aux États-Unis de nombreux arguments à lui opposer. A ce sujet, il avait plaisir à sentir que son éducation, où rien n'avait été négligé, lui avait parfaitement appris à évaluer la nature des témoignages. Le navire était lourdement chargé d'émigrants allemands qui allaient aux États-Unis remplir une mission sensiblement différente de celle du comte Otto. Ils s'accrochaient au bastingage en groupes serrés ; ils y passaient des heures, accoudés, le buste en avant, la tête rentrée dans les épaules ; les hommes en bonnet de fourrure fumaient des pipes à haut fourneau ; les femmes avaient des bébés cachés dans leur châle. Il y en avait des jaunes, il y en avait des noirs, et tous avaient quelque chose de graisseux, de poisseux, à cause de l'humidité marine. Ils étaient voués à grossir le flot de la démocratie occidentale, et il n'est pas douteux que le comte Vogelstein se disait qu'ils n'en amélioreraient pas la qualité. Quoi qu'il en soit, leur nombre était frappant, et j'ignore ce qu'il pensait de la nature de ce témoignage-là.

Les passagers qui embarquaient à Southampton n'appartenaient pas à la classe des gens graisseux ; c'étaient, pour l'essentiel, des familles américaines qui avaient passé l'été ou plus en Europe. Ils avaient beaucoup de bagages, une

suite interminable de sacs, de couvertures, de paniers, de
transats et l'on y trouvait une large proportion de dames
d'âge varié, le visage légèrement pâli par l'attente, enveloppées dans des châles à rayures et la tête surmontée
d'immenses chapeaux à plumes. Elles traversaient la passerelle en courant en tous sens, à la recherche les unes des
autres et de leurs paquets dispersés ; elles se séparaient et
se rassemblaient, poussaient des exclamations, lançaient
des affirmations, regardaient avec effroi les passagers de
l'entrepont, dont le nombre paraissait suffisant pour
envoyer le vaisseau par le fond, et leurs voix parvenaient
affaiblies et lointaines aux oreilles de Vogelstein, penché
au-dessus des flancs goudronnés du navire. Il remarqua que
le nouveau contingent comprenait beaucoup de jeunes
filles, et il se rappela qu'une dame de Dresde lui avait dit
un jour que l'Amérique était un pays de filles. Il se
demanda s'il devait trouver cela à son goût, et il se fit
réflexion que ce serait une question à étudier, comme le
reste. Il avait connu à Dresde une famille américaine dans
laquelle il y avait trois sœurs qui faisaient du patin avec les
officiers ; et certaines des dames qui montaient à bord
présentement lui semblaient appartenir à la même catégorie, à ceci près qu'à l'époque de Dresde les plumes ne se
portaient pas tout à fait aussi hautes.

Le navire finit par se mettre à craquer et à s'ébranler
lentement, et l'attente à Southampton prit fin. On retira la
passerelle, et le vaisseau s'abandonna aux évolutions
maladroites qui allaient aboutir à le détacher de la terre. Le
comte Vogelstein avait terminé son cigare et il passa un
long moment à arpenter de long en large le pont supérieur.
Les côtes charmantes de l'Angleterre défilaient devant lui
et il eut l'impression que le Vieux Monde finissait là. Il
n'était pas exclu que les côtes de l'Amérique fussent jolies,
elles aussi : il ne savait pas clairement à quoi l'on pouvait
s'attendre dans ce domaine ; mais il était certain que ce
serait différent. Les différences, toutefois, constituaient la
moitié du charme des voyages. Or il y en avait bien peu sur
le paquebot. La plupart de ses compagnons de voyage
appartenaient de toute évidence à la même religion, et là-
dessus il n'y avait pas à se tromper. C'étaient tous des juifs,

des marchands juifs. Ils avaient maintenant allumé leur cigare et s'étaient coiffés de toutes sortes de couvre-chefs marins, dont des modèles à grandes oreillettes qui contribuaient d'une certaine façon à faire ressortir leur type facial particulier. Les nouveaux passagers finirent par émerger d'en bas pour promener alentour un regard circulaire et vague, avec cette expression soupçonneuse que l'on peut remarquer sur le visage de ceux qui viennent d'embarquer et qui, quand ils regardent la terre qui s'éloigne, évoque celle d'une personne qui commence à se rendre compte qu'elle est tombée dans un piège. De tels regards englobent la terre et l'océan dans une même désapprobation et, dans ces circonstances, de nombreux voyageurs ont un air à la fois berné et supérieur, qui semble déclarer qu'il ne tiendrait qu'à eux de retourner à terre — s'ils en avaient envie.

Il y avait encore deux heures avant le dîner et comme les longues jambes de Vogelstein avaient couvert cinq ou six kilomètres de pont, il ne lui restait plus qu'à s'installer dans son transat et à tirer de sa poche un roman de chez *Tauchnitz*, écrit par un auteur américain dont on lui avait assuré que les pages l'aideraient à se préparer. Au dos de son fauteuil, son nom était peint en assez grosses lettres, précaution prise sur les conseils d'un ami qui lui avait dit que les passagers des paquebots américains, et particulièrement les passagères, ne se gênaient pas beaucoup pour vous chaparder les instruments de votre petit confort. Son ami lui avait même dit que, s'il était lui, il ferait peindre sa couronne. Les Américains, avait ajouté ce cynique conseiller, sont très impressionnés par une couronne. Était-ce scepticisme ou modestie, je ne sais, mais le comte Vogelstein avait omis de faire mettre cet emblème de son rang : le précieux meuble qui, seul, permet au cours d'une traversée de l'Atlantique, de rester inébranlable au milieu du tohu-bohu général, ne portait pour tout blason que son titre et son nom. Mais, en l'occurrence, le blason était de taille : tout le dos du fauteuil était couvert d'énormes caractères allemands. Cette fois-ci, le doute n'est plus permis : c'était par modestie que, en s'installant, notre secrétaire d'ambassade avait placé cette partie de son fauteuil hors de la vue

de ses compagnons, en la dirigeant vers la rambarde. Le
navire était en train de passer les Needles, magnifique
extrémité occidentale de l'île de Wight. De grands cônes de
roche blanche se dressaient sur la mer violette ; la lumière
de l'après-midi les colorait d'un rose incertain qui leur
donnait une expression presque humaine en regard de
l'étendue froide vers laquelle le navire se dirigeait ; ils
semblaient dire adieu, être le dernier signe d'un monde
habité. Vogelstein les voyait bien de son confortable poste
d'observation et, au bout d'un moment, il tourna les yeux
dans l'autre direction, où les efforts conjugués du ciel et de
la mer n'offraient, par contraste, qu'un bien piètre spectacle. Même son romancier américain était plus distrayant, et
il se préparait à retourner à son auteur.

Mais, dans la grande courbe qu'il décrivit, son regard fut
arrêté par la silhouette d'une jeune personne qui venait de
monter sur le pont et qui s'était immobilisée en haut de
l'escalier. Le phénomène ne présentait en lui-même rien
d'extraordinaire, mais ce qui attira l'attention de Vogelstein était que la jeune personne en question avait apparemment les yeux fixés sur lui. Elle était mince, vêtue de façon
éclatante, et plutôt jolie. Vogelstein se souvint au bout
d'un instant l'avoir remarquée parmi les gens qui étaient
sur l'embarcadère de Southampton. Elle vit bientôt qu'il la
regardait, et elle se mit du coup à traverser le pont d'un pas
qui semblait indiquer qu'elle allait droit vers lui. Vogelstein
eut le temps de se demander si ce n'était pas une des jeunes
filles qu'il avait connues à Dresde ; mais il se fit alors la
réflexion qu'elles seraient maintenant beaucoup plus âgées
que cela. Toutefois, la jeune personne avait cessé de le
regarder et, bien qu'elle passât tout près de lui, on pouvait
maintenant raisonnablement tenir pour acquis qu'elle
n'était montée sur le pont que pour voir les lieux. On avait
affaire à une jeune fille vive, belle, capable, qui souhaitait
se faire *de visu* une opinion sur le navire, le temps, le
spectacle qu'offrait l'Angleterre d'un tel observatoire, et
peut-être même sur ses compagnons de traversée. Elle eut
vite fait d'avoir satisfaction sur ces différents points et
continua à marcher en regardant autour d'elle comme si
elle était à la recherche d'un objet perdu ; si bien que

Vogelstein se rendit alors compte que telle était la raison pour laquelle elle était montée sur le pont. Elle repassa près de lui et cette fois elle s'arrêta presque, en posant sur lui un regard attentif. Il trouvait sa conduite étonnante, même quand il se fut aperçu que ce n'était pas son visage, ni sa moustache blonde, qu'elle regardait, mais le fauteuil sur lequel il était assis. Alors, les paroles de son ami lui revinrent à l'esprit : ce petit discours sur les passagers des paquebots américains, les passagères en particulier, qui s'appropriaient vos petites possessions. « Les passagères en particulier », il pouvait le dire : car il en avait là une qui voulait de toute évidence lui prendre le fauteuil même sur lequel il était assis. Comme il craignait qu'elle ne le lui demandât, il fit semblant de lire et évita de rencontrer son regard. Il la sentait qui tournait autour de lui, et il était curieux de savoir ce qu'elle allait faire. Il lui paraissait étrange qu'une fille qui avait l'air si bien (car son allure était vraiment charmante) essayât de façon aussi flagrante d'accrocher l'attention d'un secrétaire d'ambassade. Au bout d'un moment, il finit par comprendre qu'elle essayait de regarder de biais, si l'on peut dire, pour voir ce qui était écrit au dos de son fauteuil. « Elle cherche à voir mon nom ; elle veut savoir qui je suis ! » Cette pensée lui traversa l'esprit, et lui fit lever les yeux. Son regard rencontra celui de la jeune fille, qui resta un long moment sans détourner les yeux. C'étaient des yeux brillants et expressifs, surmontant un nez aquilin délicat qui, bien que joli, avait quand même un tout petit quelque chose de trop rapace. C'était la plus bizarre des coïncidences : le livre que Vogelstein avait ouvert parlait d'une petite Américaine volage et directe qui se plante devant un jeune homme dans le jardin d'un hôtel. La conduite de notre jeune personne ne témoignait-elle pas de la véracité du conte, et Vogelstein lui-même ne se trouvait-il pas à la place du jeune homme du jardin ? Le jeune homme en question finissait par parler à celle que l'on pourrait appeler l'envahisseuse, et après un bref instant d'hésitation, Vogelstein suivit son exemple. « Si elle veut savoir qui je suis, je n'y vois pas d'objection », se dit-il, et il se leva de son fauteuil, le prit par le dossier et, le faisant pivoter, en exposa l'inscription aux yeux de la jeune fille. Elle rosit légèrement, sourit et lut le nom, tandis que Vogelstein soulevait son chapeau.

« Je vous suis très obligée, fit-elle. C'est bien. » Comme si la découverte qu'elle venait de faire la comblait de bonheur.

En ce qui le concernait, il trouvait effectivement très bien d'être le comte Vogelstein ; le peu de cas qu'elle semblait faire de la chose lui paraissait même un peu léger. Par manière de repartie, il lui demanda si elle désirait son siège.

— Je vous suis très obligée ; en aucune façon. Je croyais que vous aviez un de nos fauteuils, et j'étais gênée de vous le demander. Ils se ressemblent énormément ; moins maintenant que quand vous y êtes assis. Je vous en prie, rasseyez-vous. Je ne veux pas vous déranger. Nous avons perdu un de nos fauteuils et je le cherche partout. Ils se ressemblent tellement ; impossible de savoir tant qu'on n'a pas vu le dossier. Je me rends bien entendu compte qu'on ne peut pas confondre le vôtre, poursuivit-elle avec un sourire direct. Mais notre nom à nous est si petit : on le voit à peine, ajouta-t-elle sur le même ton amical. Nous nous appelons Day. Si vous voyez quelque chose de marqué à ce nom, je vous serais obligée de bien vouloir m'avertir. Ce n'est pas pour moi, c'est pour ma mère ; elle est perdue sans son fauteuil, et celui que je cherche est très agréable à déplier. Maintenant que vous êtes de nouveau assis et que vous en cachez le bas, on dirait vraiment le nôtre. Bon, il doit bien être quelque part. Avec votre permission. Je vous suis très obligée.

C'était s'adresser longuement, voire intimement, à un parfait étranger quand on était une jeune personne, très probablement célibataire ; mais Miss Day s'en acquitta avec une simplicité et une maîtrise d'elle-même parfaites. Elle redressa la tête et s'éloigna, et Vogelstein vit que le pied qu'elle appuyait contre la surface propre et lisse du point était svelte et bien fait. Il la regarda disparaître par la trappe qui l'avait vue apparaître, et il eut plus que jamais l'impression d'être le jeune homme de son histoire américaine. La jeune fille à laquelle il avait affaire dans le cas présent était plus âgée et moins jolie, comme il lui était facile d'en juger, car il avait encore devant les yeux l'image de son regard souriant et de sa bouche qui lui parlait. Il retourna à son livre avec l'impression qu'il allait lui fournir des renseignements sur elle. Ce n'était pas très logique, mais cela témoignait chez Vogelstein d'une certaine curiosité. Il se révéla que la fille du livre avait une mère, comme celle-ci ; elle avait également un frère, et il se souvint alors qu'il avait remarqué sur l'embarcadère un jeune homme coiffé d'un grand chapeau et vêtu d'un pardessus blanc, qui semblait entretenir avec Miss Day ce genre de lien naturel. Il y avait aussi une autre personne, le souvenir lui en revenait lentement, un homme plus âgé, coiffé lui aussi d'un grand chapeau, mais vêtu d'un pardessus noir — tous ses vêtements étaient noirs — qui était le dernier élément du groupe, et sans doute le chef de famille. Ces réflexions pourraient laisser croire que la lecture du comte Vogelstein était assez hachée. Elles constituaient en plus une énorme perte de temps car, n'est-ce pas, il allait passer dix jours en compagnie de ces gens dans la même boîte oblongue flottant sur l'océan, et il y avait peu de raisons de douter qu'il ne les vît beaucoup.

Rien n'empêche de préciser sans attendre que c'est bien là ce qui se produisit. J'ai dépeint avec un certain luxe de détails les circonstances dans lesquelles il fit la connaissance de Miss Day, à cause de l'importance que prit cet événement pour notre naïf Teuton ; mais je dois passer rapidement sur ce qui suivit immédiatement. Il se demanda quel comportement il pouvait maintenant adopter à l'égard de la jeune Américaine après de pareilles présentations, et il résolut d'avancer la lecture de son histoire pour savoir ce que faisait le héros. Mais il comprit vite que Miss Day n'avait rien de commun avec l'héroïne de cet ouvrage, à part des caractéristiques régionales et le fait qu'elle n'avait pas peur des hommes. Ses caractéristiques régionales d'ailleurs, il ne les avait pas découvertes par lui-même, mais il les tenait de seconde main. Elle était née dans une petite ville de l'intérieur du continent, et une dame de New York, une des passagères, avec laquelle il avait longuement conversé, lui avait assuré que Miss Day était excessivement provinciale. Sur quoi cette dame fondait-elle son jugement, cela n'était pas clair, car Vogelstein avait remarqué qu'elle n'entretenait aucune relation avec la jeune fille. Il est exact qu'elle avait jeté quelque lumière sur la façon dont marchait son esprit en lui faisant remarquer que certains Américains étaient capables de situer d'emblée leurs compatriotes, et en lui laissant le soin de décider si elle appartenait elle-même à la classe de ceux qui savent faire la différence ou à l'autre. C'était une certaine Mrs Dangerfield, belle femme, aux manières insinuantes, encline aux confidences, et la conversation que Vogelstein eut avec elle prit un tour quasi philosophique. Elle le persuada avec un assez grand succès qu'on trouve des différences entre les hommes jusque dans les grandes démocraties, et que la vie américaine était pleine de distinctions sociales, pleine de nuances délicates, que les étrangers sont souvent trop grossiers pour percevoir. Croyait-il que, dans le plus grand pays du monde, tout le monde connût tout le monde, et que l'on n'y fût pas aussi libre de choisir ses fréquentations que dans la plus monarchique des communautés ? Elle écarta ces idées d'un rire de mépris tandis que Vogelstein — ils passaient de longs moments ensemble, étendus dans leurs chaises longues — lui bordait soigneusement les pieds dans sa couverture fourrée. La liberté dont jouit une Américaine dans le choix de ses fréquentations, elle en donnait amplement la démonstration en ignorant tous les passagers à l'exception du comte Otto.

Il voyait bien de lui-même que Mr et Mrs Day n'avaient pas le même style qu'elle. Ils étaient ordinaires, sérieux et gras, et passaient des heures assis côte à côte sur le pont à regarder droit devant eux. Mrs Day avait le teint blanc, de grosses joues et de petits yeux ; son front était encadré d'une multitude de petites boucles noires et serrées, et le mouvement de ses lèvres et de ses joues donnait l'impression qu'elle avait en permanence une pastille dans la bouche. Elle avait la tête encapuchonnée d'une chose que Mrs Dangerfield avait baptisée « béguin » : c'était une écharpe de tricot rose qui lui couvrait les cheveux et qui s'enroulait autour de son cou en ménageant, au milieu de ses circonvolutions, un trou pour la totale absence d'expression de son visage. Elle avait les mains croisées sur le ventre et dans cette silhouette immobile et emmaillotée, les yeux en boutons de bottine qui changeaient de temps en temps de direction étaient la seule chose qui manifestât qu'elle était vivante. Son mari avait le menton couvert d'une barbe grise et raide, et la lèvre supérieure glabre, confortable et comme vernissée par les rasages répétés. Ses sourcils étaient épais, ses narines étaient larges, et quand il était tête nue, au salon, on pouvait voir que ses cheveux gris et drus se dressaient tout droits sur son crâne. Tout cela lui aurait conféré une physionomie sinistre et agressive sans le regard doux, affable et bienveillant que ses grands yeux clairs, les yeux tranquilles d'un homme silencieux, semblaient poser sur le monde environnant. Il y avait de toute évidence chez lui plus d'amabilité que de cruauté, mais il était encore plus méfiant qu'aimable. Il aimait regarder les gens, mais il n'aurait pas prétendu les comprendre beaucoup, ni les classer, et il aurait été navré qu'ils se sentent tenus à quoi que ce soit. Il leur arrivait de prononcer quelques paroles, mais il était rare qu'ils aient une conversation, et il y avait chez eux quelque chose de passif et de résigné, comme s'ils étaient les victimes d'un ensorcellement. Mais de toute évidence, ce n'était rien que d'agréable : c'était la fascination de leur prospérité, la confiance en leur sécurité, sentiments qui rendent parfois les gens arrogants, mais qui avaient eu un effet complètement différent sur ce couple simple et satisfait, chez qui ils avaient apparemment bloqué toute évolution ultérieure.

Mrs Dangerfield raconta à Vogelstein que tous les matins, après le petit déjeuner, à l'heure où il rédigeait son journal dans sa cabine, le vieux couple se faisait conduire sur le pont et installer à sa place habituelle par Pandora. Tel, avait-elle appris, était le nom de leur fille aînée, et cette découverte l'avait énormément réjouie. « Pandora » : c'était absolument typique ; cela les situait socialement, en l'absence même de tout autre indice ; on pouvait deviner qu'une fille était originaire de l'intérieur, ce mystérieux intérieur qui excitait tant l'imagination de Vogelstein à présent, rien qu'au fait qu'elle portât un nom pareil. Notre jeune personne régissait l'ensemble de la famille et son empire s'étendait presque jusqu'à sa sœur,

petite personne froufroutante qui, avec ses jolis yeux,
innocents et audacieux, son flot de cheveux blonds et
soyeux, avec le fez écarlate, semblable à celui des Turcs,
qu'elle portait très incliné sur le sommet de sa tête, avec sa
façon de galoper et de se poser ici ou là en compagnie du
premier venu (elle avait de longues jambes minces, des
jupes très courtes et une collection de bas de toutes les
couleurs), rentrait dans son pays, avec des vêtements
français recherchés, pour y reprendre des études interrompues. Pandora supervisait et dirigeait les mouvements de sa
famille ; Vogelstein s'en rendait bien compte, de même
qu'il voyait bien qu'elle était très active et décidée, qu'elle
avait au plus haut point le sens de ses responsabilités, et
qu'elle réglait pratiquement toutes les questions qui pouvaient se poser à une famille de l'intérieur. La traversée
était superbe et permettait, jour après jour, de rester assis
sous le ciel salé à jouir de la sensation de parcourir les
grandes courbes du globe. La longue barre du pont formait
une tache blanche à l'intérieur du cercle noir de l'océan et
tandis que dans l'intensité de la lumière marine, l'ombre
des cheminées tremblait sur le tillac familier et que les
chaussures des autres passagers passaient et repassaient,
identifiables maintenant, agaçantes parfois, suivies, dans
cette atmosphère effroyablement « ouverte » qui affaiblissait toutes les voix et aplatissait presque toutes les déclarations, de fragments de remarques sur la route du navire.
Vogelstein avait maintenant terminé sa petite histoire
américaine et décidé une fois pour toutes que Pandora Day
n'avait rien à voir avec son héroïne. Elle était d'un tout
autre type : infiniment plus sérieuse et soucieuse et pas du
tout pressée, contrairement à ce qu'il avait supposé, de
faire connaissance avec les messieurs. Si elle lui avait parlé
le premier jour, il devait bien admettre que c'était de façon
purement accidentelle et qu'elle n'y attachait aucune
importance, même si elle avait enchaîné le lendemain,
alors qu'elle passait devant lui, en lui annonçant avec un
sourire de quasi-familiarité : « Tout va bien, Monsieur :
j'ai retrouvé ce fameux fauteuil ! » Après cela, elle ne lui
avait plus adressé la parole, et c'était à peine si elle l'avait
regardé. Elle lisait beaucoup, presque toujours des

ouvrages français, imprimés sur papier jaune ; et pas les
productions légères de cette littérature, mais un volume
de Sainte-Beuve, ou de Renan ou, au pire en fait de
divertissement, d'Alfred de Musset. Elle prenait fré-
quemment de l'exercice et se promenait presque toujours
seule, ne s'étant apparemment pas fait beaucoup d'amis à
bord, et ne pouvant compter sur ses parents qui, comme
il a été rapporté, ne bougeaient pas d'un pouce du petit
coin confortable où elle les installait pour la journée.

Son frère passait son temps au fumoir, où Vogelstein
l'observait, en vêtements très ajustés, le cou engoncé
dans un col qui évoquait une palissade. Il avait un petit
visage aux traits marqués qui n'était pas sans agrément ;
il fumait d'énormes cigares et commençait à boire tôt
dans la journée ; mais son extérieur ne trahissait rien de
ces excès. Quant à l'euchre, au poker et aux autres
distractions qu'offrait la place, on ne pouvait pas l'accuser de s'y livrer. Il était clair qu'il s'entendait parfaitement à ces jeux, car il passait du temps à regarder les
joueurs et leur donnait même, à l'occasion, un conseil
impartial ; mais Vogelstein ne le voyait jamais les cartes à
la main. On s'en rapportait à lui quand il y avait contestation, et son avis faisait autorité. Il prenait peu de part à
la conversation généralement détendue du fumoir mais,
de temps à autre, il énonçait de sa voix douce, blanche et
jeune, une remarque que chacun s'interrompait pour
écouter et qui déclenchait des hurlements de rire.
Vogelstein, malgré sa bonne connaissance de l'anglais,
comprenait rarement les plaisanteries ; mais au moins se
rendait-il compte que c'étaient des sommets de l'humour
américain. C'était, à sa façon, un jeune homme très
remarquable car — comme Vogelstein l'avait entendu
dire une fois, après que les rires étaient retombés — il
n'avait que dix-neuf ans. Si sa petite sœur ne ressemblait
pas à l'horrible petite fille de l'histoire que j'ai si souvent
mentionnée, Vogelstein avait trouvé au moins une analogie entre le jeune Mr Day et un petit frère — un certain
Madison, ou Hamilton, ou Jefferson, amateur de sucre
d'orge — dont la malheureuse jeune fille du volume de
Tauchnitz était dotée. Il avait sous les yeux ce que le

petit Madison serait devenu à dix-neuf ans, et le résultat
valait mieux que ce à quoi l'on aurait pu s'attendre.

Les journées étaient longues mais la traversée était
brève, et elle touchait presque à son terme quand le comte
Vogelstein finit par céder à une attirance d'une nature
étrange mais finalement irrésistible et, en dépit des avertissements de Mrs Dangerfield, rechercha l'occasion d'avoir
une petite conversation suivie avec Miss Pandora Day.
Mentionner ce sentiment sans mentionner diverses autres
impressions relatives à sa traversée, et sans aucun rapport
avec lui, est peut-être une faute de proportion qui risque
d'induire en erreur, mais le passer sous silence serait
encore plus injuste. Les Allemands, nous le savons, sont un
peuple abstrait, et Vogelstein finissait par éprouver une
vague fascination pour cette fille vive, brillante, silencieuse, capable de se mettre à sourire ou à parler tout d'un
coup, qui conférait une certaine originalité au caractère
filial, et qui offrait un profil délicat, tantôt penché sur le
livre dont elle coupait les pages au fur et à mesure qu'elle le
lisait, tantôt dirigé, dans des attitudes rêveuses, sur les
côtés du navire, vers l'horizon qu'ils laissaient derrière eux.
Mais il regrettait, dans la perspective d'entrer en relation
avec elle, que ses parents fussent des petits-bourgeois
épais, que son frère ne correspondît pas à l'idée que
Vogelstein se faisait d'un jeune homme de la bonne
société, et que sa petite sœur fût une Daisy Miller en herbe.
Averti à maintes reprises par Mrs Dangerfield, le jeune
diplomate se méfiait doublement des relations qu'il pouvait
nouer au début de son séjour aux États-Unis. Mrs Dangerfield lui avait rappelé une chose dont il s'était lui-même fait
l'observation dans d'autres capitales : que la première
année, voire la seconde, doit être un temps de prudence.
On n'y sait rien de ce qui compte et de ce qui a de la valeur ;
on y est exposé, solitaire, reconnaissant pour les marques
d'attention que l'on reçoit, et l'on court le risque de
s'abandonner à des gens qui se révèlent très encombrants
par la suite. Mrs Dangerfield avait touché une corde
sensible dans l'imagination de Vogelstein. Elle l'avait
assuré que s'il n'était pas « sur ses gardes », il allait tomber
amoureux de quelque jeune fille à la famille impossible. En

Amérique, quand on tombait amoureux d'une fille, il n'y avait rien d'autre à faire que de l'épouser et que dirait-il, par exemple, de se trouver allié à Mr et Mrs P. W. Day ? (Telles étaient en effet les initiales inscrites sur le dossier des fauteuils du couple.) Vogelstein avait conscience du danger, car il lui venait immédiatement à l'esprit une douzaine d'hommes de sa connaissance qui avaient épousé des Américaines. Épouser une Américaine faisait mainte- nant figure de risque permanent ; c'était une de ces choses avec lesquelles il fallait compter comme la hausse des prix, le téléphone, l'invention de la dynamite, le fusil Chassepot et l'esprit socialiste : c'était une des complications de la vie moderne.

Il serait sans doute excessif de dire que Vogelstein avait peur de tomber amoureux de Pandora Day, une jeune femme dont la beauté n'avait rien de remarquable, et à laquelle il avait à peine parlé dix minutes en tout. Mais comme je l'ai dit, il allait jusqu'à regretter que le bagage humain d'une jeune fille dont l'indépendance ne sentait ni la légèreté ni la provocation subversive, et dont le nez était si bien élevé, ne fût pas un tout petit peu plus distingué. Il y avait quelque chose de presque comique dans son attitude à leur égard : elle semblait les considérer comme une charge plus que comme un objet d'intérêt ; c'était comme si on les lui avait confiés au nom de son sens de l'honneur, et qu'elle s'était engagée à les convoyer à bon port ; elle faisait preuve d'indifférence et de négligence puis, soudainement, elle se ressouvenait d'eux, se repentait et revenait border les couvertures de ses parents, modifier la position de l'om- brelle de sa mère, leur donner un renseignement sur la course du navire. Ces petites tâches étaient d'ordinaire accom- plies avec dextérité, avec rapidité et un minimum de paroles et, quand leur fille s'approchait d'eux, Mr et Mrs Day fermaient les yeux placidement comme un couple de chiens domestiques qui attend qu'on les gratte. Un matin, elle fit monter le capitaine pour le leur présenter. Elle avait apparemment rencontré cet officier de son côté, et ces présentations semblaient répondre à une inspiration sou- daine. Cela ressemblait moins à une présentation qu'à une démonstration, comme si elle lui disait : « Voici à quoi ils

ressemblent ; regardez comme je veille à leur confort. Ne
sont-ce pas de curieuses petites gens ? Mais ils me laissent
une parfaite liberté. Oh, je puis bien vous le certifier !
D'ailleurs, assurez-vous-en par vous-même. » Mr et Mrs Day
levèrent les yeux vers le capitaine sans changer d'expression, puis ils se regardèrent l'un l'autre de la même
façon. Il salua et s'inclina un moment vers eux ; mais
Pandora secouait la tête et semblait répondre à leur place ;
elle adressait des petits gestes au capitaine, comme pour lui
expliquer certaines de leurs caractéristiques, leur refus de
parler par exemple. Ils finirent par fermer les yeux : elle
exerçait apparemment sur eux une influence hypnotique, et
Miss Day s'éloigna avec le commandant du navire qui lui
manifestait une considération évidente et qui s'inclina très
bas, malgré sa très haute position, au moment où, l'instant
suivant, ils se séparèrent. Vogelstein voyait bien qu'elle
était capable de faire impression ; et la morale de cet
épisode est que, malgré Mrs Dangerfield, malgré ses
prudentes résolutions, malgré la maigreur de leur seule
conversation, malgré Mr et Mrs Day et le jeune homme du
fumoir, elle avait réussi à captiver l'attention de Vogelstein.

Ce fut le soir qui suivit la scène avec le capitaine qu'il
alla, d'un mouvement gauche, irréfléchi et irrésistible, la
retrouver sur le pont où elle se promenait seule, la soirée
étant douce et lumineuse, et les étoiles remarquablement
belles. Des gens, ici et là, parlaient et fumaient, et des
couples non identifiables se déplaçaient vivement dans la
nuit. Le vaisseau plongeait sur un rythme lent et régulier ;
indistinct et fantomatique, sous les étoiles, ses pinacles
tachetés de lumières, il fendait les ténèbres et semblait aller
plus vite que de jour. Vogelstein était monté pour bavarder, et quand la jeune fille passa tout près de lui, il
distingua le visage de Pandora (c'était toujours ainsi qu'il
l'appelait dans ses conversations avec Mrs Dangerfield)
sous le voile qui semblait destiné à la protéger de l'humidité
marine. Il s'arrêta, se retourna, courut derrière elle, jeta
son cigare, et lui demanda si elle lui ferait l'honneur
d'accepter son bras. Elle déclina l'offre du bras mais
accepta sa compagnie, et il se promena une heure avec elle.

Ils se dirent beaucoup de choses, et certains des propos de
la jeune fille lui restèrent en mémoire par la suite. On était
maintenant certain que le navire arriverait à quai le
surlendemain matin, et cette perspective offrait un sujet de
conversation tout trouvé. Il fut frappé par la singularité de
certaines des expressions de Miss Day ; mais bien entendu,
il le savait lui-même, sa connaissance de l'anglais n'était pas
assez fine pour qu'il pût juger parfaitement.

— Je ne suis pas pressée d'arriver ; je suis très heureuse
ici, lui dit-elle. Je crains d'avoir bien des difficultés à faire
passer tout mon monde.

— Les faire passer ?

— La douane. Nous avons acheté tellement de choses.
Enfin, j'ai écrit à un ami pour lui demander de venir à notre
rencontre, et j'espère qu'il pourra nous aider. Il connaît
très bien le chef. Une fois que j'aurai le coup de craie, je ne
me fais pas de souci. Mais pour l'instant, j'ai l'impression
d'être un tableau noir. Nous les avons trouvés effroyables,
en Allemagne.

Vogelstein se demanda si l'ami à qui elle avait écrit était
son amoureux, et si elle lui était promise, surtout quand
elle refit allusion à lui comme à « ce monsieur qui doit venir
à notre rencontre ». Il l'interrogea sur ses voyages, sur ses
impressions, lui demanda si elle avait passé longtemps en
Europe et ce qu'elle avait préféré ; et elle lui dit qu'ils
avaient été en Europe, elle et sa famille, pour y faire des
expériences nouvelles. Tout en la trouvant très intelligente,
il la soupçonnait de lui donner cette explication parce qu'il
était allemand, et qu'elle avait entendu dire que les
Allemands étaient amateurs de culture. Il se demanda quel
genre de culture Mr et Mrs Day avaient rapportée d'Italie,
de Grèce et de Palestine (ils avaient voyagé deux ans et ils
étaient allés partout), surtout quand leur fille lui dit : « Je
voulais que papa et maman voient ce qu'il y a de mieux. Je
les ai fait rester trois heures sur l'Acropole. Je crois que
c'est quelque chose qu'ils n'oublieront pas ! » Peut-être
était-ce à Phidias et à Périclès qu'ils pensaient, tandis qu'ils
restaient à ruminer sous leur couverture, se dit Vogelstein.
Pandora déclara également qu'elle voulait que sa petite
sœur vît tout, tant qu'elle était jeune ; les spectacles

remarquables faisaient tellement plus d'impression sur un
esprit neuf ; elle avait lu quelque chose de ce genre
quelque part dans Goethe. Elle-même avait voulu faire ce
voyage à l'âge de sa petite sœur ; mais son père travaillait
à cette époque, et il leur était impossible de quitter Utica.
Vogelstein imagina la petite sœur en train de gambader
sur le Parthénon et sur le mont des Oliviers et partageant
pendant deux ans, deux années d'école normalement,
l'extraordinaire odyssée de ses parents, et il se demanda
si le précepte de Goethe était valable dans ce cas. Il
demanda à Pandora si Utica était le berceau de sa famille ;
si c'était un endroit agréable ; si cela intéresserait l'étranger qu'il était de le visiter. Sa compagne lui répondit avec
franchise que c'était hideux mais, ajouta-t-elle, cela ne
l'aurait pas empêchée de le prier de « venir nous rendre
visite à la maison », s'il n'était probable qu'ils en repartent
vite.

— Ah ! Vous avez l'intention d'aller vivre ailleurs ?

— C'est-à-dire, je les pousse à s'installer à New York.
Je me félicite de les avoir un peu ébranlés pendant que
nous étions à l'étranger. Utica ne va plus leur faire le
même effet ; c'est ce que j'espérais. Je veux une grande
ville et bien sûr, Utica...

Et la jeune fille n'acheva pas sa phrase et poussa un
petit soupir.

— Utica est une petite ville, j'imagine ? suggéra Vogelstein.

— Non, moyenne. Je déteste tout ce qui est moyen,
déclara Pandora Day.

Elle fit entendre un petit rire clair et sec, et rejeta la
tête en arrière en même temps qu'elle faisait cette déclara-
tion. Et en la regardant de biais, dans la pénombre, tandis
qu'elle foulait le pont qui oscillait vaguement, Vogelstein
pensa qu'il y avait dans son aspect et dans son maintien
quelque chose qui exprimait son état d'esprit.

— Comment se situe-t-elle socialement ? demanda-t-il à
Mrs Dangerfield le lendemain. Je n'arrive pas à m'en faire
la moindre idée, tout cela est tellement plein de contradictions. Elle a énormément de culture et de tempérament,
cela me frappe. Et son aspect aussi est très soigné. Et,

malgré cela, ses parents sont des petits-bourgeois. On le voit sans peine.

— Oh! comment elle se situe socialement! s'exclama Mrs Dangerfield en hochant la tête deux ou trois fois, d'un air lourd de signification. Quels grands mots vous employez là! Croyez-vous que tout le monde soit situé? C'est une chose réservée à une fraction infime de l'humanité. Vous ne pouvez pas être plus situé à Utica que vous ne pouvez y avoir une loge d'opéra. Pandora n'a pas de situation sociale : où donc l'aurait-elle trouvée? Pauvre fille, ce n'est pas bien de votre part de poser des questions pareilles.

— Enfin, dit Vogelstein, si elle est d'un milieu populaire, cela semble très... très...

Et il s'arrêta un moment, comme il lui arrivait souvent de le faire quand il parlait anglais, pour chercher ses mots.

— Très quoi, Monsieur le comte?

— Très significatif, très représentatif.

— Mon Dieu, mais elle n'est pas de milieu populaire, ne put s'empêcher de murmurer Mrs Dangerfield.

— Qu'est-elle, dans ce cas?

— Ma foi, une nouveauté, je suis bien forcée de l'avouer, apparue depuis mon dernier séjour en Amérique. Une fille comme elle, avec des gens comme eux : c'est une race nouvelle.

— J'aime les nouveautés, dit le comte Vogelstein en souriant avec un air de parfaite détermination.

Il ne pouvait toutefois pas se contenter d'une réponse qui ne faisait qu'escamoter la question; et quand ils débarquèrent à New York, il éprouva, jusque dans la confusion du quai et au milieu des monceaux de bagages éventrés, un regret assez poignant à l'idée que Pandora et sa famille étaient en passe de disparaître dans l'inconnu. Il eut cependant une consolation : il voyait bien que, pour une raison ou pour une autre — maladie ou voyage — le monsieur à qui elle avait écrit n'était pas, selon ses propres termes, venu à leur rencontre. Vogelstein se réjouissait — sans qu'il eût pu expliquer pourquoi — que cette personne secourable lui eût fait faux bond, même si son absence obligeait Pandora à affronter seule la douane des États-Unis. Vogelstein reçut sa première impression du monde occidental à Jersey City,

où accostaient les paquebots allemands : immense hangar
de bois, recouvrant un débarcadère de bois qui résonnait
sous les pas, fermé par des pieux obliques mal dégrossis, et
jonché d'un amoncellement de bagages hétéroclites. A une
extrémité, du côté de la ville, se trouvait une haute
palissade peinte, derrière laquelle il apercevait une foule de
cochers qui brandissaient leurs fouets en attendant leurs
victimes, et dont la voix s'élevait sans cesse, aiguë et
étrange, à la fois sauvage et familière. Tout l'espace
qu'enfermait la clôture semblait se hérisser et bruire. Là-
bas, c'était l'Amérique, se dit Vogelstein, et il regarda dans
cette direction avec le sentiment qu'il lui fallait rassembler
toute sa détermination. Sur l'embarcadère, des gens couraient en tous sens au milieu des malles, cherchant à
ramasser leurs affaires, à rassembler leurs paquets éparpillés. Les uns étaient échauffés et furieux, les autres
complètement abasourdis et découragés. Les rares personnes qui avaient réussi à récupérer leurs malles cabossées
portaient sur leur visage rougi un air d'indifférence aux
efforts de leur prochain, n'accordant même plus un regard
à des gens avec qui ils avaient été intimes sur le paquebot.
Un bataillon de douaniers montait la garde, et les plus
énergiques des passagers s'évertuaient à les attirer vers
leurs bagages ou à traîner vers eux de lourdes valises.
C'étaient des fonctionnaires bienveillants et taciturnes, qui
rompaient occasionnellement leur silence pour faire remarquer à un passager dont la malle ouverte les dévisageait
d'un air suppliant, qu'ils imaginaient que la traversée avait
dû être très monotone. Ils avaient une façon aimable,
tranquille et interrogatrice de s'acquitter de leur charge, et
s'ils voyaient le nom d'une de leurs victimes écrit sur son
portemanteau, ils l'utilisaient pour s'adresser à elle comme
s'ils se connaissaient depuis toujours. Vogelstein constata
que, tout familiers qu'ils fussent, ils n'étaient pas indiscrets.
Il avait entendu dire que tous les fonctionnaires américains
se ressemblaient et qu'ils ne changeaient pas de « tenue »,
comme on dit en France, en changeant de clientèle ; et il se
demanda si, à Washington, le président et les ministres,
qu'il verrait sans doute, seraient comme cela.
    Il fut détourné de ces interrogations par le spectacle de

Mr et Mrs Day, assis côte à côte sur une malle, encerclés, selon toute apparence, par les acquisitions accumulées au cours de leur excursion. Leurs visages exprimaient une conscience de leur environnement plus grande que ce qu'il avait constaté chez eux jusque-là, et il se dégageait de ce couple mystérieux un air de placidité expansive qui suggérait que c'était une conscience agréable. Mr et Mrs Day, selon les termes qu'ils auraient employés eux-mêmes, étaient heureux d'être de retour. A quelques pas de là, près du bord du quai, Vogelstein remarqua leur fils qui avait trouvé un endroit d'où il pouvait voir, entre les flancs de deux gros navires, passer les ferry-boats : les gros ferry-boats pyramidaux et bas sur les eaux américaines. Il se tenait, patient et méditatif, son petit pied propre posé sur un rouleau de cordage, tournant le dos à tout ce qui avait été débarqué, le cou distendu dans le cylindre vernissé qui l'entourait, tandis que le parfum de son gros cigare se mêlait à l'odeur des pieux qui pourrissaient et qu'à côté de lui sa petite sœur enlaçait un poteau et essayait de voir jusqu'où elle pouvait se pencher au-dessus de l'eau sans y tomber. Le domestique de Vogelstein, un Anglais qu'il avait engagé pour pratiquer cette langue, était parti à la recherche d'un inspecteur ; il avait rassemblé ses affaires et attendait d'être libéré, sûr que pour quelqu'un de son importance, la cérémonie serait de courte durée. Avant qu'elle ne commençât, il adressa quelques mots au jeune Mr Day, en soulevant son chapeau devant la petite fille, qu'il n'avait pas encore saluée, et qui esquiva ses civilités en se balançant avec témérité dans l'autre direction, du côté dangereux de la jetée. Elle n'était pas encore très « formée », mais il était clair qu'elle était légère comme une plume.

— Je vois qu'on vous fait attendre, vous aussi. C'est parfaitement assommant, dit le comte Vogelstein.

Le jeune homme répondit sans se retourner :

— Une fois commencé, ça ira tout seul. Ma sœur a écrit à un monsieur pour lui demander de venir à notre rencontre.

— J'ai cherché Miss Day pour lui faire mes adieux, poursuivit Vogelstein, mais je ne la vois nulle part.

— J'imagine qu'elle est partie à la rencontre de ce monsieur : c'est un grand ami à elle.

— Je parie que c'est son amoureux, interrompit la petite
fille. Elle n'a pas cessé de lui écrire, en Europe.

Son frère tira sur son cigare en silence pendant un
moment.

— C'était uniquement au sujet de notre arrivée. Je le lui
répéterai, ajouta-t-il alors.

Mais la petite Miss Day ne prêta aucune attention à cette
proclamation. Elle s'adressa à Vogelstein :

— Ça, c'est New York. Je trouve que c'est mieux
qu'Utica.

Vogelstein n'eut pas le temps de répondre, car son
domestique était revenu accompagné d'un des commis des
douanes ; mais en s'éloignant il réfléchissait, à la lumière de
la préférence affichée par la petite fille, aux villes de
l'intérieur. Il fut très bien traité. L'officier qui s'occupa de
lui, et qui portait un grand chapeau de paille et une épingle
de cravate en diamant, était un véritable homme du monde
et, en réponse aux déclarations cérémonieuses du comte, il
se contenta de dire : « Bien, j'imagine que tout est en
ordre ; j'imagine qu'il ne me reste qu'à vous laisser
passer », et il distribua libéralement sur ses bagages une
douzaine de marques à la craie. Le domestique avait ouvert
et débouclé plusieurs valises et tandis qu'il les refermait,
l'officier restait là à s'éponger le front en faisant la
conversation avec Vogelstein. « Première fois que vous
venez chez nous, Monsieur le comte ? Tout seul... Pas de
dames ? Bien sûr, ce sont les femmes qui nous intéres-
sent. » Ainsi s'exprimait-il tandis que notre jeune diplomate se demandait ce qu'il pouvait bien attendre et s'il
conviendrait qu'il lui glissât quelque chose dans la main.
Mais l'interlocuteur de Vogelstein ne le laissa qu'un instant
dans le doute, car il s'éloigna soudain en émettant, d'une
voix très discrète, l'espoir que le comte ferait un bon
séjour ; ce qui fit voir au jeune homme quelle erreur c'eût
été de lui proposer un pourboire. C'était simplement la
manière américaine de se comporter et elle était, somme
toute, très amicale. Le domestique de Vogelstein s'était
assuré les services d'un porteur avec un chariot, et il était
sur le point de quitter les lieux au moment où il vit Pandora
Day surgir de la foule et s'adresser avec beaucoup de

vivacité au fonctionnaire qui venait de le libérer. Elle tenait
à la main une lettre ouverte qu'elle lui donna à lire et qu'il
parcourut avec attention, en se caressant la barbe. Puis elle
l'entraîna vers l'endroit où se tenaient ses parents, assis sur
leurs bagages. Vogelstein renvoya son domestique avec le
porteur et suivit Pandora à qui il souhaitait vraiment dire
quelques mots d'adieu. La dernière chose qu'ils s'étaient
dite, sur le bateau, était qu'ils se reverraient à terre. Mais il
semblait peu probable que cette rencontre pût avoir lieu
ailleurs qu'ici, sur le quai, dans la mesure où Pandora
n'était décidément pas du monde que Vogelstein fréquen-
terait et où, d'autre part, il voulait bien être pendu s'il allait
jamais à Utica, compte tenu du fait — la petite futée le lui
avait bien certifié — que cette ville était moins agréable que
ce qu'il avait là autour de lui. Il eut vite fait de rattraper
Pandora. Elle était en train de présenter l'officier des
douanes à ses parents, exactement comme elle leur avait
présenté le capitaine du paquebot. Mr et Mrs Day se
levèrent pour lui serrer la main, et il était clair que tout ce
monde se préparait à avoir une petite conversation. « J'aimerais vous présenter à mon frère et à ma sœur », entendit-
il dire à la jeune fille, et il la vit qui cherchait du regard ces
deux satellites. Leurs yeux se croisèrent à ce moment, et il
s'avança vers elle, la main tendue, tout en se disant par-
devers lui que les Américains, qu'il avait toujours entendu
décrire comme des êtres silencieux et terre à terre,
maîtrisaient parfaitement certains talents de société. Ils
traînaient et bavardaient comme de vrais Napolitains.

— Au revoir, Monsieur le comte, dit Pandora, qui avait
le visage un peu rougi par ses divers efforts, mais qui n'en
avait pas l'air moins belle pour autant. J'espère que tout se
passera au mieux, et que vous aimerez notre pays.

— J'espère que vous vous en tirerez sans encombre,
répondit Vogelstein, avec un sourire et le sentiment d'être
déjà à l'aise dans la langue.

— Le monsieur est malade, celui auquel j'ai écrit,
répliqua-t-elle, n'est-ce pas triste ? Mais il m'a envoyé une
lettre, pour un de ses amis, un des inspecteurs, et j'imagine
que nous n'aurons pas d'histoires. Mr Lansing, permettez
que je vous fasse faire la connaissance du comte Vogel-

stein, continua-t-elle, en présentant à son compagnon de
voyage le porteur du chapeau de paille et de l'épingle de
cravate qui serra la main du jeune Allemand comme s'il
ne l'avait encore jamais vu. Vogelstein eut un moment
de panique. Il remercia sa bonne étoile de ne pas avoir
offert de pourboire à l'ami d'un monsieur dont on lui
avait souvent parlé et qu'un des membres de la famille
de Pandora avait décrit comme son amoureux.

— Affaires de femmes, cette fois, fit Mr Lansing à
Vogelstein, en souriant subrepticement, comme pour
signaler une reconnaissance à laquelle ni l'un ni l'autre
n'aurait tenu.

— Mr Bellamy dit que, pour lui, vous serez prêt à tout
faire, dit Pandora en souriant très gentiment à Mr Lansing. Nous n'avons pas grand-chose ; nous ne sommes
partis que deux ans.

Mr Lansing se gratta un peu l'arrière de la tête, d'un
mouvement qui envoya son chapeau de paille vers
l'avant, dans la direction de son nez. « Que je sache, il
n'est rien que je ferais pour lui et que je ne ferais pas
pour vous », répondit-il en rendant son sourire à la jeune
fille. « Je crois que vous feriez bien d'ouvrir celle-là. » Et
il donna un petit coup de pied aimable à l'une des
malles.

— Oh, maman, n'est-ce pas adorable ? Ce ne sont que
nos affaires de mer ! s'écria Pandora en se penchant tout
de suite sur ce coffre, la clé à la main.

— Je ne sache pas que j'aie envie de les montrer, fit
Mrs Day avec modestie.

Vogelstein salua l'ensemble de la compagnie à l'alle-
mande, et adressa un au revoir sonore à Pandora qui le
lui rendit d'une voix vive et amicale, mais sans se retourner, occupée qu'elle était à actionner la serrure de la
malle.

— Nous en essayerons une autre, si vous le souhaitez,
proposa Mr Lansing en riant.

— Oh non ! C'est celle-ci qu'il faut ouvrir ! Au revoir,
Monsieur le comte. J'espère que vous nous jugerez
comme il faut !

Le jeune homme s'en alla de son côté, et passa la

barrière du quai. Son domestique l'y retrouva, avec un tel air de consternation sur le visage qu'il lui demanda s'il n'arrivait pas à avoir un fiacre.

— Un *'ack,* qu'ils appellent ça ici, Monsieur, répondit le domestique. Et ils sont au-dessous de tout. Il réclame trente shillings pour vous amener à l'auberge.

Vogelstein eut un moment d'hésitation.

— Tu n'aurais pas pu trouver un Allemand.

— Vu sa façon de parler, c'en est justement un ! dit-il, et un instant plus tard, le comte Vogelstein commença sa carrière américaine en discutant le tarif des voitures de louage dans la langue de ses pères.

2

Vogelstein se rendait à toutes les invitations par principe, en partie pour étudier la société américaine, et en partie parce que Washington ne lui semblait pas offrir tant de distractions qu'il pût se permettre de négliger des occasions. Après deux hivers, il en recevait bien sûr un bon nombre, de toute espèce, et son étude de la société américaine avait donné d'appréciables résultats. Mais, quand un jour d'avril, pendant sa deuxième année de résidence, il se présenta à une grande réception donnée par Mrs Bonnycastle, réception qui passait pour devoir être le dernier événement de la saison, ni sa présence ni son aspect pimpant et son humeur bavarde ne procédaient d'une règle de conduite. Il n'allait chez Mrs Bonnycastle que parce qu'il aimait cette dame, dont les réceptions étaient les plus agréables de Washington, et parce que, s'il n'y allait pas, il ne savait pas ce qu'il lui resterait à faire. Il s'était assez habitué à cette absence d'alternative, propre à Washington : il y avait beaucoup de choses qu'il faisait parce que, s'il ne les avait pas faites, il ne savait pas ce qu'il lui serait resté à faire. Nous devons ajouter que, dans ce cas précis, même s'il avait eu une alternative, il aurait quand même opté pour la réception de Mrs Bonnycastle. Si sa maison n'était pas la plus agréable de la ville, du moins était-il difficile de dire quelle maison l'était davantage ; et la plainte, parfois formulée, qu'elle était trop étroite, qu'elle laissait finalement plus de gens dehors qu'elle n'en accueillait, s'appliquait avec beaucoup moins de force quand elle ouvrait largement ses portes pour une grande réception. A la fin de la saison, dans la douceur et les parfums du printemps de Washington, à l'époque où l'air commençait à se colorer d'un éclat méridional et où les petites places (vers lesquelles les grandes avenues vides convergeaient selon un plan ingénieux mais incompréhensible) commençaient à se teindre d'une floraison rose et à donner envie de s'asseoir sur leurs bancs, en cette période d'expansion et d'indulgence, Mrs Bonnycastle, qui avait été assez sur la défensive pendant l'hiver, se laissait aller à une inconséquence joviale, à une imprudence verbale si l'on peut dire, et cessait de peser les conséquences d'une hospitalité dont la lecture des vieux numéros des quotidiens, voire celle du journal du matin, aurait suffi à lui montrer toute l'erreur. Mais la vie de Washington, comme l'avait compris Vogelstein, était pavée d'erreurs ; il avait l'impression d'être dans une société fondée sur le faux pas nécessaire. Si peu porté qu'il fût à avoir une vue folâtre de l'existence, il s'était dit dans les premiers temps de son séjour aux États-Unis que la seule façon d'y prendre plaisir était de faire un feu de joie de son système de valeurs et de se chauffer à sa flamme. Ainsi réfléchissait un Teuton enclin aux théories qui passait maintenant la plupart de son temps à fouler les cendres de ses préjugés. Mrs Bonnycastle avait essayé plus d'une fois de lui expliquer selon quels principes elle décidait de recevoir certaines personnes et de faire comme si elle ne connaissait pas les autres ; mais il avait du mal à saisir ces distinctions. Elle voyait des différences là où il ne voyait que des ressemblances et il avait toutes les peines du monde à comprendre l'interprétation que Mrs Bonnycastle lui donnait des mérites et des défauts d'une bonne partie de la société de Washington. Par bonheur, elle disposait d'un

fond de bonne humeur qui, comme je l'ai laissé entendre,
se manifestait le plus au moment où les fleurs sortaient, et
qui lui faisait trouver aussi amusants les gens qu'elle ne
recevait pas que ceux qu'elle recevait. Son mari ne faisait
pas de politique, même s'il en était imprégné ; mais le
couple se sentait le devoir de cultiver un patriotisme actif ;
ils pensaient que vivre en Amérique était bien, à la
différence de bon nombre de leurs relations, qui trouvaient
seulement que c'était cher. Ils avaient l'encombrant héri-
tage de réminiscences étrangères que traînent bon nombre
d'Américains, mais ils le portaient avec plus d'aisance que
la plupart de leurs compatriotes, et seul leur enthousiasme
actuel, et non leurs regrets, indiquait qu'ils avaient vécu en
Europe. C'est-à-dire que leurs seuls regrets étaient d'y
avoir jamais vécu, comme Mrs Bonnycastle le déclara un
jour à la femme d'un ambassadeur étranger. Ils réussis-
saient à résoudre tous leurs problèmes, y compris celui de
ne connaître que les gens qu'ils souhaitaient connaître, et
celui de trouver largement à s'occuper dans une société qui
passait pour n'offrir que de maigres ressources à des gens
oisifs. Quand, avec l'arrivée des premières chaleurs, ils
ouvraient à deux battants la porte de leur maison, c'était
parce qu'ils pensaient que cela allait les distraire, et non
parce qu'ils se sentaient soumis à une quelconque pression.
Tout l'hiver, en effet, Alfred Bonnycastle s'irritait un peu
de la sévérité de la sélection opérée par sa femme ; il
trouvait leur monde vraiment un peu trop choisi pour
Washington. Vogelstein se souvenait encore comme il avait
été intrigué (ce sentiment s'était maintenant un peu dissipé) en entendant Mr Bonnycastle s'exclamer, il y avait un
peu plus d'un an de cela, un soir, après un dîner chez lui,
alors que tous les autres invités étaient partis et que notre
secrétaire de l'ambassade d'Allemagne s'attardait, comme
souvent, avec le couple : « Diantre, nous n'avons plus
qu'un mois ; amusons-nous un peu : invitons le président ! »

C'était le carnaval de Mrs Bonnycastle, et dans les
circonstances auxquelles je me référais en débutant mon
petit chapitre, non seulement le président avait été invité,
mais il avait en outre manifesté son intention de venir. Je

m'empresse d'ajouter qu'il ne s'agissait plus du personnage que visait l'allusion irrespectueuse d'Alfred Bonnycastle. La Maison Blanche avait un nouvel occupant (l'ancien était alors sur le départ) et Otto Vogelstein avait eu l'avantage, au cours des dix-huit premiers mois de son séjour en Amérique, d'assister à une campagne présidentielle, à l'inauguration d'un président et à un partage de dépouilles. Il avait été stupéfait de constater, au cours de ces premières semaines, qu'au sein de la capitale fédérale, dans ce qu'il croyait être les meilleures maisons, le président n'était pas un hôte que l'on s'arrachait ; car c'était la seule explication possible de la proposition fantaisiste de Mr Bonnycastle de l'inviter comme pour une espèce de carnaval.

C'étaient les vacances parlementaires, mais cela ne changeait pas beaucoup l'aspect des salons de Mrs Bonnycastle dont on ne pouvait pas dire, même en pleine période d'activité du Congrès, qu'ils regorgeaient de représentants du peuple. On y trouvait à l'occasion un sénateur dont les mouvements et les propos semblaient souvent faire l'objet d'un mélange d'inquiétude et d'indulgence, comme si l'on eût été déçu s'ils n'avaient pas été un peu bizarres, tout en jugeant nécessaire de les surveiller de près. Vogelstein avait acquis une certaine tendresse pour ces pères conscrits, sans famille visible, qui évoquaient un peu la toge par les sinuosités volumineuses de leur conversation, sans laquelle ils étaient plutôt nus et chauves, avec un visage ridé comme de la pierre, qui faisait penser aux bustes et aux statues des législateurs d'autrefois.

Il trouvait quelque chose de froid et d'exposé dans ce mélange de hauteur et de nudité qui les caractérisait ; leurs yeux lançaient parfois des regards désolés, comme si leur conscience de législateurs lâchés dans le monde aspirait à la chaleur de quelques bonnes petites lois toutes faites. Les parlementaires étaient très rares et, à l'époque où Washington était une nouveauté pour Vogelstein, il les prenait parfois, dans le vestibule ou dans les escaliers où il les rencontrait, pour ces personnages chargés, l'espace d'une soirée, d'annoncer les invités et de servir à table. Ce n'est qu'un peu plus tard qu'il s'aperçut que ces personnages avaient presque toujours quelque chose d'impressionnant et que leur teint leur tenait lieu de livrée. Mais à cette époque de l'année, il y avait un risque bien moindre de rencontrer ces créatures trompeuses que pendant les mois d'hiver, risque qui devenait même tout à fait nul chez Mrs Bonnycastle. A cette époque, les perspectives sociales de Washington, à l'instar de l'étendue plate et fraîche des rues identifiées par des lettres et des numéros, que Vogelstein trouvait à cette saison plus spacieuses et plus indifférenciées que jamais, suggéraient que les créatures politiques se faisaient rares. Le comte Otto connaissait tout le monde ce soir-là, ou presque tout le monde. Il y avait très souvent des étrangers curieux, des gens de New York et de Boston, qui s'attendaient à des choses extraordinaires et, avec la gentillesse qui prévalait à Washington, notre jeune Allemand leur était rapidement présenté. C'était une société où régnait la familiarité et à l'intérieur de laquelle les gens pouvaient se rencontrer trois fois par jour, si bien que leur essence profonde devenait une chose importante.

— J'ai trois jeunes filles nouvelles, lui dit Mrs Bonnycastle. Il faudra que vous bavardiez avec les trois.

— Ensemble ? demanda Vogelstein, inversant en imagination une situation qui ne lui était pas inconnue.

A Washington, il s'était souvent trouvé en butte à la conversation de plusieurs voix virginales à la fois.

— Que non ! Il faudra que vous trouviez quelque chose de différent pour chacune ; vous ne vous en tirerez pas comme ça. Vous ne vous êtes donc pas rendu compte que les jeunes Américaines attendent quelque chose qui leur soit destiné en propre ? En Europe, il suffit d'avoir quelques formules qui peuvent servir avec n'importe quelle jeune fille. Mais une Américaine n'est pas n'importe quelle jeune fille : c'est une représentante remarquablement individualisée d'une espèce remarquable. Cela dit, gardez le meilleur de la soirée pour Miss Day.

— Pour Miss Day ! s'exclama Vogelstein en la dévisageant. Vous parlez bien de Pandora ?

Mrs Bonnycastle le dévisagea un instant à son tour, puis elle rit très fort.

— On dirait que vous avez fait le tour du monde à sa recherche ! Ainsi vous la connaissez déjà, et vous l'appelez par son petit nom ?

— Oh non. Je ne la connais pas ; à vrai dire, elle a disparu de ma vue et de ma pensée depuis ce jour-là. Nous sommes venus en Amérique par le même bateau.

— Serait-ce qu'elle n'est pas américaine ?

— Oh si, elle habite Utica, dans l'intérieur.

— L'intérieur d'Utica ? Alors vous ne parlez pas de la même jeune femme : la mienne habite New York, dont elle est une des beautés et une des coqueluches, et où elle a été extrêmement admirée l'hiver dernier.

— Après tout, fit Vogelstein un peu déçu, après un instant de réflexion, ce n'est pas un nom si rare ; il s'agit peut-être de quelqu'un d'autre. Mais elle a des yeux assez étranges, un peu jaunes, et le nez légèrement busqué ?

— Je suis incapable de vous en dire autant ; je ne l'ai jamais vue. Elle séjourne chez Mrs Steuben. Il n'y a pas deux jours qu'elle est là, et c'est Mrs Steuben qui doit l'amener. Quand elle m'a écrit pour m'en demander la permission, elle m'a dit ce que je vous ai rapporté. Elles ne sont pas encore arrivées.

Vogelstein fut traversé par l'espoir que l'objet de cette lettre fût en effet la jeune fille qu'il avait quittée sur le quai de New York, mais les indices semblaient pointer dans une direction opposée et il n'avait aucune envie de se bercer d'une illusion. Il lui paraissait improbable que la jeune fille énergique qui l'avait présenté à Mr Lansing eût ses entrées dans la meilleure maison de Washington ; par ailleurs, l'invitée de Mrs Bonnycastle était décrite comme une beauté, et comme une enfant de la brillante cité.

— Comment Mrs Steuben se situe-t-elle socialement ? lui vint-il à l'esprit de demander tout à coup, tandis qu'il réfléchissait. Il avait une façon sérieuse, naïve, directe, de poser ce genre de question ; on pouvait voir à cela que c'était un garçon très méthodique.

Mrs Bonnycastle éclata d'un rire moqueur.

— Voilà bien une chose que j'ignore. Et vous, comment vous situez-vous ?

Sur quoi elle le laissa pour aller s'occuper d'autres

invités, répétant sa question à plusieurs d'entre eux. Quelqu'un pouvait-il lui dire comment Mrs Steuben se situait socialement ? Le comte Vogelstein, là-bas, avait envie de le savoir. Il se rendit bien entendu compte sur-le-champ qu'il n'aurait jamais dû poser une pareille question. La position de cette dame sur l'échelle sociale n'était-elle pas suffisamment indiquée par le fait que Mrs Bonnycastle la connaissait ? Malgré tout, il y avait des nuances subtiles, et il trouvait la rebuffade injuste. Il était parfaitement vrai, ainsi qu'il l'avait dit à son hôtesse, que sous la vague d'impressions nouvelles qui l'avait rapidement submergé depuis son arrivée en Amérique, l'image de Pandora s'était presque complètement effacée. Il avait vu bon nombre de choses tout aussi remarquables, chacune à sa façon, que la fille de Mr et Mrs Day. Mais à peine avait-il été effleuré par l'idée qu'il risquait de la revoir d'une seconde à l'autre que son image réapparut dans son esprit avec autant de netteté que s'ils ne s'étaient quittés que la veille. Il se rappelait la nuance exacte de ses yeux, qu'il avait décrits jaunes à Mrs Bonnycastle ; le ton de sa voix quand, au tout dernier moment, elle avait exprimé l'espoir qu'il jugeât l'Amérique comme il fallait. L'avait-il jugée comme il fallait ? S'il devait la rencontrer de nouveau, il ne faisait pas de doute qu'elle chercherait à s'en assurer. Il serait très excessif de dire que la perspective d'une telle épreuve terrifiait le comte Vogelstein ; mais on peut dire au moins que l'idée de rencontrer Pandora Day le rendait nerveux. C'est certainement un fait singulier, et je ne m'engagerai pas à l'expliquer ; il est des choses auxquelles même le plus philosophe des historiens n'est pas tenu de donner une explication.

Il entra sans se presser dans une autre pièce et là, cinq minutes plus tard, Mrs Bonnycastle le présenta à l'une des jeunes filles dont elle lui avait parlé. C'était une fille très intelligente, qui était de Boston, et qui manifestait une grande connaissance des romans de Spielhagen.

— Les aimez-vous ? lui demanda Vogelstein assez distraitement, car c'était un sujet auquel il ne s'intéressait pas beaucoup, réservant les œuvres de fiction aux voyages en mer.

La jeune Bostonienne eut un air pensif et concentré, et

répondit qu'elle en aimait certains, mais qu'il y en avait qu'elle n'aimait pas, puis elle énuméra les titres qui tombaient dans chaque catégorie. Spielhagen est un écrivain prolixe, et ce catalogue prit un certain temps ; qui plus est, quand elle l'eut terminé, la question de Vogelstein était toujours sans réponse, car il aurait été dans l'incapacité de dire si elle aimait Spielhagen ou non. Sur le sujet suivant, cependant, ses sentiments ne pouvaient plus faire de doute. Ils parlèrent de Washington comme on n'en parle que quand on s'y trouve, tournant autour du sujet en cercles tantôt plus larges, tantôt plus étroits, abordant ses diverses ramifications l'une après l'autre, et l'envisageant de tous les points de vue possibles. Vogelstein était depuis assez longtemps en Amérique pour s'apercevoir qu'après avoir été socialement négligé pendant un demi-siècle, Washington était devenue à la mode, et possédait l'immense avantage d'offrir une ressource nouvelle à la conversation. C'était particulièrement vrai pendant les mois de printemps, où les habitants des cités commerçantes qui descendent vers le sud poussaient jusque-là pour fuir cette période agitée. Tous étaient d'accord pour dire que Washington était fascinante et nul n'était mieux préparé pour l'investir que les Bostoniens. Dans les premiers temps, Vogelstein n'avait pas été en phase avec eux ; il ne comprenait pas leur point de vue, il ne savait pas à quoi ils comparaient l'objet dont ils s'étaient ainsi entichés. Mais, à présent, il savait tout ; il avait pris leur rythme ; il n'y avait plus un moment de la conversation qui pût le trouver désemparé. Elle renfermait quelque chose d'hégélien ; à la lumière de ces considérations, la capitale américaine prenait l'aspect d'un *Werden* monstrueux, mystérieux. Mais cela fatiguait un peu Vogelstein et il préférait en général ne pas se lier au cours de la même soirée avec plus d'un nouveau venu, plus d'un visiteur néophyte. C'est pourquoi, en manifestant le désir de le présenter à trois jeunes filles, Mrs Bonnycastle l'avait un peu abasourdi ; il se voyait en train de répéter pour le bénéfice de chacune des trois demoiselles un processus dans lequel il avait acquis une certaine habileté mais qui n'en restait pas moins passablement épuisant. Après s'être séparé de sa brillante Bostonienne, il s'efforça d'éviter

Mrs Bonnycastle, et se contenta de bavarder avec de vieux amis sur un ton qui était, pour l'essentiel, plus bas et plus sceptique.

Au bout d'un long moment, il entendit dire que le président était arrivé et que cela faisait une demi-heure qu'il était dans la maison : il se mit en quête de l'illustre invité qu'aucune grappe de courtisans ne permettait de repérer dans les réceptions de Washington. Il se faisait une obligation, chaque fois qu'il se trouvait dans les mêmes lieux que le président, d'aller lui présenter ses devoirs ; et il ne s'était pas laissé décourager par le fait que le regard du grand homme ne semblait pas le remettre tandis qu'il lui tendait une main présidentielle en lui disant : « Très heureux de vous rencontrer, Monsieur. » Vogelstein avait l'impression qu'il le prenait pour un simple électeur, peut-être même pour quelqu'un qui briguait un poste ; et il se disait, dans ce genre de situation, que le gouvernement monarchique avait ses mérites : c'était un système qui permettait la transmission héréditaire de la faculté de reconnaissance rapide. Il avait pour l'heure quelques difficultés à trouver le premier magistrat, et il finit par apprendre que ce dernier se trouvait dans le salon de thé, petite pièce proche de l'entrée et consacrée aux rafraîchissements. C'est là que Vogelstein l'aperçut alors, assis sur un canapé, en conversation avec une dame. Autour de la table, un certain nombre de personnes mangeaient, buvaient et bavardaient ; et le couple installé dans le canapé, qui n'était pas situé à proximité de la table, mais qui se trouvait contre le mur, dans une espèce de recoin, donnait l'impression d'être un peu à l'écart, comme s'ils avaient cherché une retraite et qu'ils étaient prêts à profiter de la distraction des autres. Le président était renversé dans son dossier ; ses mains gantées, qui reposaient sur ses genoux, formaient deux grosses taches blanches. Il y avait en lui un air d'éminence mais aussi de décontraction, et sa voisine le faisait rire. Vogelstein perçut sa voix tandis qu'il s'approchait ; il l'entendit dire : « Eh bien, souvenez-vous-en. Je considère cela comme une promesse. » Elle était très joliment vêtue, tout en rose ; elle avait les mains jointes sur les genoux et ses yeux étaient rivés au profil présidentiel.

— Dans ce cas, Madame, ce sera la cinquantième promesse que j'aurai faite aujourd'hui.

Au moment même où il entendait ces paroles prononcées par le compagnon de la jeune femme, Vogelstein s'arrêta net, tourna les talons et fit semblant d'être à la recherche d'une tasse de thé. Ce n'était pas l'habitude de déranger le président, ne fût-ce que pour lui serrer la main, quand il était assis sur un canapé avec une dame, et Vogelstein eut le sentiment qu'il était moins question que jamais d'enfreindre cette règle, car la dame qui était assise sur le canapé n'était autre que Pandora Day. Il l'avait reconnue sans qu'elle eût semblé le voir, et le regard fugitif qu'il avait porté sur elle lui avait suffi pour comprendre qu'elle était devenue quelqu'un avec qui il fallait compter. Elle avait un air d'exultation, de succès ; resplendissante dans sa robe rose, elle arrachait des promesses au chef d'un pays de cinquante millions d'habitants. Quel endroit étrange pour la rencontrer, pensa Vogelstein, et comme il était difficile, somme toute, en Amérique, de savoir qui étaient les gens ! Il n'avait pas envie de lui parler tout de suite ; il avait envie d'attendre un peu et d'en apprendre davantage ; mais, en attendant, il y avait quelque chose de séduisant dans l'idée qu'elle se trouvait derrière lui, à quelques mètres de là, et qu'il lui suffisait de se retourner pour la revoir. C'était bien d'elle que parlait Mrs Bonnycastle ; c'était bien elle qui avait été tant admirée à New York. Son visage n'avait pas changé, mais Vogelstein avait vu instantanément qu'elle avait quelque chose de plus joli ; il avait reconnu la courbure de son nez, qui évoquait l'ambition. Il prit deux glaces, dont il n'avait pas envie, à seule fin de ne pas s'en aller. Il se rappela l'entourage qu'elle avait sur le bateau : son père et sa mère, les bourgeois silencieux, qui étaient si peu « du monde » ; son bébé de sœur, qui en était tant ; son humoriste de frère, avec son grand chapeau, qui régnait sur le fumoir. Il se rappela les avertissements de Mrs Dangerfield, mais aussi ses perplexités, et la lettre de Mr Bellamy, et la présentation à Mr Lansing, et la façon dont Pandora s'était baissée, sur le quai sale, riant et bavardant, maîtresse de la situation, pour ouvrir sa malle au douanier. Il était bien certain qu'elle n'avait pas eu de droits à acquitter ce jour-là ; tel était, bien entendu, le but de la lettre de Mr Bellamy. Continuait-elle sa correspondance avec ce jeune homme, et avait-il guéri de sa maladie ? Tout cela traversa l'esprit de Vogelstein, et il se rendit compte qu'il était bien naturel que Pandora fût maîtresse de la situation car il était clair qu'il n'y avait rien, dans la situation présente, qu'elle ne pût maîtriser. Il but son thé et, tandis qu'il reposait sa tasse, il entendit dans son dos le président qui disait :

— Bien, je crois que ma femme va se demander pourquoi je ne rentre pas à la maison.

— Pourquoi ne l'avez-vous pas amenée avec vous ? demanda Pandora.

— Ma foi, elle ne sort pas beaucoup. Et puis, il y a sa sœur qui séjourne avec elle, Mrs Bunkle, de Natchez. Elle est pratiquement invalide, et ma femme n'aime pas la laisser seule.

— Ce doit être une femme très bonne, observa Pandora avec compassion.

— Ma foi, c'est sans doute qu'elle n'a pas encore été abîmée.

— J'aimerais beaucoup aller la voir, dit Pandora.

— Ce serait avec plaisir. Ne pourriez-vous pas venir un soir ? proposa aussitôt le président.

— Soit, je viendrai un jour, et je vous rappellerai votre promesse.

— D'accord. Rien de tel que de raviver une promesse. Bien, fit le président, je dois aller dire au revoir à cette aimable compagnie.

Vogelstein l'entendit se lever du canapé ainsi que sa compagne, et il laissa au couple le temps de sortir de la pièce en passant devant lui, ce qu'ils firent avec une certaine solennité, les gens s'écartant pour faire place au chef d'un pays de cinquante millions d'habitants et regardant avec une certaine curiosité l'étonnante personne en rose qui marchait à ses côtés. Quand, quelques instants plus tard, Vogelstein traversa après eux le vestibule et pénétra à leur suite dans une autre pièce, il vit son hôtesse accompagner le président jusqu'à la porte, et deux ambassadeurs étrangers ainsi qu'un juge de la Cour suprême s'adresser à Pandora Day. Il résista à la tentation d'aller se joindre au groupe ; s'il lui parlait, il souhaitait que ce fût en tête à tête. Elle n'en continuait pas moins à l'occuper et dès que Mrs Bonnycastle revint du vestibule, il s'approcha d'elle avec une requête.

— J'aimerais que vous me disiez quelque chose de plus au sujet de cette fille, la fille en rose, là-bas.

— La ravissante petite Day, ainsi qu'on l'appelle, n'est-ce pas ? Je voulais vous faire bavarder avec elle.

— En fait, c'est bien la jeune fille que j'avais rencontrée. Mais ici, elle semble si différente. Je n'y comprends rien.

Il y avait dans son expression quelque chose qui provoqua l'hilarité de Mrs Bonnycastle.

— Comme nous vous intriguons, vous autres Européens ! Vous avez l'air absolument abasourdi !

— Je suis navré d'en avoir l'air ; j'essaye de le cacher. Mais nous sommes des gens très simples, évidemment. Permettez-moi donc de vous poser une question simple. Est-ce que ses parents aussi sont du monde ?

— Ses parents ? Du monde ? Mais d'où tombez-vous ? Avez-vous déjà entendu parler d'une fille en rose dont les parents étaient des gens du monde ?

— Mais, dans ce cas, est-elle toute seule ? demanda le comte Vogelstein avec un accent mélancolique.

Mrs Bonnycastle le dévisagea un moment d'un air rieur :

— Vous me faites pitié. Vous ne savez donc pas quelle fille c'est ? Je pensais bien entendu que vous étiez au courant.

— C'est précisément ce que je vous demande.

— Mais, c'est cette nouvelle race de jeunes filles. C'est la dernière nouveauté. Les journaux en ont parlé. C'est la raison pour laquelle j'ai demandé à Mrs Steuben de l'amener.

— La nouvelle race de jeunes filles ? Quelle nouvelle race, Mrs Bonnycastle ? implora Vogelstein, conscient qu'en Amérique tout était nouveau.

Prise de fou rire, elle fut un moment sans pouvoir répondre, et comme elle venait de se ressaisir, la jeune fille de Boston avec qui Vogelstein avait bavardé arrivait pour prendre congé. Celle-là, il en était sûr, représentait une race ancienne, pour l'Amérique ; et le rituel du départ entre l'invitée et son hôte était empreint d'une complexité antique. Vogelstein attendit un instant, puis il tourna les talons et se dirigea vers Pandora Day, dont le cercle d'interlocuteurs s'était accru d'un monsieur qui avait détenu un poste important dans le gouvernement du dernier occupant du fauteuil présidentiel. Vogelstein avait demandé à Mrs Bonnycastle si elle était « toute seule » ; mais il n'y avait rien dans la situation de Pandora qui suggérât l'isolement. Elle n'était pas tout à fait assez seule au goût de Vogelstein ; mais il était impatient, et il espérait qu'elle lui accorderait quelques mots en particulier. Elle le reconnut sans l'ombre d'une hésitation, et lui adressa le plus doux des sourires, un sourire qui s'accordait au ton sur lequel elle lui dit :

— Je vous observais ; je me demandais si vous alliez vous décider à me parler.

— Miss Day l'observait, s'exclama l'un des ambassadeurs étrangers, et nous qui nous flattions de retenir toute son attention !

— C'était avant, fit la jeune fille, pendant que je parlais avec le président.

Sur quoi les messieurs se mirent à rire, et l'un d'entre eux fit observer que c'était ainsi que les absents avaient toujours tort, même quand il s'agissait d'un grand de ce monde ; tandis qu'un autre exprimait le souhait que Vogelstein était aussi flatté qu'il convenait.

— Oh, j'observais aussi le président, dit Pandora. Lui, je dois bien l'observer : il m'a promis quelque chose.

— Il doit s'agir de la mission en Angleterre, suggéra le juge de la Cour suprême. C'est un bon poste pour une femme ; c'est une femme qui gouverne, là-bas.

— J'aimerais que l'on vous envoie dans mon pays, suggéra l'un des ambassadeurs étrangers. Je me ferais rappeler sur-le-champ.

— Mais peut-être ne vous adresserais-je même pas la parole, dans votre pays ! C'est seulement parce que vous êtes chez moi, répliqua la jeune fille avec une familiarité enjouée qui n'était chez elle, de toute évidence, qu'une technique de défense. Vous verrez de quelle mission il s'agit quand la chose se fera. Mais je voudrais parler avec le

comte Vogelstein ici présent. C'est un ami de plus vieille
date qu'aucun d'entre vous. Je l'ai connu en des temps
difficiles.

— C'est exact, sur l'océan, dit le jeune homme en
souriant. Sur la plaine océane, au milieu des tempêtes !

— Oh ! ce n'est pas tant cela que je voulais dire ; nous
avons fait une belle traversée, sans aucune tempête. Je
voulais dire que c'était le temps où j'habitais Utica. C'est
bien une espèce de plaine océane, si vous voulez, et une
tempête y aurait apporté un changement agréable.

— Vos parents m'ont fait l'effet de gens si pacifiques !
s'exclama Vogelstein avec le désir informulé de dire
quelque chose de bienveillant.

— C'est que vous ne les avez pas vus à terre. A Utica, ils
étaient très vivants. Mais nous n'y habitons plus désormais.
Vous ne vous souvenez donc pas que je vous ai dit que je
les poussais à s'installer à New York ? Eh bien, j'ai poussé,
et poussé dur, et nous avons fini par déménager.

— Et j'espère qu'ils en sont heureux, dit Vogelstein.

— Mon père et ma mère ? Oh, ils finiront bien par l'être.
Je dois leur donner le temps. Ils sont encore très jeunes ; ils
ont des années devant eux. Et vous, vous êtes resté à
Washington ? continua Pandora. J'imagine que vous avez
découvert tout ce qu'il y avait à découvrir.

— Oh non, il y a encore des choses qui m'échappent.

— Venez me voir, peut-être pourrais-je vous aider. Je
suis très différente de ce que j'étais sur ce bateau. J'ai
beaucoup progressé depuis.

— Et comment était Miss Day sur ce bateau ? s'enquit le
ministre du précédent gouvernement.

— Délicieuse, évidemment, répondit Vogelstein.

— Il veut me flatter ; je n'ai pas ouvert la bouche ! s'écria
Pandora. Mais voici Mrs Steuben qui vient me chercher pour
aller ailleurs. Je crois qu'il s'agit d'une soirée littéraire, près
du Capitole. Les choses semblent si cloisonnées à Washington. Mrs Steuben va lire un poème. J'aimerais bien qu'elle le
lise ici : cela irait tout aussi bien, n'est-ce pas ?

La dame en question signifia, en arrivant, que Pandora
et elle devaient partir. Mais les compagnons de Miss Day
avaient toutes sortes de choses à lui dire avant de lui rendre

sa liberté. Elle eut une réponse pour chacun d'entre eux et Vogelstein put se persuader, en l'écoutant, que comme elle le disait elle-même, elle avait beaucoup progressé. Toute fille de petits-bourgeois qu'elle fût, elle était vraiment brillante. Vogelstein s'éloigna un peu et posa une question à Mrs Steuben qui attendait. Une demi-heure plus tôt, il s'était enquis à son sujet et s'était entendu répondre de façon ambiguë par Mrs Bonnycastle ; mais la raison n'en était pas qu'il n'eût pas rencontré Mrs Steuben, ni qu'il ignorât en quelle estime elle était tenue. Il l'avait rencontrée en divers endroits, et il avait été reçu chez elle. C'était la veuve d'un commodore, belle femme, réservée, douce, influente et aimée de tous, avec ses cheveux noirs coiffés en bandeaux luisants et ses anglaises qui pendaient derrière les oreilles. Quelqu'un avait dit qu'elle ressemblait à la Reine dans *Hamlet*. Elle avait écrit des poésies qui avaient beaucoup plu dans le Sud ; elle portait sur son sein un portrait en pied du commodore et parlait avec l'accent de Savannah. Elle était washingtonienne dans l'âme. Vogelstein avait vraiment fait preuve de lourdeur en interrogeant Mrs Bonnycastle sur sa situation dans le monde.

— Ayez la bonté de me dire, fit-il en baissant la voix, à quelle race appartient cette jeune fille. Mrs Bonnycastle m'a dit qu'elle était d'une race nouvelle.

Mrs Steuben fixa un moment notre secrétaire d'ambassade de son regard liquide. Elle donnait toujours l'impression de traduire votre prose dans les rythmes délicats qui étaient familiers à son esprit. « Croyez-vous que rien soit vraiment neuf ? demanda-t-elle. J'aime beaucoup ce qui est vieux ; vous savez que c'est une de nos faiblesses, à nous autres gens du Sud. » On notera que ce n'était pas la seule faiblesse de la pauvre dame. « Ce que nous prenons pour du neuf n'est bien souvent que du vieux sous une forme nouvelle. N'y avait-il pas des natures remarquables autrefois ? Si vous en doutez, allez donc visiter le Sud, où le passé s'attarde encore. »

Vogelstein avait déjà été frappé par la façon dont Mrs Steuben prononçait le mot qui désignait la latitude sous laquelle elle était née, allongeant la voyelle et lui donnant une douceur particulière. Mais, en cet instant, il remarqua à peine cette caractéristique : il se demandait en revanche comment cette femme pouvait être à la fois aussi prolixe et aussi frustrante. Qu'avait-il à faire du passé, qu'avait-il à faire de son Sud ? Il craignait de la relancer. Il la regarda d'un air découragé et impuissant, presque aussi abasourdi qu'il l'avait été, une demi-heure plus tôt, devant Mrs Bonnycastle ; il regardait aussi le commodore qui, sur le sein de Mrs Steuben, semblait respirer de nouveau, au rythme du souffle de sa veuve.

— Dites que c'est une race ancienne, fit-il au bout d'un moment. Tout ce que je désire savoir c'est de quoi il s'agit ! On dirait que c'est une question sans réponse.

— Vous pouvez la trouver dans les journaux. Il y a eu des articles sur le sujet. On écrit sur tout de nos jours. Mais ça ne s'applique pas à Miss Day. C'est une des plus anciennes familles. Son arrière-grand-père a fait la révolution.

A ce moment, Pandora était à nouveau disponible pour Mrs Steuben. Elle semblait lui signifier qu'elle était prête à partir.

— Votre arrière-grand-père a fait la révolution, n'est-ce pas ? demanda Mrs Steuben. Je mets le comte Vogelstein au courant.

— Pourquoi posez-vous des questions au sujet de mes ancêtres ? demanda en souriant la jeune fille à notre jeune Allemand. Est-ce là la question à laquelle vous n'arrivez pas à trouver de réponse ? Si seulement Mrs Steuben veut bien rester coite, vous ne la trouverez jamais.

Mrs Steuben opina, d'un air un peu rêveur. « Une Sudiste n'a pas de mal à rester coite. Il y a comme une langueur dans notre sang. Par ailleurs, c'est une nécessité de nos jours. Mais je dois faire preuve de quelque énergie ce soir. Je dois vous emmener à l'autre bout de Pennsylvania Avenue. »

Pandora tendit la main au comte Vogelstein et lui demanda s'il pensait qu'ils se reverraient. Il lui répondit qu'à Washington les gens n'arrêtaient pas de se rencontrer et que, de toute façon, il ne manquerait pas d'aller lui rendre visite. Sur ces entrefaites, au moment où les deux femmes commençaient à s'éloigner, Mrs Steuben fit remarquer que si Monsieur le comte et Miss Day souhaitaient se voir de nouveau, le pique-nique leur offrait une bonne occasion, ce pique-nique qu'elle organisait pour le jeudi suivant. Il y aurait une vingtaine de personnalités brillantes et l'on descendrait le Potomac jusqu'à Mount Vernon. Vogelstein répondit que si Mrs Steuben le jugeait assez brillant, il se ferait un plaisir de se joindre au groupe ; et l'heure à laquelle le rendez-vous était fixé lui fut indiquée.

Il resta chez Mrs Bonnycastle après que tout le monde en fut parti, et il informa cette dame de la raison pour laquelle il était demeuré. Voudrait-elle prendre pitié de lui et lui dire en un mot, avant qu'il n'allât se reposer, car nul repos n'était possible sans cela, quelle était cette fameuse race à laquelle appartenait Pandora Day ?

— Bonté divine, vous n'allez pas me dire que vous n'avez pas encore trouvé de quoi il s'agit ? s'exclama Mrs Bonnycastle, reprise par l'hilarité. Qu'avez-vous donc fait toute la soirée ? Vous êtes peut-être méthodiques, vous autres Allemands, mais vous n'êtes certainement pas vifs !

C'est Alfred Bonnycastle qui finit par le prendre en pitié : « Mon cher Vogelstein, c'est le dernier produit, le fruit le plus récent de la grande évolution américaine : la jeune fille qui se fait toute seule ! »

Vogelstein resta un moment le regard dans le vague. « Le fruit de la grande révolution américaine ? Oui, Mrs Steuben m'a dit que son arrière-grand-père... » Mais le reste de sa phrase fut étouffé par l'explosion d'hilarité de Mrs Bonnycastle. Il n'en continua pas moins son enquête avec courage, et désireux d'entendre son hôte expliquer sa définition, il demanda ce que pouvait bien être une jeune fille qui se fait toute seule.

— Asseyez-vous, et nous allons tout vous dire, fit Mrs Bonnycastle. J'aime bavarder ainsi quand une réception est terminée. Vous pouvez fumer si vous le souhaitez ; Alfred va nous ouvrir une autre fenêtre. Donc, pour commencer, la jeune fille qui se fait toute seule est une innovation. Mais cela, vous le savez déjà. Deuxièmement, il est faux qu'elle se fasse toute seule. Nous l'aidons tous à se faire, tellement nous nous intéressons à elle.

— Une fois qu'elle s'est faite ! interrompit Alfred Bonnycastle. Mais c'est Vogelstein qui s'intéresse à elle. Qu'est-
ce qui a bien pu vous lancer sur la question de Miss Day ?

Vogelstein expliqua, aussi bien qu'il le pouvait, que tout
cela ne tenait qu'au fait, accidentel, d'avoir traversé l'océan
sur le même paquebot qu'elle ; mais il sentait tout ce que
son explication avait d'insuffisant ; il le ressentait plus que
ses hôtes qui ne pouvaient savoir ni quels contacts réduits il
avait eus en réalité avec elle sur ce paquebot, ni quelle
impression les mises en garde de Mrs Dangerfield avaient
faite sur lui, ni quel temps il avait, malgré cela, consacré à
l'observer. Il passa une demi-heure assis avec eux, et la
tranquillité chaude, totale, des nuits de Washington (nulle
part les nuits ne sont aussi silencieuses) rentrait par les
fenêtres ouvertes, mêlée à un parfum de terre, tendre et
doux : le parfum des choses qui poussent. Quand il s'en
alla, il savait tout sur les jeunes filles qui se font toutes
seules, et il y avait dans cette image de jeune fille quelque
chose qui l'inspirait. A n'en pas douter, elle ne pouvait
exister qu'en Amérique ; la vie américaine avait aplani la
route devant ses pas. Elle n'était ni légère, ni émancipée, ni
grossière, ni bruyante, et elle n'était pas, du moins : pas
nécessairement, de l'étoffe des aventurières. Elle avait
beaucoup de succès, c'était tout, et elle ne devait ce succès
qu'à elle-même. Elle n'était pas née sous les lambris dorés
des privilèges sociaux ; elle s'en était emparée avec honnêteté et efforts. On la reconnaissait à de nombreux signes
différents mais surtout, et infailliblement, à l'aspect extérieur de ses parents. C'étaient ses parents qui révélaient
son histoire ; on voyait toujours que ses parents n'auraient
jamais pu la faire. Son attitude à leur égard pouvait varier à
l'infini ; ce qui importait, de son côté, c'était qu'elle s'était
élevée d'une couche sociale inférieure, qu'elle l'avait fait
toute seule, et par la seule force de sa personnalité.
Compte tenu de cela, il fallait bien entendu s'attendre à ce
qu'elle laissât dans l'ombre les auteurs de ses jours. Tantôt
elle les traînait dans son sillage, perdus au milieu des bulles
et de l'écume qui marquaient son passage ; tantôt, selon
l'expression d'Alfred Bonnycastle, elle les laissait derrière
elle ; tantôt, elle les tenait soigneusement au secret ; tantôt

elle les exposait aux yeux du public à qui elle les laissait voir de façon fugitive et prudente, dans des poses fixées à l'avance. Mais la caractéristique générale de la jeune fille qui se fait toute seule était que, bien qu'il fût souvent admis qu'elle était, en privé, dévouée aux siens, elle ne tentait jamais de les imposer au monde, et que sa supériorité sur eux était frappante. C'étaient presque toujours des gens solennels et pompeux, et dans la plupart des cas mortellement respectables. Elle n'était pas nécessairement snob, à moins qu'il ne fût snob de ne vouloir que ce qu'il y a de mieux. Elle ne rampait pas, elle ne se faisait pas plus petite qu'elle n'était ; tout au contraire, elle adoptait une position personnelle et faisait venir les choses à elle. Naturellement, elle ne pouvait exister qu'en Amérique, dans un pays dépourvu de certaines formes de concurrence. L'histoire naturelle de cette intéressante créature était enfin contée dans tous ses détails à Vogelstein qui, assis là dans la tranquillité vivante, et avec tous les parfums de l'occident à ses narines, se convainquait d'une vérité qu'il soupçonnait déjà, à savoir qu'aux États-Unis la conversation est beaucoup plus psychologique qu'ailleurs. Un autre signe auquel on pouvait, comme il l'apprit, reconnaître ce type de jeune fille était sa culture qui se laissait peut-être voir un peu trop. C'était en général la lecture qui l'avait plus ou moins fait entrer dans le monde, et sa conversation avait tendance à s'enjoliver d'allusions littéraires, parfois même de citations inattendues. Vogelstein n'avait pas eu le temps d'observer ce trait de façon manifeste chez Pandora Day, mais Alfred Bonnycastle lui dit qu'il la croyait peu capable de ne pas le laisser apparaître au cours d'un tête-à-tête. Inutile de dire que ces jeunes personnes étaient toujours allées en Europe ; c'était d'ordinaire leur première action. C'était parfois pour elles un moyen d'entrer dans le monde à l'étranger, avant de le faire chez elles ; mais il faut aussi ajouter que cette ressource était de moins en moins utilisable, car le prestige de l'Europe aux États-Unis ne cessait de diminuer et les Américains surveillaient maintenant cette voie détournée. Tout cela s'appliquait parfaitement à Pandora Day : le voyage en Europe, la culture (comme le montraient les livres qu'elle lisait sur le bateau), l'effacement de sa famille. Il n'y avait d'exceptionnel que la rapidité de son ascension car le bond qu'elle avait fait, depuis que Vogelstein l'avait laissée entre les mains de Mr Lansing, était à ses yeux quelque chose de considérable, même si l'on tenait compte de l'homogénéité exceptionnelle de la société américaine. Cela ne pouvait s'expliquer que par son talent. Une fois qu'elle eut réussi à faire quitter Utica à sa famille, elle avait virtuellement gagné sa bataille.

Vogelstein lui rendit visite le lendemain, et le domestique noir de Mrs Steuben l'informa avec la faconde de sa race que ces dames étaient sorties rendre des visites et voir le Capitole. Apparemment, Pandora n'était pas encore allée examiner ce monument et le jeune homme regretta de ne pas avoir eu connaissance de cette omission la soirée précédente, ce qui lui eût permis de se proposer comme guide. Il y avait un rapport trop évident pour que j'essaye de le cacher entre son regret et le fait que, en s'éloignant de la porte de Mrs Steuben, il se souvint qu'il avait envie d'une bonne marche à pied et qu'il s'engagea dans Pennsylvania Avenue. Il avait passablement bien marché quand il atteignit le majestueux édifice blanc qui déroule ses colonnades et dresse son dôme unique au bout d'une longue perspective de saloons et de marchands de tabac. Il monta lentement le grand escalier, avec une certaine hésitation, en se demandant pourquoi il était venu là. La raison superficielle était assez évidente, mais elle dissimulait une raison véritable que Vogelstein trouvait plutôt fragile pour motiver l'action d'un émissaire du prince Bismarck. La raison superficielle était qu'il était convaincu que Mrs Steuben commencerait par ses visites (il ne s'agissait probablement que de laisser sa carte) et attendrait, pour amener sa jeune amie au Capitole, l'heure où la lumière jaune de l'après-midi colore la blancheur de ses murs de marbre. Le Capitole était un bâtiment splendide mais qui péchait plutôt par le manque de couleur. La curiosité de Vogelstein à propos de Pandora Day avait été plus excitée que satisfaite par les révélations qu'il avait reçues dans le salon de Mrs Bonnycastle. C'était un soulagement que de voir la jeune fille classée dans une catégorie ; mais il éprouvait un désir dont il n'avait jamais eu conscience auparavant, de juger à fond jusqu'à quel point une jeune fille pouvait se faire toute seule. Il avait calculé juste, et il y avait à peine dix minutes qu'il errait sous la rotonde, examinant une énième fois les peintures commémoratives de l'histoire nationale qui en décorent les panneaux, ainsi que les sculptures en trompe-l'œil qui caractérisent de façon si émouvante le goût des débuts de l'histoire américaine et qui en occupent les parties hautes, quand les deux charmantes femmes qui étaient l'objet de ses vœux apparurent sous la houlette d'un guide officiel. Il alla à leur rencontre, et ne leur cacha pas qu'il avait décidé de se les approprier. Ce fut une rencontre qui fit plaisir aux deux parties, et il les accompagna dans les profondeurs curieuses et interminables de l'édifice, à travers un labyrinthe de couloirs blancs et nus, jusque dans les hautes salles des législateurs et des juges. Il trouvait cet endroit hideux ; il l'avait déjà visité de fond en comble et il se demandait ce qu'il pouvait bien faire dans cette galère. Il y avait, dans la Chambre basse, des murs, peinturlurés dans le style imitatif le plus grossier, qui lui donnèrent une vague nausée ; il y avait un vestibule, décoré de gravures sans art et de photographies d'éminents parlementaires, qui était trop sérieux pour qu'on puisse le traiter comme une plaisanterie et trop comique pour être quoi que ce soit d'autre.

Mais Pandora était très intéressée ; elle trouvait le Capitole très beau ; il était facile de faire des critiques de détail, mais pour l'effet d'ensemble c'était un des bâtiments les plus impressionnants qu'elle avait jamais vus. Elle était d'excellente compagnie ; elle avait toujours quelque chose à dire, mais elle n'appuyait jamais trop ; il était impossible d'être une charge plus légère, d'être moins à la traîne en suivant un guide. Vogelstein se rendait bien compte également qu'elle avait envie d'apprendre ; elle regardait les peintures historiques, les bizarres statues de dignitaires locaux offertes par les différents États (de tailles différentes, comme si elles avaient été « numérotées », dans une boutique), elle posait des questions au garde et, au Sénat, elle lui demanda de lui montrer les fauteuils des messieurs de New York. Elle s'assit sur l'un d'entre eux,

bien que Mrs Steuben lui eût dit que ce sénateur-là (elle se
trompa de fauteuil et se laissa choir dans un autre État)
était un abominable personnage. Au cours de l'heure qu'il
passa avec elle, Vogelstein eut l'impression de comprendre
comment elle s'était faite toute seule. Ils se promenèrent
après cela sur la magnifique terrasse qui ceint le Capitole,
ce grand plateau de marbre qui lui sert de socle, et firent de
vagues observations (celles de Pandora étaient les plus
précises) sur les reflets jaunes du Potomac, les collines
embrumées de Virginie, les pentes d'Arlington qui lui-
saient dans le lointain et sur la campagne âpre et désordon-
née. Washington s'étendait à leurs pieds, grouillante et
géométrique, ses longues avenues droites semblant
s'enfoncer dans l'avenir du pays. Pandora demanda à
Vogelstein s'il était déjà allé à Athènes et, comme il lui
répondait que oui, elle voulut savoir si l'éminence sur
laquelle ils se trouvaient ne lui faisait pas penser à
l'Acropole des premiers temps. Vogelstein renvoya à leur
prochaine rencontre la réponse à cette question ; il se
réjouissait (malgré la question) de trouver des prétextes
pour la revoir.

C'est ce qu'il fit le lendemain, alors qu'il restait encore
trois jours avant le pique-nique de Mrs Steuben. Il alla voir
Pandora une deuxième fois, et la rencontra tous les soirs
dans la société de Washington. Il ne lui en fallut pas
beaucoup pour lui rappeler qu'il était en train d'oublier les
avertissements de Mrs Dangerfield ainsi que les admones-
tations, depuis longtemps familières, de sa propre conscience. Était-il en péril d'amour ? Était-il en passe d'être
sacrifié sur l'autel de la jeune Américaine, cet autel sur
lequel les autres pauvres jeunes gens avaient versé le sang
le plus bleu qui coulât dans des veines allemandes, et
devant lequel il avait lui-même annoncé qu'il ne se
prosternerait jamais sérieusement. Il décida qu'il n'était
pas vraiment en danger, qu'il avait pris de trop bonnes
précautions. Il était vrai qu'une jeune personne qui avait si
bien réussi en ce qui la concernait pouvait être d'une aide
précieuse pour son mari ; mais Vogelstein préférait somme
toute ne devoir son succès qu'à lui-même ; il ne serait pas
heureux d'avoir l'air d'être poussé par sa femme. Or, une

femme de ce genre voudrait le pousser ; et il avait du mal à
accepter que ce fût là ce que le destin lui réservait : être
propulsé dans sa carrière par une jeune femme qui risquait
de vouloir s'adresser au Kaiser comme elle s'était adressée
au président l'autre soir. Consentirait-elle à renoncer à ses
liens avec sa famille, ou souhaiterait-elle continuer à tirer
de ce milieu domestique un réconfort occasionnel ? Il y
avait une forme d'avantage dans le fait que sa famille fût à
ce point impossible ; car, si elle avait été un peu mieux, la
rupture en eût été moins facile. Vogelstein agitait ces idées
bien qu'il se sentît en sécurité, ou peut-être en fait à cause
de cela. Cette sécurité lui permettait de spéculer de façon
désintéressée. Ces idées le hantèrent pendant toute l'excursion qu'ils firent à mont Vernon et qui se déroula selon des
traditions établies depuis longtemps.

Les pique-niqueurs de Mrs Steuben se rassemblèrent sur
le vapeur qui les emmena voguer sur le gros flot brun dont
Vogelstein avait déjà eu l'occasion de regretter d'y voir
plus d'eau que de berge. Il constatait cependant de-ci de-là
l'existence d'un morceau de rive où il y avait quelque chose
à regarder, tout en restant conscient au même moment
qu'il avait laissé échapper de formidables occasions de
conversation idyllique en ne s'asseyant pas à côté de
Pandora Day sur le pont du paquebot de la Lloyd
d'Allemagne du Nord. Ils se retournèrent tous les deux
ensemble pour contempler Alexandria qui, aux dires de
Pandora, illustrait la Virginie d'autrefois. Elle expliqua à
Vogelstein qu'elle en entendait sans cesse parler pendant la
guerre de Sécession, il y avait des années de cela. Bien
qu'elle eût été une petite fille à l'époque, elle se souvenait
de tous les noms qui étaient sur les lèvres des gens en ces
années répétitives. Il y avait dans ce site historique comme
un pittoresque délabré, une référence à des choses
anciennes, à un passé dramatique. Le passé d'Alexandria
se révélait dans le spectacle de trois ou quatre courtes rues
qui escaladaient une colline et que bordaient de vieux
entrepôts en brique, construits pour des marchandises qui
avaient cessé de circuler. Elle avait l'air étouffant, vide et
endormi, jusqu'au bord de la rivière où quelques noirs en
haillons laissaient pendre leurs pieds nus au bord de

l'embarcadère pourrissant sur lequel ils étaient assis. Pandora manifesta encore plus d'intérêt pour le mont Vernon (quand son front boisé commença enfin à dominer le fleuve) qu'elle n'en avait montré pour le Capitole ; et après qu'ils eurent débarqué et grimpé jusqu'à la célèbre demeure, elle voulut absolument en visiter toutes les pièces. Elle déclara qu'il n'y avait pas au monde de demeure mieux située et que c'était une honte qu'on ne l'offrît pas au président comme résidence d'été. La plupart de ses compagnons avaient déjà vu cette maison plusieurs fois et s'assemblaient maintenant dans le parc en fonction de leurs affinités, si bien qu'il fut facile à Vogelstein d'offrir à la personne la plus curieuse du groupe de la faire profiter de son expérience. Il y avait encore une heure à attendre avant le déjeuner, et Vogelstein occupa ce temps à se promener avec Pandora. A bord, l'air du Potomac avait été un peu vif, mais sur la pelouse doucement incurvée, sous les bouquets d'arbres, loin du fleuve qui n'était plus qu'une présence scintillante en contrebas, la journée n'avait que de la douceur à prodiguer, et toute la scène prenait un caractère noble et bienveillant.

Vogelstein était capable d'une petite plaisanterie dans les grandes occasions, et les circonstances présentes étaient dignes de son humour. Il soutint à sa compagne que l'étroite demeure à la façade peinte donnait l'impression d'être fausse, comme ces toiles barbouillées qui descendent des cintres sur une scène ; mais elle sut si bien lui opposer certains palais allemands, construits à l'économie, qui ne contenaient, à ses dires, que poêles de porcelaine et oiseaux empaillés, qu'il fut bien contraint de reconnaître que la maison où Washington avait vécu était somme toute vraiment *gemütlich*. Ce qui l'était vraiment, trouvait-il, c'était la douceur de la texture de la journée, sa situation personnelle, et la délicieuse incertitude où il se trouvait. Car l'incertitude était décidément devenue son lot ; il était sous l'effet d'un charme qui lui donnait le sentiment d'être devenu spectateur de sa propre vie et de ne plus avoir le contrôle de sa sensibilité. Il sentait peser sur lui le risque que les choses prissent, d'une heure à l'autre, un tour qui les rendrait complètement différentes de ce qu'elles avaient été jusqu'alors ; et il n'est pas à douter que son cœur battait un tout petit peu plus vite quand il se demandait en quoi pourrait bien consister ce tour nouveau. Pourquoi allait-il pique-niquer par une journée embaumée d'avril avec une jeune Américaine qui risquait de le conduire trop loin ? Une telle jeune fille ne serait-elle pas ravie d'épouser un comte poméranien ? Et était-il certain qu'elle s'adresserait ainsi au Kaiser ? S'il devait l'épouser, faudrait-il lui donner des leçons ? Durant leur petite visite de la maison, Vogelstein et sa compagne s'étaient trouvés avec d'autres visiteurs, venus eux aussi par le vapeur, qui ne leur avaient pas laissé jusqu'ici une tranquillité idéale. Mais leur groupe se dispersa progressivement ; ils faisaient cercle autour d'une espèce de bateleur, qui était le guide officiel, gros homme lent, bienveillant et familier, doté d'une grande barbe et qui parlait de façon humoristique, édifiante et supérieure : il recueillait un succès extraordinaire quand, s'arrêtant ici ou là pour faire ses remarques, il laissait son regard traîner sur la troupe de ses auditeurs, l'arrêtait bien au-dessus de leurs têtes d'un air méditatif, et lançait alors quelque antique plaisanterie, comme si elle était le fruit d'une inspiration soudaine. Avec lui, même la visite de la tombe du *pater patriae* devenait quelque chose d'amusant. Une espèce de grotte lui sert d'écrin dans le parc, et Vogelstein fit remarquer à Pandora que ce guide était parfaitement à sa place mais qu'il était trop familier.

— Oh, il aurait été aussi familier avec Washington lui-même, dit la jeune fille sur le ton enjoué et sans façon dont elle énonçait souvent des remarques plaisantes.

Vogelstein la regarda un moment et tandis qu'elle souriait, il eut la révélation qu'elle-même ne se serait probablement pas laissé décontenancer par personne, même pas par le héros avec lequel l'histoire a pris le moins de libertés. « Vous avez l'air de ne pas beaucoup y croire, continua Pandora. Vous autres, les Allemands, vous êtes paralysés de respect devant les grands. » Et l'idée traversa Vogelstein que somme toute Washington aurait peut-être aimé ses façons, qui avaient une fraîcheur et un naturel merveilleux. L'homme à la barbe était un cicérone idéal pour les hauts lieux de l'Amérique ; il jouait de la curiosité

de la petite bande de main de maître, et il les entraîna voir
la célèbre glacière où l'on avait trouvé en pleurs la vieille
dame qui était persuadée que c'était la tombe de Washington. Tandis qu'ils examinaient ce monument, Vogelstein et
Pandora eurent la maison à eux seuls, et ils passèrent un
certain temps sur une jolie terrasse, sur laquelle ouvraient
certaines fenêtres du second étage, petite véranda sans toit
qui dominait de biais toute la magnificence de la vue, la
courbe immense du fleuve, les arbres artistement plantés,
le jardin du siècle précédent, avec ses grosses haies de buis
et les restes de ses vieux espaliers. Ils s'attardèrent là
presque une demi-heure, et ce fut en ce lieu que Vogelstein
put profiter de ce que le destin lui réservait de plus intime
en fait de conversation avec une jeune fille dont il n'avait
pas réussi à se persuader qu'elle ne l'intéressait pas. Il n'est
ni nécessaire ni possible que je reproduise ce dialogue ;
mais je puis mentionner que les premiers mots, tandis qu'ils
s'accoudaient au parapet de la terrasse et qu'ils entendaient
la voix fraternelle du bateleur qui leur arrivait de loin par
bribes, furent prononcés par Vogelstein pour dire, de façon
plutôt abrupte, qu'il ne pouvait concevoir pourquoi ils
n'avaient pas bavardé davantage tandis qu'ils traversaient
l'océan.

— Moi, je le peux, si ce n'est pas le cas pour vous, dit
Pandora. Je vous aurais parlé si vous m'aviez adressé la
parole. J'ai fait le premier pas.

— Oui, je m'en souviens, répliqua Vogelstein, passablement gêné.

— Vous avez trop écouté Mrs Dangerfield.

— Mrs Dangerfield ?

— Cette dame en compagnie de laquelle vous passiez
votre temps ; c'est elle qui vous a dit de ne pas m'adresser la
parole. Je l'ai vue à New York ; elle me parle, vous savez, à
présent. Elle vous a recommandé de ne rien avoir à faire
avec moi.

— Mais comment pouvez-vous dire des choses aussi
horribles ? murmura le jeune homme qui devenait cra-
moisi.

— Vous ne pouvez pas le nier, vous le savez bien. Vous
n'éprouviez aucune attirance pour ma famille. Ce sont des

gens charmants une fois qu'on les connaît. Je ne
m'amuse nulle part autant qu'à la maison, poursuivit la
jeune fille avec loyauté. Mais en quoi cela importe-t-il?
Ma famille est très heureuse. Ils s'habituent tout à fait
bien à New York. Mrs Dangerfield est une pauvre malheureuse; l'hiver prochain, c'est elle qui me rendra
visite.

— Vous êtes la fille la plus surprenante que j'aie
jamais rencontrée; je ne vous comprends pas, dit le
pauvre Vogelstein, le visage toujours empourpré.

— De toute façon, il est probable que vous ne me
comprendrez jamais; quelle différence cela fait-il?

Vogelstein essaya de lui expliquer quelle différence
cela faisait, mais je n'ai pas la place de le suivre dans
cette entreprise. On sait que lorsque l'esprit allemand
entreprend d'expliquer les choses, il ne les simplifie pas
toujours, et Pandora fut d'abord éberluée, puis amusée
par certaines des révélations de son compagnon. J'imagine qu'elle finit par en prendre un peu peur car elle
fit observer à brûle-pourpoint, avec une certaine détermination, que le déjeuner allait être prêt et qu'ils
devaient aller retrouver Mrs Steuben. Délibérément, il
marchait à pas lents tandis qu'ils quittaient la maison
tous les deux, car il sentait confusément qu'il était en
train de la perdre.

— Restez-vous encore longtemps à Washington?
demanda-t-il tandis qu'ils cheminaient.

— Cela dépend. J'attends des nouvelles. J'agirai en
conséquence.

La façon dont elle disait qu'elle attendait des nouvelles
lui donna le sentiment qu'elle avait une espèce de carrière, qu'elle était active et indépendante, et qu'il pouvait
difficilement entretenir l'espoir de l'arrêter au passage.
Certes il était vrai qu'il n'avait jamais vu une fille comme
elle. Il aurait pu lui venir à l'esprit que la nouvelle
qu'elle attendait avait un rapport avec la faveur qu'elle
avait demandée au président, s'il n'avait déjà décidé,
dans le calme de la méditation, après cette conversation
chez les Bonnycastle, que cette faveur devait être une
vétille. Ce qu'elle lui avait dit lui avait fait un effet

décourageant, plutôt glaçant ; et cependant, ce ne fut pas sans une certaine ardeur qu'il lui demanda si, tant qu'elle était à Washington, elle l'autoriserait à venir lui rendre visite.

— Venez aussi souvent que vous le voudrez, lui répondit-elle, mais vous n'en aurez pas envie très longtemps.

— Vous cherchez à me torturer, dit Vogelstein.

Elle eut un instant d'hésitation.

— Je veux dire qu'il se peut que j'aie des membres de ma famille.

— Je serai enchanté de les revoir.

Elle hésita de nouveau. « Il y en a que vous n'avez jamais vus. »

Dans l'après-midi, rentrant à Washington sur le vapeur, le comte Vogelstein reçut une mise en garde. Elle vint de Mrs Bonnycastle et c'était, curieusement, la deuxième fois qu'une amie pleine de zèle lui donnait un conseil sur le pont d'un bateau à propos de Pandora Day.

— Il y a une chose que nous avons oublié de vous dire l'autre soir, à propos des jeunes filles qui se font toutes seules, dit Mrs Bonnycastle. Il n'est jamais prudent de s'y attacher, parce qu'il y a presque toujours un obstacle caché.

Vogelstein la regarda de travers, mais c'est en souriant qu'il lui dit :

— Je comprendrais un petit peu mieux le renseignement que vous me donnez, et pour lequel je vous suis très obligé, si je savais ce que vous entendez par obstacle.

— J'entends simplement qu'elles sont toujours fiancées à quelque jeune homme qui appartient à la première période.

— La première période ?

— L'époque qui précède le moment où elles se sont faites, celle où elles habitaient chez elles. Un jeune homme d'Utica, par exemple. En général, il doit attendre ; il est probablement en réserve. Ce sont de longues fiançailles.

— Vous voulez dire une promesse... de mariage ?

— Rien d'allemand, ni de métaphysique. Je veux seulement dire des fiançailles précoces, cette institution typiquement américaine ; en vue d'un mariage, évidemment.

Vogelstein se fit à juste titre la réflexion que ce serait

bien la peine qu'il se fût engagé dans une carrière diplomatique s'il n'était pas capable de faire comme si cette intéressante généralisation ne comportait pas un message qui
lui était destiné en propre. Il rendait de plus cette justice
à Mrs Bonnycastle qu'elle n'aurait pas soulevé ce sujet de
façon aussi légère si elle avait pu soupçonner qu'elle le ferait
tressaillir. Tout cela n'était qu'une de ses plaisanteries et de
plus la remarque lui avait été notifiée de façon très amicale.

— Je vois, je vois, dit-il au bout d'un moment. Les jeunes
filles qui se font toutes seules ont toujours un passé, c'est
clair. Et bien sûr le jeune homme en réserve, le jeune
homme d'Utica, fait partie de son passé.

— Vous formulez cela à la perfection, dit Mrs Bonnycastle. Je n'aurais pas pu mieux le dire moi-même.

— Mais compte tenu de son présent, et de son avenir, tout
cela est révolu, j'imagine. Comment dites-vous cela en
Amérique ? Elle le laisse en arrière.

— Nous ne disons rien de tel ! s'écria Mrs Bonnycastle.
Elle ne fait rien de tel ; pour qui la prenez-vous ? Elle lui
reste fidèle ; c'est du moins ce que nous attendons d'elle,
ajouta-t-elle d'un ton plus songeur. Comme je vous l'ai dit,
c'est une race nouvelle. Nous n'avons pas encore eu le temps
de l'observer complètement.

— Mais bien sûr, j'espère bien qu'elle lui reste fidèle,
déclara simplement Vogelstein, avec un accent allemand
plus perceptible, comme chaque fois qu'il était légèrement
ému.

Pendant le reste de la croisière, il fut passablement agité.
Il faisait les cent pas sur le bateau, parlant peu aux autres
pique-niqueurs. Vers la fin, alors qu'ils approchaient de
Washington, et que la coupole blanche du Capitole se
dressait devant eux, avec toute la simplicité apparente d'une
boule de neige suspendue au milieu des airs, il se retrouva
sur le pont, à proximité de Mrs Steuben. Il se reprocha de
l'avoir un peu négligée au cours d'une sortie à laquelle il
lui devait d'avoir participé, et il chercha à réparer cette
omission en ayant avec elle une petite conversation amicale.
Mais la seule chose qu'il trouva à lui dire fut de lui demander
si, à sa connaissance, Miss Day était fiancée.

Mrs Steuben tourna sur lui ses yeux de femme du Sud avec

un air de compassion qui avait presque quelque chose de romantique. « A ma connaissance ? Mais enfin, je dois bien le savoir ! Et j'aurais pensé que vous le sauriez aussi. Ignoriez-vous qu'elle était fiancée ? Bien sûr, elle est fiancée depuis l'âge de seize ans. »

Vogelstein garda les yeux rivés sur la coupole du Capitole :

— A quelqu'un d'Utica ?

— Oui, quelqu'un de chez elle. Elle l'attend prochainement.

— Vous me voyez ravi de l'apprendre, dit Vogelstein dont, décidément, la carrière s'annonçait prometteuse. Et elle a l'intention de l'épouser ?

— Mais enfin, pourquoi donc se fiance-t-on ? Je présume qu'ils ne vont pas tarder à se marier.

— Et pourquoi ne l'ont-ils pas encore fait, depuis tout ce temps ?

— Eh bien, au départ, elle était trop jeune ; ensuite, elle a pensé que sa famille devait visiter l'Europe, et bien entendu sa présence leur facilitait les choses, et ils y ont passé un certain temps. Ensuite, Mr Bellamy a eu quelques difficultés en affaires, à cause desquelles il a préféré ne pas se marier tout de suite. Mais il a renoncé aux affaires, et je présume qu'il se sent plus libre. Bien sûr, tout cela a beaucoup duré, mais ils sont restés tout le temps fiancés. C'est un grand, grand amour, dit Mrs Steuben qui avait une façon musicale de faire sonner l'adjectif.

— S'appelle-t-il Bellamy, demanda Vogelstein que cette réminiscence hantait. D. F. Bellamy, hein ? Il travaillait dans un magasin ?

— Je ne sais pas de quel genre d'affaires il s'agissait ; des affaires quelconques à Utica. Je crois qu'il avait une succursale à New York. C'est un des hommes les plus importants d'Utica, et il est très cultivé. Il est sensiblement plus âgé que Miss Day. C'est un homme excellent. Il a une très haute position à Utica. Je ne vois pas pourquoi vous avez l'air d'en douter.

Vogelstein assura Mrs Steuben qu'il n'en doutait absolument pas et il est de fait que ses propos lui paraissaient d'autant plus crédibles qu'il les trouvait éminemment étranges. Bellamy était le nom d'un monsieur qui, un an et demi auparavant, devait venir à la rencontre de Pandora, à l'arrivée d'un paquebot allemand ; c'était au nom de Bellamy qu'elle s'était adressée avec tant d'effusion à son ami, l'homme au chapeau de paille, qui allait farfouiller dans les vieux vêtements de sa mère. Il y avait là un fait qui semblait apporter la touche finale au tableau des contradictions de la jeune fille ; à présent, il n'y manquait plus rien pour qu'il fût complet. Et pourtant, alors même qu'il l'avait là, sous les yeux, ce tableau continuait de le fasciner, et il gardait les yeux rivés sur lui, insensible à l'extérieur et ressentant un peu l'impression de quelqu'un qui a été projeté hors d'un véhicule qui s'est renversé, jusqu'au moment où le bateau alla cogner contre l'un des pieux du débarcadère où les invités de Mrs Steuben allaient retourner à terre. Il y eut un petit moment d'attente, avant que le vapeur fût bien amarré à quai, durant lequel les passagers observèrent la manœuvre en se penchant au bastingage et en se distrayant comme ils le pouvaient au spectacle des gens rassemblés pour les accueillir. Il y avait là des noirs, des gens qui traînaient, des conducteurs de fiacre, ainsi que des individus à barbiche, un cure-dent à la bouche, les mains dans les poches, ruminant de la mâchoire et le plastron piqué d'une épingle en diamant, qui avaient l'air d'être descendus en flânant de Pennsylvania Avenue pour tuer une demi-heure, abandonnant pendant le même temps les diverses postures affalées qu'ils occupaient sous le portique des hôtels et à l'entrée des saloons.

— Oh, comme je suis heureuse ! C'est si gentil à vous d'être venu jusqu'ici !

Ces paroles étaient prononcées par une voix proche de l'épaule de Vogelstein, et notre jeune secrétaire d'ambassade n'eut pas besoin de se retourner pour savoir de qui elle émanait. Il l'avait eue à l'oreille la plus grande partie de cette journée, même s'il lui avait manqué, comme il le percevait maintenant, toute la richesse d'expression dont elle était capable. Il avait encore moins besoin de se retourner pour savoir qui en était le destinataire, car les quelques mots tout simples que j'ai cités avaient été lancés par-dessus la bande d'eau qui se rétrécissait, et parce qu'un monsieur qui s'était approché du bord du quai sans que Vogelstein le remarquât renvoya une réplique immédiate.

— Je suis arrivé par le train de trois heures. On m'a dit, rue K, que vous étiez ici, et j'ai eu l'idée de venir à votre rencontre.

— C'est une attention charmante! fit Pandora Day avec son rire aimable; et pendant quelque temps, ce fut comme si son interlocuteur et elle-même poursuivaient leur conversation avec leurs yeux seuls.

Pendant ce temps, ceux de Vogelstein n'étaient pas non plus inactifs. Il examina des pieds à la tête le monsieur qui était venu à la rencontre de Pandora, se rendant compte qu'elle ne réalisait pas comme il était près. L'homme qu'il avait en face de lui était grand, bien habillé et avait belle allure; il était clair que ce n'était pas seulement à Utica qu'il ferait bonne figure mais, vu la façon dont il s'était carré sur le quai, dans n'importe quelle position que les circonstances le contraindraient à adopter. Il avait une quarantaine d'années, une moustache noire, et l'air d'un homme efficace. Il fit à Pandora un signe de sa main gantée comme si, au moment où elle s'exclamait : « Mon Dieu, qu'ils sont longs! », il cherchait à l'inviter à plus de patience. Elle en eut une minute, puis elle lui demanda s'il avait des nouvelles. Il la regarda un instant en silence, avec un sourire, puis il tira de sa poche une grande lettre frappée d'un sceau officiel et l'agita au-dessus de sa tête d'un air joyeux. Toute cette manœuvre fut effectuée discrètement, de façon imperceptible. Personne en dehors de Vogelstein ne sembla remarquer ce petit dialogue. Le bateau touchait maintenant le débarcadère, et l'espace qui séparait le couple s'était réduit à presque rien.

— Département d'État? demanda Pandora en baissant la voix.

— C'est le nom qu'on lui donne.

— Alors, quel pays?

— Dites-moi, que pensez-vous des Hollandais? interrogea le monsieur en guise de réponse.

— Mon Dieu! s'écria Pandora.

— Alors, vous attendrez le retour? dit le monsieur.

Vogelstein s'éloigna, et au même moment Mrs Steuben et ses compagnons débarquaient ensemble. Quand cette dame entra dans une voiture en compagnie de Pandora, l'homme qui avait parlé à la jeune fille les suivit ; les autres s'éparpillèrent et Vogelstein déclina, en la remerciant, l'offre de Mrs Bonnycastle de le déposer : il rentra chez lui, seul, à pied, en méditant assez intensément. Deux jours plus tard, il lut dans un journal que le président avait offert le poste d'ambassadeur en Hollande à D. F. Bellamy, originaire d'Utica, et dans le mois qui suivit, il apprit de la bouche de Mrs Steuben que les longues fiançailles de Pandora s'étaient terminées à l'autel. Il fit part de cette nouvelle à Mrs Bonnycastle, qui n'était pas au courant, en lui faisant observer qu'il avait maintenant des éléments pour établir de nouvelles lois concernant les jeunes filles qui se font toutes seules.

Les vraies raisons
de Georgina

1

C'était à n'en pas douter une singulière jeune fille, et s'il eut à la fin le sentiment qu'il ne la connaissait ni ne la comprenait, il n'est pas étonnant qu'il ait eu ce même sentiment au commencement. Mais il y a un sentiment qu'il eut au commencement et qu'il n'avait pas à la fin, c'est que cette singularité exerçait un charme auquel, les circonstances les ayant rendus si intimes, il était impossible de résister, un charme qu'il ne pouvait pas dissiper. Il éprouvait l'impression étrange (qui parfois devenait une véritable détresse et qui l'atteignait au vif de son plaisir, en lui causant un élancement aussi aigu, moralement parlant, qu'une crise de névralgie) qu'il vaudrait mieux pour tous les deux rompre tout de suite et ne plus jamais se revoir. Dans les années qui suivirent, il qualifia ce sentiment de prémonition, et il se souvint de deux ou trois occasions où il avait été sur le point d'en faire part à Georgina. En fait, bien entendu, il ne l'exprima jamais ; il y avait beaucoup de bonnes raisons à cela. Un amour heureux ne dispose pas à accomplir des devoirs désagréables ; et l'amour de Raymond Benyon était un amour heureux malgré de graves pressentiments, malgré la singularité de sa maîtresse et malgré l'insupportable grossièreté de ses parents. C'était une grande fille blonde, avec un beau regard dont la froideur était pleinement compensée par la douceur parfaite que ses lèvres donnaient à son sourire ; elle avait les cheveux auburn, d'une teinte qu'on ne pouvait qualifier

que de somptueuse, et elle donnait l'impression de se
mouvoir dans l'existence avec une grâce majestueuse,
comme si elle exécutait les pas d'un menuet d'autrefois.
Les hommes qui appartiennent à la marine ont le privilège
de voir de nombreux types de femmes ; ils peuvent
comparer les dames de New York avec celles de Valpa-
raiso, et celles d'Halifax avec celles du cap de Bonne-
Espérance. Raymond Benyon avait cette facilité et, comme
il était amateur de femmes, il avait appris sa leçon : il était
en position d'apprécier les qualités de Georgina Gressie.
Elle avait l'air d'une duchesse (je ne dis pas que, dans les
ports étrangers, Benyon était entré en relation avec des
duchesses) et elle prenait tout au sérieux. C'était flatteur
pour le jeune homme, qui n'était qu'un lieutenant en
mission à l'arsenal de Brooklyn, et qui n'avait pas un sou
vaillant en dehors de sa solde, mais qui était doté, dans le
New Hampshire, d'une nombreuse parenté de gens ordinaires, tous marins et tous craignant Dieu, ainsi que d'un
talent manifeste, d'une ambition fiévreuse et cachée, et
d'un léger défaut d'élocution. C'était un jeune homme
maigre et robuste ; ses cheveux noirs étaient raides et fins,
et son visage, un rien pâle, était lisse et d'un dessin soigné.
Il bégayait un peu, en rougissant dans ces cas-là, de loin en
loin. Je n'ai pas grande idée de l'aspect qu'il avait à bord,
mais à terre, dans ses habits civils, qui étaient des plus
soignés, il sentait aussi peu que possible la vague et le vent.
Il n'était ni salé, ni brun, ni rouge, ni particulièrement
« jovial ». Il ne tirait pas sur son pantalon et, autant qu'on
pouvait le voir, avec ses façons modestes et attentives, il ne
se comportait jamais en homme habitué à commander. Il
est vrai que, comme officier subalterne, il avait surtout à
obéir. On aurait dit, à le voir, qu'il s'adonnait à une
occupation sédentaire et, de fait, il passait sans conteste
pour un intellectuel. C'était un agneau avec les femmes au
charme desquelles il était — je l'ai laissé entendre —
sensible ; mais il était différent avec les hommes et pouvait,
j'en suis convaincu, faire autant le loup qu'il était nécessaire. Il avait une façon à lui d'adorer la belle et insolente
reine de ses affections (j'expliquerai dans un instant
pourquoi je l'appelle insolente) : il levait littéralement,

aussi bien que sentimentalement, les yeux vers elle, car elle était, d'un rien, la plus grande des deux.

Il l'avait rencontrée l'été précédent, sur la véranda d'un hôtel de Fort Hamilton où il était allé avec un de ses camarades officiers de Brooklyn, dans un *buggy* poussiéreux, passer un dimanche où régnait une chaleur torride, un de ces jours où l'arsenal était détestable ; et cette relation avait été entretenue par une visite de Benyon à la maison de la 12ᵉ Rue à l'occasion du 1ᵉʳ janvier, ce qui est attendre longtemps pour trouver un prétexte et qui prouve que l'impression qu'elle avait produite n'était pas passagère. Leur relation mûrit grâce au zèle avec lequel il cultivait les occasions dont la Providence, il faut l'avouer, était plutôt chiche à son égard ; au point que Georgina finit par occuper toutes ses pensées et une part considérable de son temps. Il était amoureux d'elle, cela ne faisait pas le moindre doute ; mais il ne pouvait pas se flatter qu'elle fût folle de lui, bien qu'elle semblât prête (c'était l'étrange de l'affaire) à se quereller avec sa famille à son propos. Il ne voyait pas comment elle pourrait s'intéresser à lui ; la nature la destinait à un sort bien supérieur, et il lui disait souvent : « Mais non, mais non, inutile de protester, vous ne vous intéressez pas vraiment à moi ! » A quoi elle répondait : « Ah vraiment ? Vous êtes bien exigeant. Et moi je trouve que je vous manifeste un intérêt suffisant en vous laissant m'effleurer le bout des doigts ! » C'était un des aspects de son insolence. Un autre consistait dans sa façon de le regarder, lui ou les autres, quand il lui adressait la parole, avec ses yeux bleus et durs, ses yeux de déesse : regard tranquille, amusé, qui avait l'air de peser, de son seul point de vue à elle, ce qu'ils pouvaient avoir dit, avant de tourner la tête ou le dos et, sans prendre la peine de répondre, d'éclater d'un petit rire liquide et hors de propos. Cela peut paraître contradictoire avec l'idée, émise plus tôt, qu'elle prenait notre jeune officier de marine au sérieux. Je veux dire par là qu'elle donnait l'impression de le prendre plus au sérieux que le reste. Elle lui déclara un jour : « Vous au moins, vous avez le mérite de ne pas être un boutiquier » ; c'est ainsi qu'elle qualifiait la plupart des jeunes gens qui prospéraient alors dans la meilleure société

new-yorkaise. Même si une jeune fille exprime assez
librement son indifférence à la plupart des choses, on
imagine qu'elle est plutôt sérieuse le jour où elle consent à
se marier avec vous. Pour le reste, et en particulier ce côté
un peu hautain que l'on pouvait observer chez Georgina
Gressie, j'espère que cette histoire l'éclairera suffisamment. Elle fit un jour remarquer à Benyon que les vraies
raisons pour lesquelles elle le trouvait à son goût ne le
regardaient pas, mais qu'elle ne voyait aucun inconvénient
à lui dire qu'avant d'être célèbre, avant d'avoir le comman-
dement de l'armée d'Italie, le grand Napoléon avait dû lui
ressembler; et elle esquissa en quelques mots la silhouette
que son imagination prêtait au jeune Bonaparte : petit,
maigre, pâle, pauvre, intellectuel, avec un avenir fantastique sous son bicorne. Benyon se demanda s'il avait un
avenir fantastique et ce que Georgina pouvait bien attendre
de lui dans les années à venir. La comparaison le flattait · il
était assez ambitieux pour ne pas en être effrayé, et il
devinait qu'elle-même se trouvait une certaine analogie
avec l'impératrice Joséphine. Elle ferait une excellente
impératrice, c'était bien vrai : Georgina était remarquablement impériale. Il n'y a pas là, de prime abord, de quoi
rendre plus compréhensibles les faveurs qu'elle accordait à
un jeune ambitieux qui, à bien le regarder, n'était pas
original et qui n'avait à lui offrir pour toute Corse qu'un
port de mer de Nouvelle-Angleterre sans intérêt particulier. Mais il se révéla clairement par la suite qu'il ne dut son
bref, son très bref bonheur, qu'à l'opposition du père de la
jeune fille : à celle de son père et à celle de sa mère, et
même de ses oncles et de ses tantes. A New York, en ce
temps-là, tous les membres d'une famille s'intéressaient
aux alliances qui y étaient contractées; et la maison Gressie
voyait de travers des fiançailles entre la plus belle de ses
filles et un jeune homme dont le métier ne lui rapportait
pas grand-chose. Georgina déclara qu'ils se mêlaient de ce
qui ne les regardait pas, qu'ils étaient vulgaires et qu'elle
sacrifierait les siens sans le moindre scrupule; et la position
de Benyon se renforça dès l'instant où Mr Gressie eut la
malencontreuse idée d'interdire à la jeune fille d'avoir quoi
que ce fût à faire avec le jeune homme. C'était un des

aspects du caractère impérial de Georgina de ne tolérer aucune interdiction. Le jour où l'on commença à dire dans la maison de la 12e Rue qu'il vaudrait mieux envoyer Georgina en Europe avec quelque amie convenable (Mrs Portico, par exemple, qui projetait toujours ce voyage et qui souhaitait la compagnie d'un esprit jeune, frais émoulu des manuels et des morceaux choisis, pour lui servir de fontaine de connaissances historiques et géographiques), le jour où le projet d'éloigner Georgina commença à être dans l'air, elle répondit immédiatement à Raymond Benyon : « Oh oui, je vous épouserai ! » Et elle dit cela avec tellement de détachement que, si profondément qu'il désirât la jeune fille, il fut presque tenté de lui répondre : « Mais ma chère, y avez-vous vraiment réfléchi ? »

2

Ce petit drame se déroulait à New York, autrefois, à une époque où la 12e Rue venait tout juste de cesser de faire partie de la banlieue, où les squares avaient des palissades de bois qui n'étaient pas souvent repeintes, où l'on trouvait des peupliers dans les grandes artères et des cochons dans les voies latérales, où les théâtres étaient à des kilomètres de distance de Madison Square, et où la rotonde délabrée de Castle Garden résonnait aux échos d'une musique lyrique coûteuse, où « le parc » désignait les pelouses de City Hall et où la route de Bloomingdale était une promenade choisie, où, les après-midi d'été, Hoboken était une villégiature élégante, et où la plus belle maison de la ville se dressait à l'angle de la 5e Avenue et de la 15e Rue. Le lecteur moderne sera frappé, j'en ai peur, par le caractère primitif de cette époque ; mais je ne suis pas certain que la force des passions humaines croisse en proportion de la superficie des villes. Plusieurs de ces passions — et en tout cas les plus robustes et les plus familières d'entre elles : l'amour, l'ambition, l'envie, le ressentiment, la cupidité — se manifestaient avec une force considérable à l'intérieur du petit cercle sur lequel nous avons jeté un coup d'œil et qui ne voyait pas favorablement du tout les attentions de Raymond Benyon pour Miss Gressie. L'unanimisme était une caractéristique familiale chez ces gens (Georgina étant l'exception), surtout en ce qui concernait les grandes affaires de la vie comme les mariages et les scènes finales. Les Gressie faisaient bloc : ils étaient habitués à réussir et à aider les leurs à réussir. Ils faisaient tout bien : ils avaient fait en sorte de bien naître (naître Gressie était excellent à leurs yeux), ils vivaient bien, se mariaient bien, mouraient bien, et s'arrangeaient pour que l'on parlât bien d'eux après leur mort. Par égard pour cette dernière habitude, je dois faire attention à ce que je dis à leur sujet. Chacun prenait à cœur les soucis des autres et cet intérêt ne pouvait jamais être considéré comme indiscret dans la mesure où ils étaient en communion d'idée sur toutes leurs affaires et où ils ne se mêlaient de celles des autres membres de la famille que pour les congratuler ou les encourager. Ils avaient invariablement de la chance dans ces affaires et tout le travail d'un Gressie se résumait à trouver qu'un autre Gressie s'était montré presque aussi habile et déterminé qu'il l'aurait lui-même été dans des circonstances identiques. La grande exception était, comme je l'ai dit, cette histoire de Georgina qui détonnait tellement et qui les laissa tous abasourdis le jour où elle annonça à son père qu'elle souhaitait s'unir à un jeune homme engagé dans la carrière qui, à la connaissance des Gressie, rapportait le moins. Ses deux sœurs étaient entrées par mariage dans les plus florissantes des entreprises et il était impensable qu'avec la vingtaine de cousins qui grandissaient autour d'elle elle pût faire baisser la barre de la réussite. Sa mère lui avait ordonné deux semaines plus tôt de prier Mr Benyon de cesser ses visites ; car jusqu'alors, il avait fait sa cour en plein jour et de façon très décidée. Certains soirs, il s'était fait conduire en voiture du ferry de Brooklyn jusqu'aux beaux quartiers, avait demandé Miss Georgina à la porte de la maison de la 12ᵉ Rue, et s'était assis avec elle dans le salon de devant, si ses parents se trouvaient occuper celui de derrière, ou l'inverse, si la famille s'était installée dans celui de devant. A sa façon, Georgina était une fille obéissante, car elle rapporta immédiatement à Benyon l'interdiction de sa mère. Il ne fut pas surpris car, tout conscient qu'il fût de ne pas avoir encore une grande connaissance du monde, il se flattait de savoir reconnaître où et quand un jeune homme bien élevé était jugé indésirable. Il y avait à Brooklyn des maisons où ce genre d'animal était apprécié, mais ici les signes étaient très différents.

Il n'avait reçu aucun encouragement, sauf de la part de Georgina, dès le début de ses visites 12ᵉ Rue. Mr et Mrs Gressie se regardaient en silence quand il entrait et se livraient à d'étranges salutations perpendiculaires sans jamais lui serrer la main. C'est ainsi que l'on agissait à Portsmouth, New Hampshire, quand on était heureux de vous voir ; mais à New York, on était plus exubérant, et les gestes avaient une valeur différente. Jamais, dans la maison de la 12ᵉ Rue, on ne lui avait proposé de « prendre quelque chose », bien que cette maison dégageât une délicieuse odeur, un véritable arôme, de buffet, comme s'il y avait eu une cave à alcool en acajou sous chaque table. De plus, ces vieilles gens manifestaient un étonnement répété devant les loisirs dont jouissaient apparemment les officiers de marine. Leur seule façon de ne pas se rendre désagréables avait consisté à demeurer toujours dans la pièce d'à côté même si, à certains moments, il n'était pas jusqu'à ce détachement qui ne se présentât à Benyon comme une forme de désapprobation, bien qu'il lui dût quelques instants délicieux. Bien entendu, le message de Mrs Gressie mit pratiquement fin à ses visites : il ne voulait pas renoncer à la jeune fille, mais il ne voulait pas non plus être redevable à son père de la possibilité de converser avec elle. Il ne resta plus d'autre solution à ce tendre couple, dont la tendresse se mêlait curieusement d'une certaine méfiance mutuelle, que de se donner rendez-vous, les après-midi de printemps dans les squares, dans les rues les plus excentrées, ou dans les avenues les plus écartées. Ce

fut particulièrement à cette période de leurs relations que
Benyon fut frappé par le côté impérial de Georgina. Toute
sa personne semblait exhaler la conscience sereine et
heureuse d'avoir enfreint une loi. Elle ne lui expliqua
jamais comment elle arrangeait les choses chez elle,
comment elle réussissait toujours à tenir les rendez-vous
qu'elle lui donnait à l'extérieur avec tant d'audace, jusqu'à
quel point elle cachait des choses à ses parents, ni ce que
ces vieilles gens soupçonnaient, et acceptaient, concernant
la poursuite de leurs relations. Si Mr et Mrs Gressie lui
avaient interdit leur maison, ce n'était sans doute pas par
désir de la voir déambuler avec lui le long de la 10ᵉ Avenue, ni s'asseoir à ses côtés sous les lilas en fleur de
Stuyvesant Square. Il ne pensait pas qu'elle mentît chez
elle ; il la croyait trop « impériale » pour cela ; et il se
demandait ce qu'elle pouvait bien répondre à sa mère
quand, après toute une après-midi de pérégrinations sans
but avec son amoureux, elle se voyait demander par cette
femme hérissée et froufroutante où elle était allée. Georgina était bien capable de dire tout simplement la vérité ; et
cependant, si c'était le cas, il était miraculeux qu'elle n'eût
pas été plus simplement encore dépêchée en Europe. Que
Benyon ignorât les prétextes qu'elle invoquait démontre
que ce couple étrangement assorti n'arriva jamais à une
parfaite intimité, et ce, malgré un fait qui reste à relater. Il
y pensa par la suite, et il pensa à quel point il était étrange
qu'il ne se fût pas senti plus libre de lui demander ce qu'elle
faisait pour lui, comment elle s'y prenait, et ce qu'elle avait
souffert pour lui. Elle n'aurait probablement pas reconnu
qu'elle souffrît le moins du monde, et ne souhaitait
aucunement prendre des airs de martyre.

Benyon se souvint de cela par la suite, je l'ai dit, quand il
tenta de s'expliquer certaines choses qui l'intriguaient
simplement ; cela lui revint à l'esprit avec l'image, déjà un
peu effacée, de transversales miteuses s'étirant vers des
rivières, sous des soleils couchants rouges aperçus au bout
de la rue à travers l'écran d'une brume de poussière ;
panorama où les silhouettes d'un jeune homme et d'une
jeune fille s'éloignaient avant de disparaître, flânant côte à
côte, au rythme tranquille d'une conversation à bâtons

rompus, et se rapprochant l'une de l'autre au fur et à mesure qu'elles s'éloignaient, rapprochées au moins par l'impression que la jeune fille pouvait sans crainte, dans la 10e Rue, prendre le bras du jeune homme. Ils se dirigeaient toujours vers cette artère du bas de la ville ; mais il aurait eu du mal, à cette époque-là, à vous dire vers quoi d'autre ils se dirigeaient. Il n'avait aucune ressource à part sa solde, et il sentait bien que c'était un revenu un peu « maigre » à offrir à Miss Gressie. Ce n'était donc pas cela qu'il proposait ; ce qu'il offrait, en revanche, c'était l'expression, parfois peu élaborée, parfois follement gamine, d'une administration pleine de délice devant sa beauté, c'était ses intonations les plus tendres, ses regards les plus doux pour prouver son amour, et la plus légère des pressions sur sa main quand elle consentait à la placer sur son bras. Toute cette éloquence aurait pu, si nécessaire, se condenser en une seule phrase ; mais ces quelques mots étaient à peine utiles quand il allait sans dire qu'il s'attendait à ce qu'elle l'épousât et qu'il n'osait pas escompter qu'elle vivrait avec quelques centaines de dollars par an. S'il s'était agi d'une fille différente, il lui aurait peut-être demandé d'attendre, il lui aurait peut-être dit que des jours meilleurs viendraient, qu'il allait avoir une promotion, qu'il serait peut-être sage qu'il quittât la marine pour chercher une carrière plus lucrative. Avec Georgina, il était difficile d'aborder de telles questions : elle n'avait absolument aucun goût pour les détails. C'était une femme délicieuse à aimer, et quand un jeune homme est amoureux c'est cela qu'il découvre ; mais on ne pouvait pas dire qu'elle lui fût d'aucun secours, car elle n'avait jamais aucune suggestion à faire. Du moins n'en fit-elle jamais aucune jusqu'au jour où elle lui demanda, car c'est bien cette forme que prit la chose, de devenir sa femme sans plus attendre. « Oh oui, je vous épouserai » : ces paroles, que j'ai citées plus haut, n'étaient pas tant la réponse à quelque chose qu'il aurait dit à ce moment que la conclusion légère du récit qu'elle venait de lui faire, pour la première fois, de sa situation réelle dans la maison de son père.

3

— Je crains qu'il ne me faille vous voir moins souvent, avait-elle commencé par dire. Ils me surveillent de très près.

— C'est déjà si peu, avait-il répondu. Qu'est-ce qu'une fois ou deux par semaine ?

— Pour vous, c'est facile à dire. Vous êtes votre propre maître, mais vous ne savez pas ce que j'endure.

— Est-ce qu'ils vous rendent la vie très pénible, mon adorée ? Est-ce qu'ils vous font des scènes ? demanda Benyon.

— Non, bien sûr que non. Vous ne nous connaissez donc pas assez pour savoir comment l'on se comporte chez moi ? Aucune scène ; ce serait un soulagement. Quant à moi, je n'en fais jamais, je m'y refuserai toujours : voilà pour vous rassurer en ce qui concerne l'avenir, si vous tenez à le savoir. Mon père et ma mère ne disent pas un mot : ils me regardent comme si j'étais une fille perdue, avec de petits yeux durs et perçants comme des vrilles. Ils ne me disent pratiquement rien directement, mais ils en parlent entre eux et ils cherchent ce qu'il y a à faire. J'ai la conviction que mon père a écrit aux gens de Washington, comment dites-vous ? au Département ? pour vous faire muter loin de Brooklyn, pour vous faire envoyer en mer.

— Je ne crois pas que cela serve à grand-chose. On a besoin de moi à Brooklyn, pas en mer.

— Dans ce cas, ils sont capables de partir un an en Europe, exprès, pour m'éloigner, dit Georgina.

— Comment pourraient-ils vous emmener si vous n'avez pas envie de partir ? Et dans l'hypothèse où vous partiriez, à quoi cela servirait-il si c'était pour me retrouver ici à votre retour, tel que je vous aurais quitté ?

— Ah mais, dit Georgina avec son adorable sourire, ils pensent bien sûr que cette absence me guérirait de..., de...

Et elle s'interrompit, avec une espèce de modestie cynique, sans préciser de quoi.

— Vous guérir de quoi, ma chérie ? Dites-le, dites-le, je vous en prie, murmura le jeune homme, en attirant doucement sa main sur son bras.

— De cette absurde toquade !

— Et serait-ce le cas, ma très chère ?

— Oui, c'est très probable. Mais je n'ai pas l'intention d'essayer. Je n'irai pas en Europe, pas tant que je n'en aurai pas envie. Mais il vaut mieux que je vous voie un peu moins, que je donne même l'impression, un petit peu, que je renonce à vous.

— Un petit peu ? Et qu'entendez-vous par un petit peu ?

Georgina ne dit rien pendant un certain temps : « Eh bien, par exemple, que vous ne me teniez pas la main si serrée ! » Et elle dégagea le membre en question de la pression de son bras.

— Et à quoi cela servira-t-il ? demanda Benyon.

— Cela leur fera croire que tout est fini, que nous sommes d'accord pour nous séparer.

— Et comme il n'en est rien, en quoi cela nous sera-t-il utile ?

Ils s'étaient arrêtés à un croisement ; un gros fardier passait lentement devant eux. Georgina, debout, tourna le visage vers son amoureux et plongea quelques instants ses yeux dans les siens. Enfin, elle répondit : « Rien ne nous sera utile ; je ne crois pas que nous soyons très heureux », et en même temps son sourire étrange, ironique et inconséquent jouait sur ses belles lèvres.

— Je ne comprends pas comment vous voyez les choses. Je croyais que vous alliez dire que vous vouliez m'épouser, répliqua Benyon, toujours immobile bien que le fardier fût passé.

— Oh oui, je vous épouserai ! et elle s'éloigna de lui pour traverser.

C'était ainsi qu'elle l'avait dit, et cette façon était très caractéristique de la jeune fille. Quand il vit qu'elle était sérieuse, il regretta qu'ils ne fussent pas ailleurs (sans bien savoir quel endroit serait convenable) afin de pouvoir la prendre dans ses bras. Malgré cela, avant leur séparation ce jour-là, il eut le temps de lui rappeler qu'ils seraient très pauvres et d'insister sur le grand changement que cela constituerait pour elle. Elle répondit qu'elle s'en fichait et lui déclara alors que si c'était là le seul obstacle à leur union, plus tôt ils se marieraient mieux ce serait. A leur rencontre suivante, elle pensait toujours de même, mais il eut la surprise de constater qu'elle avait maintenant la conviction qu'il valait mieux qu'elle ne quittât pas la maison de son père. La cérémonie serait célébrée en secret, bien entendu, mais ils attendraient un peu avant de donner de la publicité à leur union.

— A quoi cela nous servira-t-il dans ce cas ? demanda Raymond Benyon.

Le visage de Georgina se colora : « Eh bien, si vous ne le savez pas, je ne peux pas vous le dire ! »

Il eut alors l'impression que, en effet, il le savait. Et pourtant, il était incapable, simultanément, de voir pour quelle raison, une fois leur union nouée, le secret restait indispensable. Quand il lui demanda quel événement particulier ils devaient attendre, et ce qui leur indiquerait qu'ils pouvaient se montrer comme mari et femme, elle répondit que ses parents lui pardonneraient probablement s'ils découvraient au bout d'une demi-douzaine de mois, pas trop brutalement, qu'elle avait sauté le pas. Benyon pensait qu'elle avait cessé de se soucier de savoir s'ils lui pardonneraient ou non, mais il s'était déjà aperçu de l'étrange mosaïque qu'est la nature féminine. Il l'avait crue capable de l'épouser par bravade, mais le plaisir de défier disparaissait si leur mariage restait une affaire entre eux. Il apparaissait maintenant qu'elle n'avait aucun désir particulier de défier qui que ce fût ; elle était plutôt disposée à ménager et à temporiser.

— Laissez-moi faire, laissez-moi faire. Vous n'êtes qu'un homme, qu'un gaffeur, dit Georgina. Je saurai bien mieux que vous le meilleur moment pour dire : « Eh bien, autant vous en accommoder, car c'est chose faite. »

C'était bien possible, mais Benyon ne comprenait pas tout à fait et se sentait embarrassé et soucieux, pour un amoureux, jusqu'au moment où il fut envahi, comme par une révélation, du sentiment qu'à tout le moins il avait une chose pour lui, à savoir tout simplement que le plus beau

brin de fille qu'il eût jamais vu était prêt à se jeter dans ses
bras. « Il y a une seule chose que je déteste dans vos
projets, c'est l'idée que votre père entretienne ma femme,
ne fût-ce que quelques semaines, voire quelques jours. »
Quand il lui adressa cette remarque ordinaire, avec une
sincérité qui lui colora légèrement le visage, elle lui offrit
un spécimen de son rire sans réplique et déclara que c'était
bien fait pour Mr Gressie et que cela lui apprendrait à se
comporter de façon aussi barbare et odieuse. L'opinion de
Benyon était que, dès lors qu'elle désobéissait à son père,
elle se devait d'arrêter de profiter de sa protection ; mais je
suis tenu d'ajouter qu'il ne fut pas particulièrement surpris
quand il s'aperçut qu'il y avait là une sorte d'honneur qui
n'était pas très familier à sa nature de femme. Commencer
par faire d'elle son épouse, le plus tôt possible, dès qu'elle
le voudrait, et s'en remettre à la fortune et à l'influence
nouvelle qu'il aurait sur elle pour lui donner, dans les
meilleurs délais possible, pleine et entière possession
d'elle : telle était en définitive, aux yeux du jeune officier,
la conduite la plus digne d'un amoureux et d'un homme
d'honneur. Il aurait fallu être bien terre à terre pour tout
refuser sous prétexte qu'on ne pouvait pas tout avoir d'un
seul coup. Leur flânerie les mena plus loin que d'habitude,
cette après-midi-là, et l'ombre était épaisse au moment où
il la raccompagna jusqu'à la porte de son père. Il n'était pas
dans ses habitudes de s'en approcher si près, mais ils
avaient tant de choses à discuter ce jour-là qu'il resta dix
bonnes minutes avec elle au pied de l'escalier. Il gardait la
main de la jeune fille dans la sienne, et elle l'y laissait, tout
en lui disant, comme pour résumer toutes leurs raisons et
réduire les différences qui les séparaient :

— Il en résultera au moins un effet important, savez-
vous ? Cela me mettra à l'abri.

— A l'abri de quoi ?

— D'épouser quelqu'un d'autre.

— Ah, ma petite, si jamais vous faisiez une chose
pareille... ! s'exclama Benyon, mais il ne formula pas
l'autre terme de l'hypothèse.

Au lieu de quoi, il leva les yeux vers la façade aveugle de
la maison (seules deux ou trois fenêtres étaient vaguement

éclairées, et aucun regard n'y apparaissait) et parcourut
dans les deux sens la rue déserte, indistincte dans le
crépuscule propice ; après quoi, il attira Georgina Gressie
contre sa poitrine et lui donna un baiser long et passionné.
Oui, décidément, il sentait bien qu'il valait mieux qu'ils se
marient. Elle venait de grimper l'escalier en un instant et,
du haut des marches, la main sur la sonnette, elle lui
murmura dans une espèce de sifflement : « Sauvez-vous !
Sauvez-vous ! Voici Amanda ! » Amanda était la femme
de chambre, et c'est dans ces termes que la Juliette de la
12e Rue congédia son Roméo de Brooklyn. Tandis que ses
pas le ramenaient vers la 5e Avenue, où l'air vespéral était
empli d'une senteur printanière émanant des buissons qui
entourent la jolie église gothique qui orne cette agréable
partie de l'avenue, il était trop pénétré de l'impression
laissée par le délicieux contact auquel la jeune fille s'était
violemment arrachée pour se faire la réflexion que l'importante raison qu'elle avait citée quelques instants plus tôt
justifiait bien qu'ils se marient, c'était clair, mais ne
justifiait pas le moins du monde qu'ils ne rendent pas ce
mariage public. Mais, comme je l'ai dit au début de cette
histoire, s'il ne comprenait pas les motivations de sa
maîtresse à la fin, on ne peut pas s'attendre à ce qu'il les eût
comprises au commencement.

4

Mrs Portico, nous le savons déjà, parlait sans cesse de se
rendre en Europe ; mais elle n'avait toujours pas, un an
après l'événement que je viens de raconter, réussi à mettre
la main sur une jeune cicérone. Il était de rigueur qu'elle
fût en jupons : il s'imposait qu'elle fût accompagnée par
une représentante du sexe qui s'abandonne le plus naturellement sur les bancs des musées et des cathédrales, et qui

marque les temps d'arrêt les plus fréquents dans les
escaliers qui grimpent vers les points de vue réputés.
C'était une veuve qui avait de bonnes ressources et
plusieurs fils, tous à Wall Street et tous incapables d'adopter le rythme calme sur lequel elle comptait faire son
voyage à l'étranger. Ils étaient tous sous tension : ils
traversaient la vie debout. C'était une femme de petite
taille, large, au teint vif, dotée d'une voix forte et d'une
chevelure surabondante, coiffée d'une façon qui n'appartenait qu'à elle, avec tant de peignes et de bandeaux qu'on
aurait dit une coiffure nationale. On avait l'impression, à
New York, en 1845, que c'était une coiffure danoise ;
quelqu'un avait laissé entendre l'avoir vue dans le Schles-
wig-Holstein. Mrs Portico avait dans son allure quelque
chose de hardi, de rieur, de légèrement exubérant ; les gens
qui la voyaient pour la première fois avaient l'impression
que feu son mari avait épousé la fille d'un tenancier ou la
propriétaire d'une ménagerie. Sa voix aiguë, éraillée et
joviale semblait la rattacher d'une façon ou d'une autre à la
vie publique sans qu'elle fût assez actrice. Toutefois, ces
idées se dissipaient rapidement, même si l'on n'était pas
suffisamment initié pour savoir — comme les Gressie, par
exemple, le savaient bien — que loin d'être enveloppées de
mystère, ses origines étaient presque le genre de chose dont
elle aurait pu se vanter. Mais bien que son aspect extérieur
la fît remarquer, elle ne se vantait de rien ; c'était quelqu'un de bienveillant, d'un commerce facile, une personne
drôle et irrespectueuse, très charitable, et d'une tournure
d'esprit démocratique et portée à fraterniser ; une personne
qui méprisait bien des valeurs mondaines et qui n'exprimait
pas du tout ce mépris sous forme d'axiomes généraux (car
elle avait une sainte horreur de la philosophie) mais sous
forme d'exclamations violentes, lancées dans des circonstances particulières. Elle n'avait pas une once de pusillani-
mité, et elle affrontait un délicat problème mondain avec
autant de résolution qu'elle aurait barré le passage à un
monsieur rencontré dans son vestibule avec la ménagère
dans les bras. La seule chose qui l'empêchait de devenir
ennuyeuse dans les milieux orthodoxes était son incapacité
à discuter. Elle ne perdait jamais son sang-froid mais elle

ne trouvait plus ses mots et concluait rapidement en priant
le ciel de lui donner l'occasion d'exposer ses convictions
par des actes. Elle était une amie de longue date de
Mr et Mrs Gressie, qui appréciaient l'ancienneté de ses
origines familiales et la fréquence de ses souscriptions, et à
qui elle rendait le service de leur offrir une caution libérale,
comme à des gens trop sûrs de leur propre position pour
craindre quoi que ce soit. Elle était leur caprice, leur péché
mignon, leur point de contact avec de dangereuses héré-
sies ; aussi longtemps qu'ils continuaient à la voir, on ne
pouvait pas les accuser d'étroitesse d'esprit, point sur
lequel ils se rendaient peut-être vaguement compte de la
nécessité de prendre quelques garanties. Mrs Portico ne se
demandait jamais si elle aimait les Gressie ; elle n'avait
aucune tendance à l'analyse morbide ; elle acceptait les
relations héritées et trouvait que, d'une certaine façon,
fréquenter ces gens l'aidait à se distraire. Elle ne cessait de
faire des éclats dans leur salon, à moitié sérieusement, à
moitié pour rire, comme tout ce qu'elle faisait, et il faut
avouer qu'ils s'y adaptaient merveilleusement bien. Ils ne
lui répliquaient jamais en termes de polémique, mais ils
se rassemblaient pour la regarder avec force sourires et
rassurantes platitudes, comme s'ils lui enviaient la richesse
supérieure de son tempérament. Elle s'intéressait à Georgina, qui lui paraissait différente des autres, et qui laissait
penser qu'elle ne ferait pas un mariage aussi ennuyeux que
ceux de ses sœurs et qu'elle avait de son devoir une idée
haute et courageuse. Ses sœurs s'étaient mariées par
devoir, mais Mrs Portico aurait préféré donner une de ses
grandes mains dodues à couper plutôt que d'adopter aussi
bonne conduite. Elle, qui n'avait pas de fille, avait une
certaine idée de ce qu'une jeune fille doit être idéalement :
belle et romantique, avec un regard nostalgique, et un peu
victime afin que Mrs Portico puisse la tirer d'affaire. Elle
plaçait beaucoup d'espoir en Georgina pour donner chair à
sa vision ; mais, en réalité, jamais elle ne l'avait comprise
pour de bon. Elle aurait dû être perspicace, mais c'était une
qualité qui lui faisait défaut et elle ne comprenait jamais
rien avant d'avoir accumulé les déceptions et les énerve-
ments. Il était difficile de la désarçonner, mais c'est

pourtant l'effet que produisit certaine communication que lui fit notre jeune personne, un beau matin de printemps. Malgré son apparence sanguine et son tour d'esprit spéculatif, Mrs Portico était probablement la femme la plus innocente de tout New York.

Georgina arriva de très bonne heure, plus tôt même que l'heure normale des visites à New York il y a trente ans ; et tout de go, sans aucune forme d'entrée en matière, elle déclara à Mrs Portico, en la regardant droit dans les yeux, qu'elle avait de graves problèmes et qu'elle était contrainte d'avoir recours à son aide. Georgina ne présentait pas le moindre symptôme de détresse ; elle était aussi fraîche et aussi belle que cette matinée d'avril ; elle tenait la tête haute et souriait, d'un air de défi tranquille, comme une jeune femme qui entretiendrait naturellement de bonnes relations avec la fortune. Ce ne fut à coup sûr pas avec l'accent de la confession ou du malheur qu'elle annonça :

— Bon, je dois commencer par vous dire — bien sûr vous allez être surprise — que je suis mariée.

— Mariée, Georgina Gressie ! répéta Mrs Portico, de sa voix la plus sonore.

Georgina se leva, traversa la pièce de sa démarche majestueuse, et ferma la porte. Elle s'arrêta là, le dos appuyé aux panneaux d'acajou, n'indiquant qu'elle était consciente de l'irrégularité de sa position que par la distance qu'elle avait mise entre son hôtesse et elle-même.

— Je ne suis plus Georgina Gressie ; je suis Georgina Benyon ; et je n'ai pas tardé à comprendre que ce qui arrive naturellement dans ce genre de situation va m'arriver.

Mrs Portico était complètement abasourdie :

— Ce qui arrive naturellement ? s'exclama-t-elle en la dévisageant.

— Quand on est marié, bien entendu. Je suppose que vous savez de quoi il s'agit. Personne ne doit être au courant. Je veux que vous m'emmeniez en Europe.

Mrs Portico se leva alors lentement de son siège et s'approcha lentement de sa visiteuse en la regardant des pieds à la tête, comme si elle cherchait à mesurer l'exactitude de cette extraordinaire nouvelle. Elle posa un moment les mains sur les épaules de Georgina en contemplant son visage épanoui, puis elle l'attira plus près d'elle et l'embrassa. C'est ainsi que la jeune fille fut reconduite vers le divan où, au cours d'une conversation extrêmement intime, elle ouvrit les yeux de Mrs Portico comme ils ne l'avaient jamais été auparavant. Elle était la femme de Raymond Benyon ; ils étaient mariés depuis un an, mais personne n'était au courant. Elle l'avait caché à tout le monde et elle entendait continuer de le cacher. La cérémonie avait eu lieu dans une petite église épiscopalienne de Haarlem, un dimanche après-midi, après l'office. Dans ce faubourg poussiéreux personne ne les connaissait ; le pasteur, énervé d'être retenu et voulant rentrer chez lui prendre son thé, n'avait fait aucune difficulté ; il les avait unis en un tour de main. Tout s'était fait avec une facilité dérisoire. Raymond lui avait carrément dit que l'affaire devait être menée sans tambour ni trompette, car la famille de la jeune femme s'opposait à la chose. Mais elle avait l'âge légal et était parfaitement consentante ; il pouvait en juger par lui-même. Le clergyman avait grommelé en la regardant par-dessus ses lunettes, avec une façon qui n'était pas vraiment complimenteuse de dire qu'effectivement ce n'était plus une gamine. Bien sûr, elle faisait âgée pour une jeune fille ; mais elle n'en était plus une maintenant, non ? Raymond avait prouvé son identité d'officier de la marine américaine (il avait des papiers, en plus de l'uniforme qu'il portait) et avait présenté le pasteur à un ami qu'il avait amené avec lui, qui appartenait également à la marine, dont il était un respectable commissaire. Ce fut lui qui joua le rôle du père de Georgina, si l'on peut dire ; c'était un charmant vieux monsieur, un vrai grand-père, et il était d'une discrétion absolue. Il s'était lui-même marié trois fois, la première dans des circonstances identiques. Après la cérémonie, elle retourna chez son père ; mais elle revit Mr Benyon le lendemain. Elle le vit ensuite assez souvent, pendant quelque temps. Il la suppliait sans cesse de s'installer complètement avec lui, elle devait lui rendre cette justice. Mais elle ne le voulait pas, pas maintenant, peut-être jamais. Elle avait ses raisons qui lui paraissaient excellentes, mais qui étaient difficiles à expliquer. Elle aurait largement le temps de les donner à Mrs Portico. Mais qu'elles fussent bonnes ou mauvaises, ce n'était pas le problème du moment ; son problème était de partir du pays pendant plusieurs mois, de partir loin de tous les gens qui la connaissaient. Elle souhaitait aller dans quelque petite ville d'Espagne ou d'Italie, où elle disparaîtrait jusqu'à ce que tout soit fini.

Mrs Portico tressaillit en entendant cette belle jeune fille sereine, qui n'avait rien d'une aventurière, et qui lui débitait son incroyable histoire, une main dans la sienne, prononcer les mots « que tout soit fini ». Il y avait en eux quelque chose de glacial, une légèreté qui n'était pas naturelle, qui suggérait... La pauvre Mrs Portico aurait eu de la peine à dire quoi. Si Georgina allait devenir mère, on pouvait supposer qu'elle allait le rester. Elle lui parla d'un bel endroit en Italie, Gênes, endroit souvent mentionné par Raymond, où il était allé plus d'une fois, et qu'il aimait beaucoup. Pourquoi ne pas y aller toutes les deux, et y rester tranquillement quelque temps ? C'était un grand service qu'elle lui demandait, elle le savait fort bien ; mais si Mrs Portico refusait de l'emmener, elle trouverait bien quelqu'un qui accepterait. Elles avaient si souvent parlé d'un voyage de ce genre ; et si Mrs Portico avait été prête à le faire alors, elle devait certainement l'être davantage maintenant. La jeune fille déclara qu'elle était déterminée à faire quelque chose, à aller quelque part, à faire en sorte que, d'une manière ou d'une autre, on ne remarquât pas sa situation. Inutile de lui parler de la révéler : elle préférait mourir. Cela paraissait certainement étrange, mais elle savait ce qu'elle faisait. Jusque-là, personne n'avait rien deviné ; elle avait parfaitement réussi à faire ce qu'elle voulait, et ses parents étaient persuadés, comme Mrs Portico, n'est-ce pas ? qu'au cours de l'année passée, Raymond Benyon avait moins compté pour elle qu'auparavant. Eh bien, c'était vrai, parfaitement. Il était parti, embarqué, Dieu sait où, dans le Pacifique ; elle était seule et comptait bien le demeurer désormais. Sa famille était convaincue que tout était fini, maintenant, entre autres, qu'il était retourné sur son navire, et elle avait raison ; car c'était fini, ou ça ne tarderait pas à l'être.

5

A ce moment, Mrs Portico commençait presque à avoir
peur de sa jeune amie, elle qui ignorait tellement la peur
et même, pour ainsi dire, la honte. Si cette brave femme
avait eu l'habitude d'analyser un peu plus les choses, elle
aurait dit qu'elle n'avait aucun sens moral. Elle regardait
Georgina avec des pupilles dilatées (la visiteuse était de
loin la plus calme des deux femmes) et s'exclamait,
murmurait, se laissait retomber sur le divan, bondissait en
avant, et s'épongeait le front avec sa pochette. Il y avait
des choses qu'elle ne comprenait pas ; qu'ils eussent tous
été abusés à ce point, qu'ils eussent pensé que Georgina
avait renoncé à son amant (ils se flattaient de croire
qu'elle s'était découragée ou lassée de lui) alors que, en
fait, elle était simplement en train de faire en sorte qu'il
soit impossible qu'elle appartienne à qui que ce soit
d'autre. A quoi s'ajoutaient son inconséquence, ses caprices,
son absence de motifs, sa façon de se contredire et de
feindre de croire qu'elle pourrait dissimuler une telle
situation éternellement ! Il n'y avait rien de honteux à
avoir épousé ce pauvre Mr Benyon, même dans une petite
église de Haarlem, ou à avoir été conduite à l'autel par un
commissaire de la marine ; il était bien plus honteux de se
trouver dans une situation pareille sans être en mesure de
donner des explications convenables. En outre, elle avait
dû bien peu voir son mari : elle avait dû renoncer à lui,
pour ce qui est des rencontres, presque aussitôt après
l'avoir accepté. C'était bien Mrs Gressie elle-même, n'est-
ce pas, qui avait dit à Mrs Portico, cela devait être en
octobre dernier, qu'il ne serait désormais plus nécessaire
d'éloigner Georgina, dans la mesure où son amourette
avec le petit marin (projet en tous points inacceptable)
avait fait long feu ?
— Je l'ai moins vu après notre mariage... beaucoup
moins, expliqua Georgina.

Mais apparemment son explication ne fit qu'épaissir le mystère.

— Dans ce cas, je ne vois pas dans quel but vous avez bien pu l'épouser !

— Il fallait redoubler de prudence ; je souhaitais donner l'impression que j'avais renoncé à lui. En réalité, bien sûr, nous étions plus intimes ; je le voyais de façon différente, dit Georgina en souriant.

— J'imagine ! J'avoue que je n'arrive pas à comprendre comment vous n'avez pas été découverts.

— Tout ce que je peux dire, c'est que nous ne l'avons pas été. J'en conviens, c'est extraordinaire. Nous avons très bien manœuvré, moi en tout cas ; lui se refusait à toute manœuvre. En plus papa et maman ne sont vraiment pas malins !

Mrs Portico laissa échapper un soupir de compréhension, plutôt heureuse, somme toute, de ne pas avoir de fille, tandis que Georgina enchaînait sur quelques autres détails. Au cours de l'été, Raymond Benyon avait été déplacé de Brooklyn à Charlestown, près de Boston où, comme Mrs Portico le savait peut-être, se trouvait un autre arsenal où il y avait un surcroît temporaire de travail qui exigeait une surveillance supplémentaire. Il y était resté plusieurs mois, au cours desquels il l'avait pressée de venir le rejoindre, et c'est aussi pendant cette période qu'il avait reçu l'ordre de rejoindre son bâtiment sous bref délai. Avant de s'y rendre, il était revenu à Brooklyn quelques semaines, pour boucler son travail, et c'est alors qu'elle l'avait vu, disons... pas mal de fois. Cela avait été la meilleure partie de l'année qui s'était écoulée depuis leur mariage. C'était un miracle qu'ils n'aient rien deviné à la maison à ce moment-là, parce qu'elle avait vraiment agi follement, et que Benyon avait même essayé de provoquer la découverte. Mais c'étaient des gens épais, ça oui ! Il l'avait suppliée à maintes reprises de mettre un terme à la fausseté de leur situation, mais elle ne le voulait pas plus alors qu'auparavant. Ils s'étaient plutôt mal séparés, et pour tout dire, plutôt bizarrement pour un couple d'amants. Il ne savait rien, à l'heure actuelle, de la chose qu'elle était venue annoncer à Mrs Portico. Elle ne lui avait pas écrit. Il était en mer

pour longtemps. Il pouvait s'écouler deux ans avant qu'il
ne rentrât aux États-Unis.

— Je me moque de la durée de son absence, dit
Georgina très simplement.

— Vous ne m'avez pas dit pourquoi vous l'avez épousé.
Peut-être l'avez-vous oublié ! interrompit Mrs Portico, en
riant de son rire masculin.

— Oh, c'est exact : je l'aimais.

— Et cela aussi, c'est fini ?

Georgina eut un moment d'hésitation.

— Mais non, Mrs Portico, bien sûr que c'est pas fini.
Raymond est un type merveilleux.

— Dans ce cas, pourquoi, ne vivez-vous pas avec lui ?
Vous n'avez pas d'explication à cela.

— A quoi bon, avec quelqu'un qui n'est jamais là ?
Comment peut-on vivre avec un homme qui passe la moitié
de sa vie dans les mers du Sud ? S'il n'était pas dans la
marine, les choses seraient différentes. Mais tout endurer,
toutes les conséquences qui découleraient pour moi de la
révélation de notre mariage : les remontrances, les risques,
le ridicule, les scènes à la maison ; endurer tout cela pour
une idée, et me retrouver seule malgré tout, ici, exactement comme avant, sans mari au bout du compte, sans
pouvoir profiter de ce qu'il a de bon à m'apporter...

A ce point, Georgina regarda son hôtesse comme si elle
était certaine que l'énumération de tous ces inconvénients
ne pouvait manquer de l'émouvoir :

— Vraiment, Mrs Portico, je suis bien forcée de dire que
je ne crois pas que cela vaudrait la peine ; je n'en ai pas le
courage.

— Je n'ai jamais cru que vous étiez lâche, dit Mrs Portico.

— Je ne le suis pas, mais donnez-m'en le temps. Je suis
très patiente.

— Cela non plus, je ne l'aurais pas cru.

— Le mariage change les gens, dit Georgina qui souriait
toujours.

— Ce qui est sûr, c'est qu'il semble avoir eu un effet
étrange sur vous. Pourquoi ne lui faites-vous pas quitter la
marine et vous organiser une vie confortable, comme tout
le monde ?

— Pour rien au monde je ne voudrais entraver ses perspectives d'avenir, sa promotion. Elle est assurée, et viendra vite, il a tellement de qualités. Son métier est tout pour lui : ce serait une catastrophe s'il le quittait.

— Ma chère jeune amie, vous êtes un miracle vivant ! s'exclama Mrs Portico en regardant sa compagne comme si elle avait été dans une vitrine.

— C'est ce que dit ce pauvre Raymond, répondit Georgina en souriant encore davantage.

— A coup sûr, je n'aurais pas du tout aimé épouser un marin, mais si je l'avais fait, je ne l'aurais pas lâché, même si j'avais dû affronter toutes les remontrances de l'univers !

— Je ne sais pas ce qu'étaient vos parents ; je sais ce que sont les miens, répliqua Georgina avec une espèce de dignité. Une fois qu'il sera capitaine, nous sortirons de la clandestinité.

— Et qu'allez-vous faire en attendant ? Que ferez-vous de vos enfants ? Où les cacherez-vous ? Que ferez-vous de celui-ci ?

Georgina garda une minute les yeux baissés sur ses genoux puis, les relevant, elle croisa le regard de Mrs Portico.

— Quelque part en Europe, dit-elle de sa voix douce.

— Georgina Gressie, vous êtes un monstre ! s'écria son aînée.

— Je sais ce que je fais, et vous allez m'y aider, poursuivit la jeune fille.

— Je vais aller raconter toute cette histoire à votre père et à votre mère, voilà ce que je vais faire !

— C'est bien la dernière chose dont j'aie peur, la dernière. Vous allez m'aider, je vous l'assure.

— Vous voulez dire que je vais entretenir cet enfant ?

Georgina éclata de rire :

— Je suis bien persuadée que vous le feriez, si je venais à vous le demander ! Mais je n'irai pas jusque-là, j'ai quelques ressources personnelles. La seule chose que je veuille de vous, c'est votre présence.

— A Gênes, oui, vous avez tout arrangé. D'après vous, Mr Benyon adore cet endroit, soit, mais comment croyez-vous qu'il appréciera qu'on y laisse son enfant ?

— Il n'appréciera pas du tout. Vous voyez, je vous dis toute la vérité, répondit Georgina sans élever la voix.

— Mille mercis ! Quel dommage que vous ne la réserviez qu'à moi ! C'est lui, dans ces conditions, qui a le pouvoir de vous forcer à vous comporter comme il faut. Il peut rendre votre mariage public, lui, si vous vous y refusez, et dans ce cas, vous devrez bien avouer votre enfant.

— Le rendre public, Mrs Portico ? Comme vous connaissez mal mon Raymond ! Il ne trahira jamais une promesse : il se laisserait plutôt brûler vif.

— Et que lui avez-vous fait promettre ?

— De ne jamais réclamer que notre mariage soit révélé contre ma volonté ; de ne jamais me revendiquer publiquement comme sa femme jusqu'à ce que je pense que le temps est venu ; de ne jamais mettre qui que ce soit au courant de ce qui s'est passé entre nous tant que je déciderai que cela doit rester secret, même pour des années, même pour toujours. De ne jamais rien faire lui-même à ce sujet de sa propre initiative, mais de s'en remettre à moi. Et pour cela, il m'a donné sa parole d'honneur et je sais ce que cela veut dire !

Sur le divan, Mrs Portico bondit franchement.

— Vous savez vraiment ce que vous faites ! Et Mr Benyon me paraît sans conteste encore plus dément que vous. Je n'ai jamais connu d'homme qui se passe une telle corde au cou. A quoi cela peut-il bien lui servir ?

— A quoi ? A me faire plaisir. Au moment où il l'a fait, il m'aurait promis n'importe quoi. C'est une condition que j'ai imposée au tout dernier moment, juste avant la cérémonie. A ce moment-là, il ne m'aurait rien refusé ; j'aurais pu lui faire faire ce que je voulais. Il m'aimait tellement... mais je ne peux pas me vanter, dit Georgina avec une hauteur tranquille. Il voulait... il voulait..., ajouta-t-elle, mais elle n'alla pas plus loin.

— Apparemment, il n'a pas voulu grand-chose ! s'écria Mrs Portico sur un ton tel que Georgina se retourna en direction de la fenêtre, comme si on avait pu l'entendre de la rue.

Son hôtesse remarqua le mouvement et poursuivit :

— Oh, ma petite, si je raconte un jour votre histoire, je le ferai de telle façon que les gens l'entendront !

— Vous ne la raconterez jamais. Je veux dire que Raymond voulait... que l'Église sanctionne notre liaison... parce qu'il se rendait compte que j'y tenais absolument. Donc, de son point de vue, le plus tôt était le mieux et pour presser les choses, il était prêt à s'engager à n'importe quoi.

— Vous avez tout mené de main de maître, dit Mrs Portico, familière. Je ne sais pas ce que vous voulez dire par « sanctionner », ni ce que vous en attendiez.

Georgina se leva, redressant un peu cette belle tête qui, malgré ce qu'il y avait de gênant dans leur entretien, n'avait pas perdu grand-chose de sa hauteur. « Auriez-vous aimé que je... que je me passe du mariage ? »

Mrs Portico se leva à son tour, et en proie à l'agitation où la plongeaient ces révélations extraordinaires (c'était comme si elle avait découvert un squelette dans son placard préféré), elle regarda un instant sa jeune amie dans les yeux. Puis ses sentiments contradictoires se résolurent en une question brutale qui impliquait, pour Mrs Portico, beaucoup de subtilité : « Georgina Gressie, étiez-vous vraiment amoureuse de lui ? »

Cette question eut immédiatement raison de la froideur voulue, étudiée, étrange, de la jeune fille ; elle éclata, prise d'un accès de passion, où la colère dominait pour le moment.

— Et quelle autre raison aurais-je eue, au nom du ciel, de faire ce que j'ai fait ? Quelle autre raison aurais-je eue de l'épouser ? Qu'avais-je à y gagner ?

Il y avait un certain tremblement dans la voix de Georgina, une certaine lumière dans ses yeux qui parurent plus spontanés, plus humains à Mrs Portico et qui lui rendirent les mots qu'elle avait prononcés moins pénibles que tout ce qu'elle avait dit jusqu'alors. Elle prit la main de la jeune fille et fit entendre quelques bruits indistincts en forme de remontrance. « Aidez-moi, ma chère amie, aidez-moi », murmura Georgina sur un ton suppliant, et un instant plus tard, Mrs Portico vit qu'elle avait les larmes aux yeux.

— Quel drôle de personnage vous êtes, ma petite ! s'exclama-t-elle. Rentrez tout droit chez vous et racontez tout à votre mère ; voilà la meilleure aide que vous puissiez trouver.

— Vous avez plus de bonté que ma mère. Ne croyez pas qu'elle soit comme vous.

— Que peut-elle vous faire ? Comment peut-elle vous faire du mal ? Nous ne sommes plus chez les païens, dit Mrs Portico qui adoptait rarement un point de vue aussi historique. En outre, vous n'avez aucune raison de parler, ni même de penser ainsi de votre mère ! Elle aurait aimé vous voir épouser un homme qui ait du bien, mais elle a toujours été une bonne mère pour vous.

Devant cette remontrance, Georgina s'enflamma de nouveau ; c'était vrai, Mrs Portico l'avait bien dit, qu'elle était un drôle de personnage. Consciente évidemment de son incapacité à justifier sa raideur présente de façon satisfaisante, elle se mit à invoquer un grief qui lui évitait d'avoir à se défendre :

— Pourquoi dans ces conditions m'avoir fait cette promesse, s'il m'aimait ? Un homme qui m'aurait vraiment aimée ne l'aurait jamais faite, ni un homme qui en serait vraiment un, au sens où je l'entends ! Il aurait pu comprendre que je ne le faisais que pour le mettre à l'épreuve, pour voir s'il voulait profiter de la possibilité de garder sa liberté. Cela prouve qu'il ne m'aime pas, pas comme il le devrait ; et dans un cas pareil, une femme n'est pas tenue de faire des sacrifices !

Mrs Portico n'avait pas l'intelligence agile ; son esprit se déplaçait avec vigueur, mais lentement ; mais il lui arrivait pourtant d'avoir des intuitions heureuses. Elle se rendit compte que les émotions de Georgina étaient en partie réelles et en partie fabriquées ; que, pour cette dernière question en particulier, elle essayait de se « fabriquer » un ressentiment qui pût lui servir d'excuse. C'était un prétexte absurde, et la brave femme fut frappée par le manque de cœur avec lequel sa jeune visiteuse reprochait au pauvre Benyon une concession qu'elle avait exigée et qui, dans la mesure où il lui laissait sa liberté en se liant lui-même, témoignait seulement de sa dévotion pour la jeune fille. En bref, Mrs Portico était scandalisée par le manque de simplicité qui caractérisait le comportement d'une jeune fille dont elle avait jusque-là cru que l'innocence était égale à l'élégance, et le jugement que lui inspirait cette découverte s'exprima par cette remarque sans ambages : « Je suis frappée par votre méchanceté ; vous êtes une méchante fille ! »

6

Mon lecteur ne manquera pas de trouver très singulier que, malgré cette réflexion qui semblait résumer son opinion sur la question, Mrs Portico consentît, en l'espace d'un très petit nombre de jours, à tout ce que Georgina lui avait demandé. J'ai jugé bon de raconter en détail la première conversation qui eut lieu entre elles, mais je ne relaterai pas les phases suivantes du plaidoyer de la jeune fille, ni les étapes qui conduisirent cette femme bruyante, aimable, pénétrante, simple, sceptique et crédule, à prendre sous sa protection, contre cent bonnes et solides raisons dont elle était convaincue, une demoiselle dont elle ne pouvait mentionner l'obstination sans devenir rouge de colère. Le seul fait de la situation personnelle de Georgina suffisait à l'émouvoir : la plus haute éloquence de cette jeune personne résidait dans la gravité de sa situation. Elle était peut-être méchante, et elle avait une façon splendide, nonchalante, insolente, lumineuse de l'avouer qui, à certains moments, opérait une métamorphose incohérente, incongrue, irrésistible de sa confession cynique en larmes de faiblesse ; mais Mrs Portico la connaissait depuis ses plus tendres années, et quand Georgina déclara qu'elle ne pouvait pas rentrer chez ses parents, qu'elle avait envie d'être avec elle et pas avec sa mère, qu'elle ne pouvait pas, mais absolument pas, prendre de risques, et qu'elle devait rester avec elle et avec elle seule jusqu'au jour où elles prendraient la mer, la pauvre femme fut bien forcée d'en prendre acte. Elle était subjuguée, enjôlée ; elle était, dans une certaine mesure, fascinée. Elle dut s'incliner devant l'inflexibilité de Georgina (elle-même n'en avait pas à lui opposer : elle était seulement violente, et n'avait pas de ténacité) et une fois qu'elle l'eut acceptée, il devint clair qu'après tout emmener sa jeune amie en Europe était une façon de l'aider, et qu'en la laissant toute seule elle ne l'aidait pas. Ce fut littéralement par la terreur que Georgina obtint la soumission de Mrs Portico. Il était évident qu'elle était capable de choses étranges quand elle était réduite à ses propres moyens. Si bien qu'un beau jour, Mrs Portico annonça qu'elle était enfin prête à s'embarquer pour l'étranger (son médecin lui ayant dit que si elle n'y prenait pas garde, elle serait trop vieille pour en profiter) et qu'elle avait invité à l'accompagner la robuste Miss Gressie, qui pouvait rester debout si longtemps. Cette nouvelle fit la joie de la maison Gressie car, même si le danger était passé, ce voyage ne présentait que des avantages pour Georgina, et la perspective d'un avantage gonflait toujours d'aise la poitrine des Gressie. On pouvait craindre qu'elle rencontrât Mr Benyon de l'autre côté du globe ; mais il semblait improbable que Mrs Portico se prêtât à une machination de cet ordre. Si elle s'était mis en tête de favoriser leur liaison, elle l'aurait fait ouvertement, et Georgina serait déjà mariée à l'heure qu'il était. Les préparatifs furent menés aussi rondement que la décision avait, du moins en apparence, été lente, car ils furent confiés aux expéditifs jeunes gens de New York. Georgina était en permanence chez Mrs Portico. Il était entendu, dans la maison de la 12ᵉ Rue, qu'elle discutait des voyages à venir avec sa bonne amie. Des discussions il y en avait, à coup sûr, et beaucoup ; mais une fois leur départ décidé, plus un mot ne fut dit de ce qui motivait leur voyage. Plus un mot, du moins jusqu'au soir précédant l'embarquement : une petite conversation sans fard eut alors lieu entre elles deux. Georgina avait déjà fait ses adieux à sa famille et devait dormir chez Mrs Portico afin de partir de bonne heure prendre le bateau. Les deux femmes étaient assises ensemble près du feu, pensant en silence aux bagages ficelés, quand l'aînée fit soudain remarquer à sa compagne qu'elle s'avançait apparemment beaucoup en supposant que Raymond Benyon ne lui forcerait pas la main. Il n'était

pas à exclure qu'il décidât de reconnaître son enfant, si elle
ne le faisait pas ; il y avait promesse et promesse, et bien
des gens pourraient considérer qu'une promesse perdait sa
valeur quand la situation changeait à ce point. Il lui faudrait
compter avec Mr Benyon plus qu'elle ne le pensait.

— Je sais ce que je fais, répondit Georgina. Il n'a qu'une
parole. Je ne sais pas ce que vous entendez quand vous
dites que la situation a changé.

— Moi j'ai l'impression que tout a changé, murmura la
pauvre Mrs Portico, avec quelque chose de tragique dans la
voix.

— Eh bien pas lui, jamais ! Je suis sûre de lui, aussi sûre
que je suis assise ici. Croyez-vous que je l'aurais seulement
regardé si je n'avais su que c'était un homme de parole ?

— Vous l'avez bien choisi, ma chère, dit Mrs Portico, qui
en était réduite, maintenant, à une espèce de consentement
éberlué.

— Évidemment que je l'ai bien choisi. Dans une situation comme celle-ci, il sera absolument parfait.

Puis elle ajouta brutalement, avec une explosion de
passion incongrue : « Absolument parfait, c'est pour cela
que je l'ai aimé. »

Mrs Portico vit là une audace proche du sublime ; mais
elle avait renoncé à chercher à comprendre les propos ou
les actes de la jeune fille. Elle comprit de moins en moins
après qu'elles eurent débarqué en Angleterre et commencé
leur voyage vers le Sud ; et elle comprit encore moins
quand, au milieu de l'hiver, se produisit l'événement avec
lequel elle avait essayé de se familiariser en imagination
mais qui, quand il se produisit, fut étrange et effroyable au-
delà de toute mesure. Il eut lieu à Gênes, car Georgina
avait décidé qu'il y aurait plus de discrétion dans une
grande ville que dans une petite ; et elle écrivit en
Amérique que Mrs Portico et elle-même étaient tombées
amoureuses de l'endroit et qu'elles allaient y passer deux
ou trois mois. En ce temps-là, les Américains étaient
beaucoup moins au fait qu'aujourd'hui des mérites com-
parés des villes étrangères ; et personne ne trouva étonnant
que des New-Yorkaises en voyage souhaitent s'attarder
dans un port de mer où l'on pouvait, à ce que disait

Georgina, trouver des appartements dans un palais décoré
de fresques de Van Dyke et de Titien. Georgina, on le
verra, n'omettait dans ses lettres aucun détail susceptible
de donner de la couleur au long séjour génois de Mrs Portico. C'est dans un palais de cette espèce, où les voyageurs
louaient vingt pièces superbes pour trois fois rien, que vint
au monde un magnifique garçon. Rien n'aurait pu être plus
réussi ni causer moins de désagrément que cette opéra-
tion : Mrs Portico fut stupéfaite de sa facilité, et de sa
félicité. Elle allait passablement mal à cette époque et,
chose qui ne lui était jamais arrivée de sa vie, elle souffrait
de dépression chronique. Elle détestait être obligée de
mentir, et mentir, elle le faisait maintenant sans cesse.
Toutes les nouvelles qu'elle envoyait au pays, tout ce qui
avait été dit ou fait en rapport avec leur séjour à Gênes,
tout était mensonge. Leur façon de rester cloîtrées pour
éviter de tomber par hasard sur un compatriote était un
mensonge. Des compatriotes, à Gênes et à cette époque, il
n'y en avait pas beaucoup; mais les précautions de
Georgina étaient d'un professionnalisme extrême. Son
sang-froid, sa maîtrise d'elle-même, son insensibilité apparente, créaient chez Mrs Portico une sombre inquiétude ; la
pauvre femme qui, quelques mois plus tôt, détestait fixer
son esprit sur des choses déplaisantes, ne cessait de se
demander avec une anxiété morbide jusqu'où irait sa jeune
compagne. Et de fait, Georgina alla très loin ; elle fit tout
ce qui était en son pouvoir pour dissimuler l'origine de son
enfant. Sa naissance fut déclarée sous un faux nom, et il fut
baptisé à l'église la plus proche par un prêtre catholique. Le
docteur dénicha une magnifique *contadina* dans un village
des collines et cette grosse créature brune et sauvage qui,
pour lui rendre cette justice, était prodigue en beaux
sourires familiers et en rude tendresse, fut instituée nourrice du fils de Raymond Benyon. Elle s'occupa de lui
pendant quinze jours sous les yeux de sa mère, puis fut
renvoyée dans son village, le bébé sous le bras et quelques
pièces d'or nouées dans son mouchoir. Mr Gressie avait
ouvert à sa fille un crédit libéral auprès d'un banquier
londonien, ce qui lui permettait pour le moment de
pourvoir largement aux besoins du petit. Elle fit remarquer

à Mrs Portico qu'elle n'avait utilisé son argent à aucune
dépense futile : elle gardait tout pour le petit pensionnaire
des collines génoises. Mrs Portico regardait ces étranges
manœuvres avec une stupéfaction qui se transformait à
l'occasion en protestation passionnée ; puis elle était
reprise par le sentiment confus que, ayant été complice
jusque-là, elle devait le rester jusqu'au bout.

7

Les deux femmes descendirent à Rome finir la saison :
Georgina était merveilleusement en forme, et Mrs Portico
y acquit la conviction qu'elle avait l'intention d'abandonner
son rejeton. Elle ne s'était pas fait conduire à la campagne
pour voir le nourrisson avant de quitter Gênes ; elle avait
déclaré qu'elle ne supporterait pas de le voir dans un tel
cadre et au milieu de tels gens. Mrs Portico, il faut
l'ajouter, avait éprouvé la force de cet argument, en
relation avec un projet qu'elle avait formé et auquel elle
avait renoncé après l'avoir caressé passionnément quelques
heures, projet qui consistait à consacrer une journée à aller
voir, toute seule, la grosse *contadina*. Il lui semblait que,
dût-elle voir l'enfant entre les mains sordides auxquelles il
avait été confié par Georgina, sa complicité deviendrait
encore plus active qu'elle ne l'était déjà. La dureté
épanouie de la jeune femme, une fois arrivée à Rome,
faisait un peu sur elle l'effet de la tête de la Méduse. Elle
avait vu une chose horrible, elle y avait trempé, et son cœur
de mère en avait été mortellement glacé. Il devenait plus
clair de jour en jour que, même si Georgina continuait
d'envoyer au bébé des sommes considérables, elle avait
renoncé à lui pour toujours. En même temps que cette
induction, une idée fixe se logea dans son esprit : celle de
reprendre elle-même le bébé, d'en faire son enfant, d'orga-

niser la chose avec le père. Les encouragements qu'elle
avait jusque-là donnés à Georgina revenaient à s'engager à
ne pas la dénoncer ; mais elle pouvait adopter le pauvre
petit sans la trahir ; elle pouvait dire que c'était un bébé
adorable (adorable il l'était, par bonheur) qu'elle avait
recueilli dans un pauvre village italien qui avait été mis à
sac par des brigands. Elle pouvait faire semblant... faire
semblant ; oh oui, comme elle savait le faire ! Tout était
imposture maintenant, et elle pouvait continuer à mentir
comme elle avait commencé. La fausseté de toute cette
affaire l'écœurait : elle en était devenue si jaune qu'elle se
reconnaissait à peine dans sa glace. Néanmoins, sauver cet
enfant, fût-ce au prix d'une fausseté supplémentaire, c'était
une façon de réparer la trahison à laquelle elle s'était
prêtée jusque-là. Elle se mit à haïr Georgina, qui l'avait
entraînée dans un tel gouffre, et seules deux considérations
l'empêchèrent d'exiger qu'elles se séparassent. La première était ce qu'elle devait à Mr et Mrs Gressie, qui lui
avaient témoigné une telle confiance ; et la seconde était
qu'elle devait garder une main sur la mère tant qu'elle
n'avait pas pris possession du bébé. En attendant, cette
communion forcée ne faisait qu'accroître la haine qu'elle
éprouvait pour sa compagne : Georgina finissait par lui
apparaître comme une créature d'argile et d'acier. Elle en
avait extrêmement peur, et il lui semblait maintenant tout à
fait miraculeux qu'elle eût pu lui faire assez confiance pour
la suivre si loin. Georgina n'avait pas du tout l'air d'être
consciente du changement survenu chez Mrs Portico bien
qu'il n'y eût plus même, à présent, un semblant de
confiance entre les deux femmes. Miss Gressie, autre
mensonge auquel Mrs Portico devait se prêter, était
déterminée à s'amuser en Europe, et était particulièrement
enchantée de Rome. A coup sûr, son courage était à la
hauteur de son entreprise, et elle avoua à Mrs Portico
qu'elle avait laissé Raymond Benyon dans l'ignorance des
événements de Gênes, et qu'elle entendait continuer ainsi.
Il y avait là, il faut le dire, une certaine marque de
confiance. Il était maintenant en mer de Chine, et il était
probable qu'elle ne le reverrait pas avant des années.
Mrs Portico délibéra avec elle-même et, à la suite de sa

méditation, écrivit à Mr Benyon qu'un charmant petit garçon lui était né, et que Georgina l'avait placé en nourrice chez des paysans italiens mais que, s'il voulait bien y consentir, elle, Mrs Portico, l'élèverait infiniment mieux que cela. Elle ne savait pas où envoyer sa lettre et Georgina, dans l'hypothèse douteuse, où elle aurait eu une adresse, n'aurait jamais consenti à la lui donner. En conséquence, elle envoya sa missive aux bons soins du ministre de la Marine, Washington, en demandant instamment qu'on la fît suivre sans délai. Telle fut la dernière initiative de Mrs Portico dans l'étrange affaire de Georgina. Je rapporte, en la résumant beaucoup, une chose assez compliquée quand je dis que les angoisses, les indignations et les repentirs de cette pauvre femme la rongèrent au point d'avoir raison d'elle. Plusieurs de ses connaissances romaines l'avisèrent que l'atmosphère des Sept Collines lui était de toute évidence nocive, et sa décision de rentrer dans son pays natal était prise quand elle s'aperçut que la malaria s'était emparée de son organisme déprimé. Elle n'était pas transportable, et son sort fut réglé au cours d'une maladie qui, par bonheur, ne dura pas. J'ai dit que ce n'était pas une femme entêtée, et la résistance qu'elle offrit à cette occasion ne fut même pas digne de son énergie spasmodique. La fièvre cérébrale fit son apparition et elle mourut au bout de trois semaines pendant lesquelles Georgina prodigua à sa patiente et protectrice une attention sans relâche. Il y avait d'autres Américains à Rome et, après ce triste événement, ils offrirent réconfort et hospitalité à la jeune isolée. Elle ne manqua pas d'occasions de rentrer à New York sous escorte convenable. Elle choisit la meilleure, soyez-en sûrs, et rentra dans la maison de son père où elle adopta une grande simplicité de mise, car elle envoyait, dans le plus grand secret, tout son argent de poche au petit garçon resté dans les collines génoises.

8

— Et pourquoi viendrait-il s'il ne vous aimait pas ? Rien
ne l'oblige à le faire, et il doit surveiller son bateau.
Pourquoi viendrait-il s'installer ici pour une heure à chaque
fois, et pourquoi serait-il aussi aimable ?

— Tu le trouves très aimable ? demanda Kate Theory,
détournant le visage de celui de sa sœur. Il était important
que Mildred ne vît pas à quel point l'expression de ce
charmant visage correspondait peu à la question.

Mais cette précaution ne servit à rien, car un instant plus
tard, de la couche délicatement drapée sur laquelle elle
était étendue devant la fenêtre ouverte, Mildred lança :

— Kate Theory, ne fais pas semblant.

— C'est peut-être pour toi qu'il vient. Je ne vois pas de
raisons du contraire ; tu es infiniment plus séduisante que
moi, et tu as beaucoup plus de choses à dire. Comment
pourrait-il ne pas voir que tu en sais plus que tout le
monde ? Il n'est pas un sujet dont tu ne puisses lui parler :
les dates des différentes éruptions, les statues et les bronzes
des musées que tu n'as jamais vus, *poverina,* mais que tu
connais mieux que lui, mieux que quiconque. Sur quoi es-
tu partie la dernière fois ? Ah oui, tu t'es répandue sur la
grande Grèce. Et puis... et puis...

Mais là, Kate Theory s'interrompit ; elle sentait bien
qu'il ne convenait pas de prononcer les paroles qui lui
étaient venues aux lèvres : que sa sœur était aussi belle
qu'une sainte et aussi délicate et aussi aérienne qu'un ange,
voilà à peu de chose près ce qu'elle avait été sur le point de
dire. Mais la beauté et la délicatesse de Mildred étaient
celles d'une maladie mortelle, et la féliciter d'être aérienne
revenait à lui rappeler qu'elle avait la transparence d'une
tuberculeuse. Si bien qu'après s'être reprise, la cadette —
elle ne l'était que d'un an ou deux — se contenta de
l'embrasser tendrement et de refaire le nœud du mouchoir
de dentelle qu'elle portait sur la tête. Mildred savait ce

qu'elle avait été sur le point de dire ; elle savait pourquoi
elle s'était arrêtée. Mildred savait tout, sans jamais quitter
sa chambre, ou du moins sans jamais quitter le petit salon
qu'elles occupaient dans la pension et qu'elle avait rendu si
joli rien qu'en y restant étendue devant la fenêtre qui
commandait la baie et le Vésuve, et en expliquant à Kate
comment installer et ré-installer la pièce. Depuis qu'il était
devenu clair que Mildred devait passer le peu d'années qui
lui restaient à vivre dans des climats chauds, le destin des
deux sœurs avait été de vivre dans les petits hôtels du Sud
de l'Europe. Leur salon ne pouvait qu'être laid, et Mildred
n'était satisfaite qu'une fois qu'il avait été réagencé. Sa
sœur se mettait au travail, comme si de rien n'était, dès le
premier jour, et déplaçait tables, divans et chaises jusqu'à
ce que toutes les combinaisons eussent été essayées et que
la malade trouvât que cela avait enfin un peu d'allure.

Kate Theory avait son goût à elle, et ses idées n'étaient
pas toujours les mêmes que celles de sa sœur, mais elle
faisait tout ce que voulait Mildred, et si la pauvre fille lui
avait demandé de mettre le paillasson sur la table des
repas, ou la pendule sous le divan, elle lui aurait obéi sans
murmurer. Ses idées à elle, ses goûts personnels, elle les
avait mis de côté comme l'on range des vêtements qui ne
sont plus de saison dans des tiroirs et dans des malles, avec
du camphre et de la lavande. Ils ne convenaient en général
pas au climat méditerranéen, même si le confort les
exigeait sous le ciel de Nouvelle-Angleterre, où la pauvre
Mildred avait perdu la santé. Depuis cette date, Kate
Theory avait vécu pour sa compagne, et il lui était presque
désagréable de penser qu'elle avait séduit le capitaine
Benyon. C'était comme si elle avait fermé sa maison et
n'était pas en état de recevoir. Tant que Mildred vivrait, sa
vie à elle serait en suspens ; s'il restait du temps plus tard,
peut-être en reprendrait-elle le cours ; mais pour l'heure, si
quelqu'un frappait à sa porte, la seule chose qu'elle pouvait
faire était de se mettre à l'une de ses fenêtres empoussié-
rées et de crier qu'elle n'était pas chez elle. Était-ce
vraiment en ces termes qu'elle aurait dû renvoyer le
capitaine Benyon ? Si Mildred disait qu'il venait pour elle,
elle devait peut-être assumer ce devoir car, comme nous

l'avons vu, Mildred savait tout, et devait donc avoir raison.
Elle savait des choses sur les statues du musée, sur les
fouilles de Pompéi, sur la splendeur antique de la grande
Grèce. Elle avait toujours un volume instructif sur la table
qui était près de son divan, et elle avait assez de force pour
tenir un livre pendant une demi-heure. C'était à peu près
tout ce qu'elle avait comme force. L'hiver napolitain avait
été d'une douceur remarquable, mais au bout d'un ou deux
mois, elle avait dû renoncer à leurs petites promenades
dans le jardin. Il s'étendait sous sa fenêtre, comme un
bouquet unique et énorme tant cette année la floraison
avait été dense, dès le mois de mai. Mais aucune de ces
fleurs n'était d'une couleur aussi intense que le bleu
resplendissant de la baie qui remplissait tout le reste de la
fenêtre. Vous auriez cru à un tableau si vous n'aviez pas
perçu le petit mouvement des vagues. Mildred Theory les
regardait à longueur de journée, comme elle regardait le
volcan crêté de fumée, de l'autre côté de Naples, et le
magnifique spectacle marin de Capri, à l'horizon, qui
changeait de teinte sous les yeux du spectateur, et elle se
demandait ce qu'il adviendrait de sa sœur quand elle-même
ne serait plus là. Maintenant que Percival était marié
(c'était leur frère unique, et il devait descendre à Naples
d'un jour à l'autre pour leur présenter sa jeune épouse,
qu'elles ne connaissaient encore que par les quelques
lettres qu'elle avait écrites pendant leur voyage de noces) ;
maintenant qu'il allait être accaparé, la situation de la
pauvre Kate devenait beaucoup plus préoccupante. Mildred avait l'impression qu'elle pourrait mieux juger, après
avoir vu sa belle-sœur, dans quelle mesure Kate pouvait
compter trouver un foyer chez le couple ; mais même si
Agnes se révélait, disons... mieux que ses lettres, c'était
une triste perspective pour Kate que de vivre en pièce
rapportée chez des gens plus heureux qu'elle. Finir vieille
fille était une possibilité, mais en dernier ressort seulement,
et les possibilités de Kate n'avaient même pas été mises à
l'épreuve.

Pendant ce temps, ladite Kate s'interrogeait de son côté,
cherchant à savoir dans quel livre Mildred avait lu que le
capitaine Benyon était amoureux d'elle. Elle avait de

l'estime pour lui, croyait-elle, mais il ne semblait pas homme à tomber amoureux comme cela. Elle voyait bien qu'il était sur ses gardes : il ne se précipiterait pas. Il avait trop haute opinion de lui-même ou, à tout le moins, il faisait attention à lui, comme un homme qui a vécu des événements qui lui ont appris à se méfier. Ce qui s'était passé, c'était évident, c'était qu'il avait enterré son cœur quelque part, dans la tombe d'une femme ; il avait aimé une belle fille — beaucoup plus belle que Kate, elle en était sûre, elle qui se trouvait maigre et noiraude — et la jeune fille était morte, emportant avec elle sa capacité à aimer. Il adorait son souvenir ; c'était la seule chose à laquelle il pouvait s'intéresser maintenant. Il était discret, doux, savait des tas de choses, avait de l'humour et des manières affables ; mais, Mildred exceptée, si quelqu'un lui avait dit qu'il venait trois fois par semaine à Posilippo pour autre chose que pour passer le temps (il leur avait dit qu'il ne connaissait pas d'autres femmes à Naples), elle y aurait vu le genre de choses, des sottises en général, que les gens se croient toujours obligés de dire. Il lui était très facile de venir : il disposait de la grosse chaloupe du navire, et il n'avait rien d'autre à faire ; et quoi de plus délicieux que de se faire promener dans la baie, à la rame, assis sous un dais resplendissant, par quatre marins bronzés portant le mot *Louisiana* en lettres bleues sur leur chemise blanche immaculée et en lettres d'or sur les rubans de leur chapeau qui flottent au vent ? La chaloupe s'approcha de l'escalier du jardin de la pension où les orangers surplombaient l'eau qui renvoyait l'image d'éclatantes boules jaunes aux contours flous. Kate Theory connaissait tout cela car le capitaine Benyon avait réussi à la persuader de faire un tour de chaloupe, et si seulement ils avaient eu une autre femme pour les accompagner, il l'aurait emmenée au navire et le lui aurait fait visiter. Il avait belle allure, vu à distance, arborant le drapeau américain qui pendait mollement dans l'air italien. Ils auraient une dame de plus après l'arrivée d'Agnes ; et Percival resterait alors avec Mildred le temps de leur excursion. Mildred était restée seule le jour où Kate était allée en chaloupe ; elle l'avait exigé et, bien sûr, c'était en réalité Mildred qui l'avait persuadée ; et cependant, maintenant que Kate y repensait, avec sa discrétion et sa façon d'attendre (on s'apercevait qu'il était encore en train d'attendre longtemps après le moment où l'on croyait qu'il avait renoncé), le capitaine Benyon avait beaucoup parlé du plaisir qu'il en tirerait. Bien sûr, tout pouvait donner du plaisir à un homme qui s'ennuyait autant. Il mouillait à Naples depuis des semaines avec le *Louisiana*, simplement parce que tels étaient les ordres du commodore. Il n'avait rien à y faire et tout son temps était à lui mais, bien sûr, et si mystérieuses que fussent ses motivations, il fallait obéir à la lettre au commodore, qui était allé à Constantinople avec les deux autres navires. Peu importait qu'il s'agît d'un vieux commodore fantasque, grognon et arbitraire ; ce n'est qu'un certain temps après qu'il vint à l'esprit de Kate Theory que pour un homme correct et réservé, le capitaine Benyon lui avait donné une énorme preuve de confiance en lui parlant en ces termes de son supérieur. S'il avait l'air d'avoir chaud en arrivant à la pension, elle lui offrait un verre d'orangeade froide. Mildred trouvait que c'était une boisson désagréable : elle la disait « poisseuse » ; mais Kate l'adorait et le capitaine Benyon l'acceptait toujours.

9

Le jour dont je parle, elle attira l'attention de sa sœur, pour changer de sujet, sur la netteté extraordinaire de l'ombre d'un nuage qui zigzaguait sur les pentes colorées du Vésuve ; mais Mildred se contenta pour toute réponse de faire observer qu'elle aimerait que sa sœur épousât le capitaine. C'était de cette façon familière qu'à force d'y réfléchir Miss Theory parlait de lui ; cela témoignait de la constance de ses pensées à son égard car, en règle générale, il n'y avait personne qui fût plus cérémonieux qu'elle, et sa santé défaillante ne lui avait fait renoncer à aucune forme qu'elle pût encore soutenir. Il y avait quelque chose d'élancé et de droit jusque dans sa façon d'être étendue sur son divan et elle recevait chaque fois le docteur comme si c'était sa première visite.

— Je ferais mieux d'attendre qu'il me le propose, dit Kate Theory. Ma chère Milly, si je devais faire certaines des choses que tu voudrais me voir faire, je te scandaliserais.

— Eh bien, dans ce cas, j'aimerais que le capitaine t'épouse. Tu sais qu'il reste très peu de temps, et j'aimerais voir cela.

— Tu ne le verras jamais, Mildred. Je ne vois pas pourquoi tu tiendrais pour acquis que je l'accepterais.

— Tu ne rencontreras jamais un homme qui présente aussi peu de désagréments. Il n'a probablement pas beaucoup d'argent. J'ignore quelle peut être la solde d'un capitaine de la marine...

— Quel plaisir de voir qu'il y a quelque chose que tu ignores ! interrompt Kate Theory.

— Mais quand je ne serai plus là, continua sa sœur avec calme, quand je ne serai plus là, vous aurez largement pour vous deux.

La cadette, en entendant ces mots, resta un moment silencieuse ; puis elle s'exclama :

— Mildred, ce n'est pas parce que tu as mauvaise santé qu'il faut que tu sois sinistre !

— Tu sais bien que depuis que nous menons cette vie, nous n'avons rencontré personne que nous aimions autant, dit Milly.

Quand elle parlait de la vie qu'elles menaient — elle y faisait toujours allusion avec une tendre résignation où se mêlaient le regret et le mépris — elle pensait aux hivers méridionaux, aux climats étrangers, aux vaines expériences, aux attentes solitaires, aux heures perdues, aux pluies interminables, à la mauvaise nourriture, aux médecins irritants et incompétents, aux pensions humides, aux rencontres de hasard, aux apparitions soudaines de compagnons de voyage.

— Parle donc pour toi. Je suis heureuse que tu le trouves à ton goût, Mildred.

— S'il n'est pas au tien, pourquoi lui offres-tu de l'orangeade ?

A cette question, Kate se mit à rire, et sa sœur continua : « Bien sûr que tu es heureuse que je le trouve à mon goût, ma chérie. Si ce n'était pas le cas, nous ne serions pas satisfaites du tout. Je ne puis rien imaginer de plus navrant ; je mourrais sans aucun réconfort. »

Kate Theory bloquait en général ce genre d'allusion, mais toujours trop tard, avec un baiser ; mais en l'occasion présente, elle ajouta qu'il y avait longtemps que Mildred ne l'avait pas torturée autant qu'aujourd'hui.

— Tu vas me le faire détester, ajouta-t-elle.

— Eh bien, c'est la preuve que tu ne le détestes pas déjà, répliqua Milly.

Et presque au même moment, le hasard voulut qu'elles vissent, dans l'or de l'après-midi, la chaloupe du capitaine Benyon qui approchait des marches du jardin. Il vint ce jour-là, et deux jours plus tard, et une fois encore après un intervalle aussi bref, avant que Percival Theory n'arrivât de Rome accompagné de Madame. Il semblait pressé de mettre à profit ces quelques jours, comme il l'aurait dit lui-même, pour voir beaucoup ces deux jeunes filles (ou jeunes femmes, il ne savait pas trop comment les désigner) qui étaient remarquablement sympathiques et qu'au cours d'une longue détention oisive et passablement ennuyeuse à Naples il avait découvertes dans le ravissant faubourg de Posilippo. C'était le consul des États-Unis qui les lui avait fait rencontrer. Les deux sœurs avaient eu des papiers, transmis par l'homme d'affaires qui gérait leur petite fortune en Amérique, à signer pour le tribunal en présence du consul, et cet aimable fonctionnaire, saisissant l'occasion — le capitaine Benyon entrait justement dans le consulat au moment où il commençait à s'occuper particulièrement de ces dames — de mettre en relation des gens qui, selon lui, auraient certainement plaisir à se connaître, avait proposé à son collègue au service des États-Unis de venir avec lui pour être témoin de cette petite cérémonie. Il pouvait bien prendre son secrétaire, évidemment, mais le

capitaine ferait beaucoup mieux l'affaire ; et il fit valoir à
Benyon que les demoiselles Theory (un curieux nom, n'est-
ce pas ?) souffraient, il en était sûr, d'un manque de
compagnie ; que l'une des deux était très malade, qu'elles
étaient vraiment agréables et d'une extraordinaire finesse
et que la vue d'un compatriote drapé littéralement, si l'on
pouvait dire, dans les plis de la bannière étoilée, les
réconforterait plus que tout et leur donnerait un sentiment
de protection. Elles avaient parlé au consul du bâtiment de
Benyon que, de leurs fenêtres, elles voyaient à son
mouillage, au loin. C'étaient les seules Américaines à
Naples, les seules à y résider en tout cas, et la politesse
exigeait que le capitaine allât leur présenter ses hommages.
Benyon n'était pas le genre d'homme qui rend visite à des
inconnues : il le savait et il se sentit confirmé dans ce
savoir ; il n'était pas quelqu'un qui poursuit les femmes et il
n'était pas à l'affût des émotions particulières que ce sexe
seul peut inspirer. Il avait ses raisons de s'en abstenir et
s'écartait rarement de cette règle ; mais la plaidoirie du
consul reposait sur des arguments solides. Et il se laissa
convaincre. Il s'en fallait de beaucoup qu'il regrettât, au
moins pendant les premières semaines, une action qui était
carrément en contradiction avec la grande règle qu'il s'était
fixée, de ne pas s'exposer au danger de se lier à une
célibataire. Il avait été contraint d'établir cette règle, et il
avait assez bien réussi à l'observer. Il aimait les femmes,
mais il était forcé de se limiter à des sentiments superficiels.
Il était inutile de s'embarquer dans des situations dont la
seule issue était de battre en retraite. Sa décision concernant la pauvre Miss Theory et sa délicieuse petite sœur était
une exception dont il ne put, au commencement, que se
féliciter. Le vieux consul marmonnant avait eu une bonne
idée ; elle lui valut le pardon du capitaine Benyon pour son
chapeau, ses bottes et son plastron, tenue que l'on peut
considérer comme représentative et dont le spectacle vous
amenait à regarder avec ravissement un *lazzarone* à moitié
nu. Des deux côtés, cette relation avait aidé à meubler le
temps, et les heures passées à la pension de Posilippo
laissaient un arrière-goût plein de douceur et d'une certaine
façon nourrissant.

Avec les semaines, l'exception avait pris des allures de règle ; mais il était en état de se rappeler que le chemin de la retraite lui était toujours ouvert. De plus, s'il tombait amoureux de la cadette, ce ne serait pas une catastrophe, parce que Kate Theory était amoureuse de sa sœur, et qu'elle se soucierait fort peu qu'il avançât ou battît en retraite. Elle avait, ou mieux, elle exerçait, un charme puissant. Petite, pâle, attentive sans crispation, tout en courbes et mouvements vifs qui le ravissaient, on aurait dit que l'habitude d'observer et de servir avait entièrement pris possession d'elle : c'était littéralement une petite sœur de charité. Son épaisse chevelure noire était tirée derrière ses oreilles, comme pour l'aider à écouter, et ses yeux marron clair souriaient comme ceux d'une personne qui a trop de tact pour prendre un air triste au chevet d'un malade. Elle parlait d'une voix qui donnait courage, et avait un comportement apaisant et dénué d'égoïsme. Elle était très jolie, avec quelque chose de tonifiant dans le contraste du noir et du blanc, et s'habillait délicatement, pour offrir aux yeux de Mildred un spectacle agréable. Benyon ne tarda pas à percevoir qu'il y avait en elle un fond de dévouement. Sa sœur en jouissait en totalité pour l'instant ; mais la pauvre Miss Theory s'affaiblissait rapidement, et qu'adviendrait-il alors de cette précieuse petite force ? La réponse la plus appropriée à cette question était apparemment que ce n'était pas ses affaires. Il n'était pas malade, du moins pas physiquement, et n'était pas à la recherche d'une infirmière. Une telle compagne serait peut-être un luxe mais n'était pas encore une nécessité. Au début, les deux femmes l'avaient accueilli avec simplicité, et il avait du mal à trouver un autre terme que celui de tendre pour qualifier cet accueil ; leurs rapports gardèrent un ton d'amitié vive, aimable et rieuse. Il était clair qu'elles aimaient ses visites ; elles aimaient voir son gros navire transatlantique en exil flotter au large de cette côte lumineuse. Le fait que Miss Mildred fût toujours étendue sur son divan — au cours de ses séjours successifs en eaux étrangères, Benyon n'avait pas perdu (et pourquoi l'aurait-il fait ?) la sympathique habitude américaine d'utiliser le prénom des dames — ce fait accentuait en apparence leur intimité et semblait réduire les différences ; c'était comme si ses hôtesses l'avaient pris dans leur confidence et comme s'il avait fait partie de « leur groupe », comme aurait dit le consul. A force de rouler sa bosse sur toutes les eaux salées du globe, avec pour tout foyer quelques mètres carrés sur une frégate ballottée par les vagues, le joli salon fleuri des deux Américaines tranquilles était devenu pour lui, plus que tout ce qu'il avait connu jusqu'alors, son intérieur. Il avait rêvé, autrefois, d'avoir un intérieur, mais ce rêve s'était dissipé dans des fumées sinistres, et jamais semblable vision ne lui était réapparue. Il avait le sentiment que cet état de choses tirait à sa fin ; il était sûr que l'arrivée du frère inconnu, dont la femme serait certainement déplaisante, allait changer quelque chose. C'est pourquoi, ainsi que je l'ai dit, il vint aussi souvent que possible au cours de la dernière semaine, après avoir appris le jour de l'arrivée de Percival Theory. Les limites de l'exception étaient atteintes.

Les deux jeunes femmes ne l'avaient pas connu avant de le rencontrer à Posilippo, et il n'y avait aucune raison pour qu'elles se fissent la remarque qu'il avait beaucoup changé par rapport au jeune ingénu qui, dix ans plus tôt, se promenait avec Georgina Gressie dans des décors de palissades placardées de réclames pour des panacées de fantaisie. Il était naturel qu'il eût changé et, nous qui le connaissons, nous aurions trouvé qu'il avait même changé radicalement. Il n'y avait rien d'ingénu chez lui maintenant ; il avait l'air d'un homme qui a vécu, que les années ont mûri ct endurci. Son visage, son teint, n'avaient pas changé ; toujours rasé de près, toujours mince, la première impression qu'il donnait était immanquablement celle d'un marin décidément jeune. Mais son expression était âgée, et sa façon de parler encore plus : c'était celle d'un homme qui a beaucoup vu le monde (ce qui était son cas à présent) et qui s'est fait par lui-même une opinion sur la plupart des choses, avec un scepticisme plein d'humour qui vous donnait la conviction (quelques concessions de surface qu'il pût faire à seule fin par exemple de ne pas choquer deux Américaines remarquablement sympathiques qui avaient gardé leurs illusions) que l'instant d'après, il retournerait

sans tarder à son point de vue personnel. Il avait en lui une
curieuse contradiction : on était frappé par son sérieux sans
pouvoir dire pour autant qu'il prenait les choses au sérieux.
C'était ce qui donnait à Kate Theory l'impression si forte
qu'il avait perdu l'objet de son affection ; et elle se disait
que cela avait dû se produire dans des circonstances
particulièrement tristes, car c'était après tout une chose qui
arrivait assez souvent et qui ne passait pas pour suffire, à
elle seule, à transformer un homme en cynique. On peut
ajouter que cette réflexion se teintait chez la jeune femme
d'une nuance d'amertume. Le cynisme du capitaine
Benyon n'était en aucune façon de nature à scandaliser un
esprit innocent ; il le gardait pour lui, et se montrait un
homme du monde très attentif, courtois et plein de
qualités. S'il était mélancolique, vous vous en aperceviez
surtout par ses plaisanteries, qui s'exerçaient généralement
à ses propres dépens ; et s'il était indifférent, les efforts
qu'il déployait pour distraire ses deux compatriotes n'en
étaient que plus à son honneur.

10

Lors de sa dernière visite avant l'arrivée du frère
attendu, il trouva Miss Theory toute seule et, chose
étonnante, assise à sa fenêtre. Kate était descendue à
Naples donner des instructions à l'hôtel pour l'arrivée des
voyageurs qui avaient besoin d'un logement plus spacieux
que la villa de Posilippo, dont les deux sœurs avaient les
meilleures chambres, ne pouvait leur en offrir ; et la malade
avait profité de l'absence de sa sœur et du prétexte que lui
offrait un temps délicieusement chaud pour s'installer dans
un fauteuil, pour la première fois depuis six mois. Elle
s'entraînait, disait-elle, pour le long voyage vers le nord où
elle irait passer son été, dans un coin tranquille qu'elles

connaissaient sur les rives du lac Majeur. Raymond
Benyon lui dit qu'il était évident qu'elle remontait la pente
et qu'elle allait se rétablir, et cela donna à la jeune femme
l'occasion d'exprimer plusieurs choses qu'elle avait en tête.
Et des choses en tête, elle en avait, la pauvre Mildred
Theory, cloîtrée et nerveuse qu'elle était, et malgré cela
résignée et patiente, avec sa vivacité d'esprit et sa lucidité,
avec son intelligence rayonnante de santé qui ne cessait de
tirer sur la petite chaîne qui la rattachait à son corps
dévasté et souffrant ; et au cours de cette parfaite après-
midi d'été, tandis qu'elle était assise à sa fenêtre, ivre du
succès de sa tentative de se lever et de l'occasion qui lui
était donnée de bavarder confortablement, elle fit à son
aimable visiteur confidence de la plupart de ses angoisses.
Elle lui dit d'entrée de jeu et carrément que sa santé n'allait
pas se rétablir, qu'il ne lui restait probablement pas plus
d'une douzaine de mois à vivre, et qu'il l'obligerait
beaucoup en ne la contraignant pas à gaspiller son souffle
en la contredisant sur ce sujet. Il comprenait qu'elle ne
pouvait pas parler beaucoup ; elle souhaitait donc ne lui
dire que des choses qu'il n'entendrait de personne d'autre.
Ainsi par exemple de leur secret du moment, à Katie et à
elle, qui était qu'elles avaient très peur de ne pas aimer la
femme de Percival, qui n'était pas de Boston mais de New
York. Bien entendu, en soi cela n'était pas grand-chose,
mais du fait de ce qu'elles avaient appris sur son entourage
(ce sujet avait été traité en long et en large par leurs
correspondants), elles étaient plutôt inquiètes, au point de
ne pas être rassurées du tout par le fait que cette jeune
femme apportait une fortune à Percival. La fortune allait
de soi, car c'était précisément ce qu'elles avaient appris sur
les gens que fréquentait Agnes : toutes leurs pensées et
tous leurs actes portaient la marque de l'argent. Ils étaient
très riches, de très fraîche date, et en jetaient beaucoup et il
était clair qu'ils avaient peu de chose en commun avec les
deux sœurs Theory qui, en outre, s'il fallait dire la vérité (et
cela c'était un grand secret) ne faisaient pas grand cas des
lettres que leur belle-sœur leur avait envoyées jusqu'à
présent. Elle avait été en pension dans une école française
de New York, ce qui ne l'empêchait pas de leur écrire

(c'était le plus grand secret) qu'elle avait traversé une partie de la France en « diligence » ! Évidemment, on verrait le lendemain ; Miss Mildred était sûre qu'il ne lui faudrait qu'un instant pour savoir si Agnes les aimerait. Elle n'aurait jamais pu lui dire tout cela en présence de sa sœur, et le capitaine Benyon devait lui promettre de ne jamais parler à Kate de son bavardage. Kate était toujours d'avis de tout cacher et pensait que même si elles étaient effroyablement déçues par Agnes, elles ne devaient rien en laisser deviner à quiconque. Et pourtant, c'était Kate qui en souffrirait, dans l'avenir, quand elle-même ne serait plus là. Leur frère avait été tout pour elles, et maintenant les choses allaient être différentes. On ne pouvait pas espérer qu'il fût resté célibataire pour elles, évidemment : elle regrettait seulement qu'il n'eût pas attendu qu'elle fût morte et Kate mariée. Il était vrai que l'un de ces deux événements était infiniment moins probable que l'autre ; il était possible que Kate ne se marie jamais, malgré tout le désir de Mildred. Elle était d'un altruisme presque maladif, et ne se croyait pas le droit d'avoir quoi que ce fût à elle, pas même un mari.

Miss Mildred parla beaucoup de Kate et pas une seconde il ne lui vint à l'esprit qu'elle pouvait ennuyer le capitaine Benyon. Ce qui était d'ailleurs vrai. Il n'eut pas à prendre la peine de se demander pourquoi cette pauvre jeune femme, malade et soucieuse, essayait de lui jeter sa sœur dans les bras. Le caractère exceptionnel de leur situation rendait tout naturel, et le ton sur lequel elle lui parlait semblait l'aboutissement normal des relations agréables qu'ils avaient eues pendant trois mois. Il avait de plus une excellente raison de ne pas éprouver d'ennui : à savoir qu'en ce qui concernait sa sœur, Miss Mildred lui donnait l'impression de cacher plus de choses qu'elle n'en disait. Elle n'aborda pas le grand sujet : elle n'avait rien à dire sur ce que cette charmante jeune fille pensait de Raymond Benyon. Et le résultat de leur entretien fut en réalité de lui donner envie de ne pas savoir, et il eut l'impression que le mieux à faire était de retourner à la chaloupe qui l'attendait au pied des marches du jardin avant que Kate Theory ne rentrât de Naples. Il comprit tout d'un coup, tandis qu'il était là, assis, qu'il s'intéressait beaucoup trop à ce que cette jeune femme pensait de lui. Qu'elle pensât ce qu'elle voulait, cela ne changerait rien pour lui. La meilleure opinion du monde, exprimée par son tendre regard, ne lui donnerait pas une once de liberté ou de bonheur en plus. Il n'était pas fait pour des femmes de cette espèce, des femmes que l'on ne pouvait pas avoir sur un pied de familiarité sans en tomber amoureux, et dont il ne servait à rien de tomber amoureux si l'on n'était pas prêt à les épouser. La lumière de cette après-midi d'été et celle de l'intelligence pure de Miss Mildred semblaient soudain inonder la question de clarté. Il se rendit compte qu'il était en péril, et il avait depuis longtemps conclu que devant ce genre de péril il était non seulement nécessaire mais aussi honorable de fuir. Il prit congé de son hôtesse avant le retour de sa sœur, et il trouva même le courage de lui dire qu'il viendrait désormais moins souvent : elles seraient tellement sollicitées par leur frère et sa femme ! Tandis qu'il traversait la baie cristalline, au rythme des rames, il se prit à souhaiter que les deux sœurs quittent Naples ou que son commodore de malheur se décide à le rappeler.

Quand Kate rentra de sa course, dix minutes plus tard, Milly lui parla de la visite du capitaine, ajoutant qu'elle n'avait jamais rien vu d'aussi soudain que la façon dont il l'avait quittée.

— Il n'a pas voulu t'attendre, ma chérie, et il a dit qu'il pensait très probablement qu'il ne nous reverrait jamais. On aurait dit qu'il croyait que tu allais mourir toi aussi !

— Est-ce que son bâtiment a été rappelé ? demanda Kate Theory.

— Il ne m'a rien annoncé de tel ; il a dit que nous allions être très sollicitées par Percival et Agnes.

— Il en a assez de nous, voilà tout. Il n'y a rien d'extraordinaire à cela : j'en étais sûre.

Mildred resta un moment silencieuse ; elle observait sa sœur, tout occupée à arranger des fleurs.

— Oui, bien sûr, nous sommes très inintéressantes, et lui, il est comme tous les autres.

— Je croyais que tu le trouvais absolument merveilleux, dit Kate, et si attaché à nous.

— Il l'est : j'en suis plus persuadée que jamais. C'est pour cela qu'il est parti si brutalement.

C'était Kate maintenant qui regardait sa sœur :

— Je ne comprends pas.

— Moi non plus, *cara*. Mais toi, tu comprendras, un de ces jours.

— Et comment, s'il ne revient jamais ?

— Oh, il reviendra, plus tard, quand je ne serai plus là. Ce jour-là, il s'expliquera : voilà au moins une chose dont je suis sûre.

— Ma pauvre chérie, comme s'il s'en souciait ! s'exclama Kate Theory, qui souriait en distribuant ses fleurs. Elle les porta près de la fenêtre, pour les installer à côté de sa sœur, et là, elle s'immobilisa un instant, l'œil arrêté par un objet lointain, au milieu de la baie, qui ne lui était pas étranger. Mildred remarqua son regard fugitif et en suivit la direction.

— C'est la chaloupe du capitaine qui retourne à son navire, dit Milly. C'est si calme qu'on entend presque les rames.

Kate Theory se détourna et, avec une violence soudaine et étrange, elle s'exclama dans un mouvement qui, l'instant d'après, comme elle prenait conscience de ce qu'elle venait de dire, et encore plus de ressentir, lui fit battre le cœur et rougir sous l'effet de la surprise et de la force de cette révélation : « Si seulement elle pouvait s'enfoncer au fond de la mer et lui avec ! »

Sa sœur la dévisagea et, au moment où elle passait devant elle, elle l'attrapa par la robe et la ramena vers elle de sa main affaiblie. « Oh, ma pauvre petite ! » Et elle attira Kate vers elle, l'obligeant à tomber à genoux et à enfoncer son visage dans le giron de Mildred. Si l'ingénieuse malade ne savait pas tout à ce moment, du moins en savait-elle beaucoup.

11

Mrs Percival se révéla très jolie ; il est plus aimable de commencer par ce constat plutôt que de dire d'entrée de jeu qu'elle se révéla très insipide. Il fallut toute une journée pour mesurer l'étendue de sa sottise, et les deux femmes de Posilippo soupçonnaient même, après une semaine, qu'elles en avaient seulement effleuré les limites. Kate Theory venait tout juste de passer une demi-heure en sa compagnie qu'elle poussait déjà à part elle un petit soupir de soulagement ; la situation, qui promettait d'être embarrassante, lui apparaissait maintenant tout à fait claire, d'une simplicité primitive. A l'avenir, elle passerait une semaine par an en compagnie de sa belle-sœur : c'était là tout ce qui était humainement possible. C'était une bénédiction que l'on pût voir exactement quelle femme c'était, parce que cela réglait la question. Il aurait été beaucoup plus ennuyeux qu'Agnes eût été un petit peu moins transparente ; alors il aurait fallu hésiter, réfléchir, peser le pour et le contre. Mais elle était jolie et sotte, aussi indiscutablement qu'une orange est jaune et ronde ; et Kate Theory aurait autant eu l'idée de compter sur elle pour rendre son avenir intéressant, que sur une orange pour rendre un repas plantureux. Mrs Percival voyageait dans le double but de rencontrer des connaissances américaines (ou de faire connaissance avec les Américains qu'elle rencontrait) et d'acheter des souvenirs pour ses relations. Elle passait son temps à élargir son stock d'articles d'écaille, de nacre, d'olivier, d'ivoire, de filigrane, de laque et de mosaïque ; elle avait toute une collection de foulards romains et de perles vénitiennes qu'elle inspectait systématiquement tous les soirs avant de se mettre au lit. Sa conversation tournait essentiellement sur la façon dont elle comptait faire usage de ce butin. Elle ne cessait de permuter entre eux les destinataires de ces cadeaux. A Rome, une des premières choses qu'elle avait

dites à son mari après être entrés au Colisée avait été : « Je
crois que la boîte à ouvrage en ivoire sera pour Bessie et les
perles romaines pour tante Harriet ! » Elle passait son
temps dans le livre d'or de l'hôtel ; elle se l'était fait monter
dès son arrivée, avec une tasse de chocolat. Elle passait ses
pages en revue à la recherche du nom magique, New York,
et elle se livrait à des conjectures sans fin sur l'identité des
gens (le nom était souvent un indice insuffisant) qui
l'avaient signé. Ce qui lui manquait le plus en Europe, ce
qui lui donnait le plus de plaisir, c'était les New-Yorkais ;
quand elle en rencontrait, elle parlait des habitants de leur
ville natale qui avaient déménagé et des rues où ils s'étaient
installés. « Oh oui, les Draper quittent le centre, ils vont
dans la 23ᵉ Rue, et les Vanderdecken vont s'installer dans
la 24ᵉ, juste derrière. Mon oncle Henry Platt pense faire
bâtir dans ce quartier. » Mrs Percival Theory pouvait faire
d'affilée trente déclarations de ce genre, et s'y attarder
pendant des heures. Elle parlait surtout d'elle, de ses
oncles et de ses tantes, et de ses vêtements, passés, présents
et futurs. Ces articles constituaient tout particulièrement
son horizon ; elle les considérait avec une complaisance qui
vous aurait conduit à croire que c'était elle qui avait inventé
la coutume de draper le corps humain. Naples l'intéressait
essentiellement par les achats de corail qu'elle pouvait y
faire, et tout le temps qu'elle y fut, le mot « ensemble »
(qu'elle utilisait comme si tout le monde le comprenait) fit
résonner son petit bruit ordinaire dans les oreilles de ses
belles-sœurs, qui n'avaient pas d'ensemble de quoi que ce
soit. Elle se souciait peu des tableaux ou des montagnes ;
les Alpes ou les Apennins n'avaient pas de New-Yorkais à
offrir, et il était difficile de s'intéresser à des madones qui
avaient été dans la fleur de leur beauté à des époques sans
mode ou, du moins, sans colifichets.

   Je ne parle pas seulement ici de l'impression qu'elle fit
sur l'esprit inquiet des sœurs de son mari mais aussi du
jugement prononcé sur elle par Raymond Benyon (qui alla
jusque-là, sans toutefois que les raisons pour lesquelles il se
souciait d'elle fussent claires). Et ceci m'amène à sauter du
coq à l'âne (petit saut, je l'avoue) pour mentionner le fait
que, malgré tout, il revint bien à Posilippo. Il resta absent

neuf jours, au terme desquels Percival Theory lui fit une
visite pour le remercier de la civilité dont il avait fait preuve
à l'égard de ses parentes. Il se dirigea jusqu'à l'hôtel de ce
monsieur pour lui rendre sa visite, et il y trouva Miss Kate
dans le salon de son frère. Elle venait de la pension et elle
avait rendez-vous avec les autres pour aller voir le palais
royal qu'elle n'avait pas encore eu l'occasion de visiter.
Quelqu'un proposa (ce ne fut pas Kate) que le capitaine
Benyon les accompagnât ; la chose fut organisée sur-le-
champ et il passa donc une demi-heure à déambuler avec
eux sur les dalles de marbre et à échanger des lieux
communs gênés avec la femme qu'il aimait. Car telle était
la vérité qui avait pris forme pendant ces neuf jours
d'absence : il avait découvert que la vie n'avait pas de
douceur particulière une fois que Kate Theory en était
sortie. Il s'était tenu à distance pour éviter de tomber
amoureux d'elle ; mais cet expédient était en lui-même
révélateur car il s'aperçut, selon le dicton populaire, qu'il
était en train de verrouiller la porte de l'écurie après que le
cheval avait été volé. Tandis qu'il arpentait le pont de son
bâtiment, sa tendresse s'était cristallisée. La flamme
épaisse et fumeuse d'un sentiment qui se savait interdit, et
qui se révoltait contre ce savoir, dansait maintenant sur le
charbon de ses bonnes résolutions. Ces dernières, il faut le
dire, résistaient, refusaient de se laisser consumer. Il se
décida à revoir Kate Theory, juste le temps nécessaire pour
lui faire ses adieux en les accompagnant d'une petite
explication. L'idée de cette explication lui inspirait beaucoup de tendresse, même si elle ne s'impose pas à mon
lecteur comme une idée heureuse. La quitter sans effusion,
brutalement, sans une allusion à ce qu'il aurait pu dire si les
choses avaient été différentes, voilà bien sûr où seraient la
sagesse et la vertu, voilà la ligne de conduite qu'adopterait
un homme d'action, un homme qui se tiendrait bien en
main. Mais ce serait une vertu cruellement méconnue, une
vertu trop austère même pour un homme qui se flattait
d'avoir appris tout seul le stoïcisme. Ce petit luxe était pour
lui une tentation irrésistible, puisque le grand — celui d'un
amour heureux — lui était refusé : le luxe de faire savoir à
cette jeune fille que ce ne serait pas un hasard, mais alors

pas du tout, s'ils ne se revoyaient jamais. Elle pourrait
facilement le penser, et cela ne la ferait certes pas souffrir.
Mais cela le priverait de son plaisir, de la satisfaction
platonique de lui exprimer à la fois et sa conviction qu'ils
auraient pu se rendre heureux mutuellement et la nécessité
de renoncer à ce bonheur. Mais cela non plus ne la
blesserait probablement pas, car elle ne lui avait pas donné
la moindre preuve d'intérêt pour lui. Ce qui s'en approchait
le plus, c'était la façon dont elle marchait maintenant à ses
côtés, tendre et silencieuse, sans faire la moindre référence
au fait qu'il n'était pas revenu à la pension. Le palais était
plongé dans la pénombre et la fraîcheur, les volets avaient
été tirés pour le protéger de la lumière et du bruit, et le
petit groupe errait sous les hauts plafonds des salons, où les
marbres précieux et le lustre des dorures et des satins se
réfléchissaient dans la richesse de l'obscurité. De temps en
temps, leur cicérone en chaussons ouvrait un contrevent,
avec une familiarité toute napolitaine, pour mettre en
valeur un tableau ou une tapisserie. Il trottinait devant
Percival Theory et sa femme qui lâchait le bras de son mari
au passage, sans rien dire, pour se baisser et tâter l'étoffe
des rideaux et des divans. Quand il la surprit en train de se
livrer à ces expériences, le cicérone, pour marquer sa
désapprobation, joignit les mains et leva les sourcils ; sur
quoi Mrs Theory s'exclama, à l'adresse de son mari : « Oh,
la barbe avec son vieux roi ! » Les raisons du mariage de
Percival Theory avec la nièce de Mr Henry Platt ne
s'imposaient pas à l'esprit du capitaine Benyon. Il était
moins intéressant que ses sœurs : c'était un jeune homme
aimable, flegmatique et correct, qui sortait souvent un
crayon pour se livrer à des petits calculs au dos d'une lettre.
Il lui arrivait, tout correct qu'il fût, de mâcher un cure-
dent, et il regrettait les journaux américains, qu'il réclamait
en général dans les endroits les plus inattendus. C'était un
Bostonien converti à New York : une espèce très particulière.

— La date de votre départ de Naples est-elle arrêtée ?
demanda le capitaine Benyon à Kate Theory.

— Oui, le vingt-quatre. Mon frère a été très gentil : il
nous prête sa voiture, qui est grande, pour que Mildred

puisse s'y étendre. Il en prendra une autre avec Agnes mais nous voyagerons ensemble, bien entendu.

— Comme je souhaiterais partir avec vous ! dit le capitaine Benyon.

Il venait de lui offrir une occasion de réagir mais elle ne la saisit pas ; elle se contenta de faire remarquer, en riant vaguement, qu'il était évidemment exclu qu'il fît passer les Apennins à son bâtiment.

— Oui, il y a toujours mon bateau, enchaîna-t-il. Je crains que, dans l'avenir, il ne m'entraîne loin de vous.

Ils se trouvaient seuls dans un des appartements royaux ; le reste du groupe les avait précédés dans la pièce suivante. Benyon et sa compagne s'étaient arrêtés sous un des immenses lustres de verre qui, dans l'obscurité claire et colorée à travers laquelle on sentait la pression violente de la lumière italienne à l'extérieur, accrochait sa cascade scintillante à la voûte décorée. Ils laissaient errer leurs regards à l'entour, momentanément intimidés par le ton de Benyon, plus sérieux que celui qui avait jusqu'à présent eu cours entre eux ; ils regardaient le mobilier épars, drapé de housses blanches, et le sol de gypse ou l'on avait l'impression de voir briller une deuxième fois la magnifique grappe de pendentifs de cristal.

— Vous êtes le maître à bord : ne pouvez-vous mener votre bâtiment où vous le voulez ? demanda Kate Theory en souriant.

— Je ne suis maître de rien. Il n'y a personne au monde qui soit moins libre que moi. Je suis un esclave, une victime.

Elle regarda avec ses yeux pleins de bonté ; il y avait dans sa voix quelque chose qui lui fit d'un seul coup renoncer à toute idée d'adopter les airs défensifs qu'une jeune fille est censée prendre dans certaines situations. Elle sentit qu'il voulait lui faire comprendre quelque chose, et elle ne souhaitait plus maintenant que de l'y aider. « Vous n'êtes pas heureux », murmura-t-elle simplement, sa voix mourant dans une espèce de stupéfaction devant cette réalité.

La tendresse de ses paroles (c'était comme si elle lui avait caressé la joue de la main) lui sembla la chose la plus douce qu'il eût jamais connue. « Non, je ne suis pas heureux

parce que je ne suis pas libre. Si je l'étais... Si je l'étais,
j'abandonnerais mon bâtiment, j'abandonnerais tout pour
vous suivre. Je ne puis vous expliquer : et c'est une des
choses qui rend la situation difficile. Je veux simplement
que vous sachiez que si certaines choses étaient différentes,
si la situation était différente, je vous dirais peut-être que je
suis persuadé d'avoir le droit de vous parler. Peut-être cela
changera-t-il un jour ; mais il sera sans doute trop tard ce
jour-là. En attendant, je n'ai aucun droit de ce genre. Je ne
veux pas vous affliger, et je ne vous demande... rien ! Si ce
n'est que nous ayons parlé une fois, une seule fois. Je ne
vous aide pas à comprendre, évidemment. J'ai peur de vous
faire plutôt l'effet d'une brute, peut-être même d'un
charlatan. N'y pensez pas maintenant ; n'essayez pas de
comprendre. Mais un jour, plus tard, souvenez-vous de ce
que je vous ai dit, et de la façon dont nous nous sommes
tenus ici, debout, dans cet étrange et vieil endroit, seuls !
Peut-être en tirerez-vous quelque plaisir. »

Kate Theory avait commencé à l'écouter avec une
curiosité manifeste, mais au bout d'un moment elle
détourna les yeux.

— Je suis très triste pour vous, dit-elle gravement.

— Vous me comprenez donc un peu ?

— Je repenserai à ce que vous m'avez dit... plus tard.

Le début d'un mot doux se forma sur les lèvres de
Benyon, qui le réprima immédiatement ; puis il répondit
sur un ton différent, en souriant amèrement et en hochant
tristement la tête, levant les bras un instant avant de les
laisser retomber :

— Cela ne fera de mal à personne que vous vous en
souveniez !

— Je ne sais pas à qui vous pensez.

Et la jeune fille se mit brutalement à marcher vers
l'extrémité de la pièce. Il ne chercha pas à lui dire à qui il
pensait, et ils avancèrent tous les deux en silence jusqu'à ce
qu'ils eussent rejoint le reste du groupe.

12

Il y avait plusieurs tableaux dans la pièce voisine, et Percival Theory et sa femme s'étaient arrêtés pour en regarder un dont le cicérone annonçait le titre et l'auteur au moment où Benyon s'approchait. C'était un portrait moderne qui représentait une princesse Bourbon, une jeune femme blonde, belle, couverte de bijoux. Apparemment, elle frappait plus Mrs Percival que tout ce que le palais avait jusque-là offert à ses regards, tandis que sa belle-sœur allait jusqu'à la fenêtre, que le gardien avait ouverte, pour regarder le jardin. Benyon le remarqua ; il était conscient d'avoir donné à la jeune fille matière à méditation, et les oreilles lui brûlaient un peu tandis qu'il se tenait aux côtés de Mrs Percival et regardait, de façon un peu machinale, le visage de l'altesse. Il commençait à se repentir un peu de ce qu'il avait dit ; à quoi cela servait-il après tout ? Et il espérait que les autres n'auraient pas remarqué qu'il avait été en train de faire sa cour.

— Mon Dieu ! Percival ! Vous voyez à qui elle ressemble ? demanda Mrs Theory à son mari.

— A une femme qui a une grosse ardoise chez Tiffany, répondit ce monsieur.

— Elle ressemble à ma belle-sœur : les yeux, le nez, la coiffure... tout.

— Quelle belle-sœur ? Vous en avez une douzaine.

— Mais, Georgina, bien entendu... Georgina Roy. C'est fou ce qu'elle lui ressemble.

— Vous dites que c'est votre belle-sœur ? demanda Percival Theory. Il faut que vous ayez bien envie de l'annexer.

— Elle est assez belle pour cela. Mais il faut que vous inventiez un nouveau nom, dans ce cas. Capitaine, comment appelez-vous la deuxième femme de votre beau-frère ? poursuivit Mrs Percival en se tournant vers son voisin qui était encore en train de fixer le portrait. Au

début, il avait regardé sans voir ; puis sa vue, ainsi que son
ouïe, s'étaient réveillées. Elles se peuplaient tout d'un coup
de réminiscences qui le faisaient frissonner. La princesse
Bourbon : les yeux, la bouche, la coiffure, tout cela
devenait identifiable, et le regard du tableau semblait
accrocher le sien. Mais qui pouvait bien être Georgina Roy
et que signifiait cette histoire de belles-sœurs ? Il présenta à
la petite dame qui était à ses côtés un visage qu'elle ne
s'attendait pas à voir, si intrigué par le problème qu'elle lui
avait soumis avec légèreté.

— La deuxième femme de votre beau-frère ? C'est
passablement compliqué.

— Évidemment, rien ne l'obligeait à se remarier, dit
Mrs Percival en poussant un petit soupir.

— Qui a-t-il épousé ? demanda Benyon, le regard fixe.

Percival Theory s'était détourné. « Oh, si vous commen-
cez avec ses relations familiales... », murmura-t-il, et il alla
rejoindre sa sœur dans la lumière de la fenêtre par laquelle
pénétrait la rumeur lointaine et multiple de Naples.

— Il a d'abord épousé ma sœur Cora, et elle est morte il
y a cinq ans. Puis il s'est marié avec elle..., fit Mrs Percival
en désignant la princesse d'un signe de tête.

Les yeux de Benyon revinrent au portrait ; il comprenait
ce qu'elle voulait dire : cela lui sautait aux yeux.

— Elle ? Georgina ?

— Georgina Gressie ! Mon Dieu, vous la connaissez ?

C'était très clair : la réponse de Mrs Percival, puis la
question qui avait suivi. Mais il avait le recours du tableau ; il
pouvait le regarder, donner l'impression qu'il le prenait très
au sérieux, alors que, en fait, il dansait devant ses yeux. Il se
sentit rougir, il se sentit pâlir. « Quelle effroyable effronte-
rie ! » C'était tout ce qu'il pouvait se dire à lui-même de cette
femme qu'il avait aimée autrefois, puis haïe, jusqu'au jour
où ce sentiment-là était mort lui aussi. Puis la stupéfaction fit
place au sentiment grandissant que cela allait changer des
choses pour lui, beaucoup de choses. Quoi exactement, il
ne le voyait pas encore ; mais plus il y pensait, plus le
changement devenait grand et englobait, en s'étendant, la
jeune fille qui se tenait si calmement debout derrière lui et
qui regardait ce jardin italien.

Le gardien entraîna Mrs Percival plus loin pour lui montrer une autre princesse avant que Benyon ait eu le temps de répondre à sa dernière question. Cela lui laissa le temps de revenir sur sa première impulsion, qui avait été de répondre par la négative ; il comprit rapidement qu'avouer qu'il avait connu Mrs Roy (Mrs Roy, c'était prodigieux !) l'aiderait nécessairement à en savoir davantage. En outre, il n'était pas nécessaire que cela le compromît. Il était très probable que Mrs Percival apprendrait un jour qu'il avait voulu l'épouser, autrefois. Si bien qu'en retrouvant le groupe, une minute plus tard, il annonça qu'il avait connu Miss Gressie il y avait des années, qu'il était même un de ses grands admirateurs, mais qu'il l'avait complètement perdue de vue par la suite. C'était une grande beauté, et l'on ne comprenait pas comment elle ne s'était pas mariée plus tôt. C'était il y a cinq ans, n'est-ce pas ? Non, deux seulement. Il avait failli dire que, en si longtemps, il aurait été singulier qu'il n'eût pas de nouvelles d'elle. Il y avait des années qu'il avait quitté New York ; mais on apprend toujours les mariages et les décès. La preuve en était faite, même si deux ans étaient un long délai. Il emmena discrètement Mrs Percival dans une des pièces suivantes, sans attendre les autres, vers lesquels le cicérone retourna. Elle était enchantée de parler de ses « relations » et elle lui donna tous les détails. Il pouvait maintenant avoir confiance en lui ; il était parfaitement maître de soi ou, s'il ne l'était pas tout à fait, la faute en revenait à une gaieté soudaine qu'il n'aurait pas pu expliquer sur le moment. Bien sûr, ce n'était pas très flatteur pour eux, pour la famille de Mrs Percival, que le mari de cette pauvre Cora se fût consolé ; mais tous les hommes faisaient cela (parlons des veuves !) et il avait choisi une fille qui était... quoi, qui avait beaucoup d'allure et qui succédait à Cora d'une façon dont ils n'avaient pas à avoir honte. Elle avait eu énormément d'admirateurs, et nul n'avait compris pourquoi elle avait attendu si longtemps avant de se marier. Elle avait eu une aventure étant jeune fille, des fiançailles avec un officier de l'armée de terre, et cet individu l'avait abandonnée, ou ils s'étaient disputés ou quelque chose. Elle était presque vieille fille ; enfin, elle avait trente ans, à très peu

de chose près, mais maintenant elle avait bien agi. Elle
était plus belle que jamais et faisait très grosse impression
William Roy avait un des plus gros revenus de la ville et i
était très tendre. Il avait adoré Cora ; il parlait encore
souvent d'elle, du moins aux gens qui l'avaient connue. E
son portrait était encore dans le salon de devant la dernière
fois que Mrs Percival était chez eux (c'était à l'occasion
d'une réception, après son mariage avec Miss Gressie)
Peut-être maintenant l'avait-il fait déplacer dans le salon de
derrière, mais elle était certaine qu'il le garderait de toute
façon quelque part. La pauvre Cora n'avait pas eu
d'enfants ; mais Georgina réparait cela : elle avait un beau
garçon. Mrs Percival eut avec le capitaine Benyon ce
qu'elle aurait appelé une agréable petite conversation au
sujet de Mrs Roy. Peut-être était-ce lui l'officier : jamais
elle n'y aurait pensé ! Il était bien sûr de ne l'avoir jamais
abandonnée ? Et il ne s'était jamais disputé avec une
dame ? Eh bien, il devait être différent de la majorité des
hommes.

Et c'était certainement l'impression qu'il donnait en
quittant Kate Theory cette après-midi. Du moins cette jeune
personne avait-elle le droit de juger qu'il lui manquait cette
cohérence qui passe pour une vertu caractéristique du sexe
masculin. Une heure plus tôt, il prenait congé d'elle pour
toujours, et maintenant il suggérait des rencontres futures
de futures visites, lui proposant d'arrêter avec sa belle-sœur
un jour prochain pour venir visiter le *Louisiana*. Elle avait
cru qu'elle le comprenait, mais il apparaissait maintenant
qu'elle n'avait rien compris du tout. Ses manières aussi
avaient changé. De moins en moins sur ses gardes,
Raymond Benyon n'avait pas idée à quel point l'impression
irrésistible que, d'une façon ou d'une autre, la conduite
incroyable de sa femme allait le délivrer, à quel point cette
impression suscitait un espoir qui se lisait sur son visage.
Kate Theory éprouva un sentiment de fatigue et d'incrédu-
lité, accentué par le savoir que désormais les changements
du capitaine Benyon allaient être la chose la plus importante de son existence.

13

Sur le pont de son bâtiment, au mouillage dans la baie, notre officier veilla tard dans la nuit ; il y veilla même, sous le tiède ciel méridional dans lequel les étoiles émettaient une lumière chaude et rouge, jusqu'aux premiers feux de l'aurore. Il fuma cigare sur cigare ; il fit les cent pas heure après heure ; il fut la proie de mille réflexions ; il se répétait que cela changeait des choses, beaucoup de choses ; mais la lumière rose avait envahi l'orient alors qu'il n'avait toujours pas découvert en quoi consistait ce changement. Maintenant, il le voyait clairement : il consistait en ce que Georgina était désormais en son pouvoir à lui, et plus l'inverse. Assis tout seul dans les ténèbres, il riait à la pensée de ce qu'elle avait fait. Plus d'une fois, il s'était dit qu'elle le ferait ; il la savait capable de tout ; mais il y avait une drôlerie nouvelle dans le fait accompli. Il pensait à William Roy, à ses gros revenus, à l'époux « très tendre » qu'il était et à son petit héritier florissant, à la digne succession qu'il avait trouvée pour la pauvre Mrs Cora. Il se demandait si Georgina lui avait fait part du fait qu'elle avait un mari, qui vivait quelque part, mais il inclinait fortement à penser que non. Quelle raison aurait-elle eue de le faire, somme toute ? Il y en avait tant d'autres à qui elle avait négligé de le dire. Il pensait la connaître, après tant d'années ; il pensait ne plus rien avoir à apprendre sur son compte, mais ce dernier coup lui faisait éprouver son audace comme une chose neuve. Bien entendu, c'était ce qu'elle attendait, et si elle ne l'avait pas fait plus tôt, c'était parce qu'elle espérait qu'il disparaîtrait en mer, au cours d'un de ses longs voyages et qu'il la libérerait de l'obligation de commettre un crime. Comme elle devait le haïr aujourd'hui de ne pas avoir disparu, d'être vivant, de continuer à la mettre dans son tort ! Mais quelle que fût sa haine à elle, le dégoût qu'il éprouvait pour elle était au moins aussi fort. Elle lui avait fait le plus ignoble des torts :

elle avait ravagé sa vie. Qu'il détestât jamais à ce point une femme qu'il avait aimée comme il l'avait fait, voilà ce qu'il n'aurait pas cru possible dans l'innocence de ses jeunes années. Mais il n'aurait pas davantage cru possible qu'une femme fût aussi froide et démoniaque qu'elle l'avait été. Son amour avait été tué par la rage, la rage impuissante qui l'avait aveuglé quand il avait découvert qu'elle l'avait dupé, quand il avait mesuré son impuissance. Lorsque, des années auparavant, il avait appris de Mrs Portico ce qu'elle avait fait de son bébé, dont elle lui avait caché la venue au monde, il avait eu l'impression que sa nature lui était pleinement révélée. Auparavant, elle l'intriguait, elle lui échappait : les relations qu'il avait eues avec elle le déconcertaient, le laissaient stupéfait. Mais quand, après avoir, non sans peine ni lenteur, obtenu du gouvernement une permission, et s'être rendu en Italie pour y chercher l'enfant et en reprendre possession, il se fut heurté à un échec et à une défaite absolus, l'affaire se présenta à lui avec plus de simplicité. Il commença à comprendre qu'il s'était accouplé à une créature qui était tout bonnement un monstre, une exception absolue à l'humanité. C'était cela qu'il ne pouvait pas pardonner : son comportement à propos de l'enfant, jamais, au grand jamais ! A lui, elle pouvait bien faire ce qu'elle voulait, l'abandonner, le précipiter pieds et poings liés dans le froid éternel, il l'aurait accepté, il l'aurait presque excusé ; il aurait admis qu'il n'avait qu'à faire plus attention à ce qu'il faisait. Mais elle l'avait torturé à travers ce pauvre petit, ce fils perdu qu'il n'avait jamais vu, à travers le cœur et les entrailles humaines dont elle était dépourvue et qu'il lui fallait bien, le malheureux, avoir pour deux.

Il n'avait cherché qu'une chose, pendant des années : oublier ces mois horribles, et il s'en était tellement détaché qu'il lui semblait parfois qu'ils appartenaient à la vie d'un autre. Mais ce soir, il les vivait de nouveau ; il passait en revue les différentes étapes du chemin de ténèbres qu'il avait parcouru depuis le moment où, très peu de temps après son incroyable mariage, il avait été envahi par la certitude qu'elle le regrettait déjà et qu'elle comptait, dans la mesure du possible, se soustraire à toutes ses obligations.

Ce fut le moment où il comprit pourquoi elle s'était gardé, avec l'étrange promesse qu'elle lui avait arrachée, une porte de sortie ; ce fut aussi le moment où le fait qu'elle eût eu une telle inspiration (à l'intérieur de sa bonne foi momentanée, si bonne foi il y avait jamais eu) le frappa comme une preuve de sa dépravation fondamentale. Ce qu'il avait essayé d'oublier lui revint à la mémoire : cet enfant qui n'était pas le sien et qu'on lui avait présenté quand il avait découvert ce sordide repaire de paysans dans la campagne génoise, et puis la succession d'aveux, de rétractations, de contradictions, de terreurs, de menaces, et l'inimaginable gouffre de mensonge et de bêtise de tous ceux qui étaient là. L'enfant était parti : c'était la seule chose sûre. La femme qui l'avait pris en nourrice racontait une douzaine d'histoires différentes, son mari autant, et tous les villageois une centaine de plus. Georgina avait envoyé de l'argent, beaucoup d'argent apparemment, grâce auquel tout le pays avait vécu et fait la fête. Tantôt, le bébé était mort, et avait été luxueusement enterré ; tantôt il avait été confié (car l'air y était plus salubre, Santissima Madonna !) à une cousine de la femme, qui habitait un autre village. Selon une version que Benyon avait incliné à juger la moins fausse pendant un jour ou deux, la cousine l'avait emmené à Gênes, tellement il était beau, quand, pour la première fois de sa vie, elle était allée à la ville voir sa fille qui y était placée, et elle l'avait confié pour quelques heures, le temps d'aller se promener dans les rues, à la garde d'une troisième femme qui n'avait pas d'enfant et qui se prit d'une telle passion pour lui qu'elle refusa de le rendre et quitta la ville quelques jours plus tard (elle était de Pise) pour ne plus jamais donner de ses nouvelles. La cousine avait oublié son nom : cela avait eu lieu six mois auparavant. Benyon passa une année à chercher son enfant dans tous les coins d'Italie, et à examiner des centaines de nourrissons au maillot, impénétrables candidats à la reconnaissance. Bien entendu, il ne pouvait que s'éloigner chaque jour davantage de la vérité, et son enquête bloqua sur la conviction qu'elle était en train de le rendre fou. Il serra les dents et décida de croire, ou du moins il l'essaya, que le bébé était mort dans les bras de sa nourrice. Du moins était-ce l'hypothèse la plus vraisemblable et de loin, et la femme l'avait soutenue, avec l'espoir d'être récompensee pour sa franchise, tout aussi souvent qu'elle avait assuré qu'il vivait quelque part, dans l'espoir de toucher le prix de la bonne nouvelle. On peut imaginer quels sentiments Benyon éprouvait à l'égard de sa femme quand il émergea de cet épisode. Ce soir, sa mémoire remontait plus loin, elle remontait aux premiers temps, et aux jours où il lui avait fallu se demander, avec toute la brutalité du premier choc, ce qu'elle avait bien pu, au nom de je ne sais quelle perversité, vouloir faire avec lui. La réponse à cette mystérieuse question était si ancienne, elle était tombée tellement loin de son champ de pensée, qu'elle en prenait presque un air de nouveauté. De plus, ce n'était qu'une réponse approximative car, comme je l'ai déjà dit, il était presque aussi incapable à la fin qu'au commencement de pénétrer tant d'ignominie. Elle s'était trouvée sur une pente que sa nature l'avait contrainte à descendre jusqu'au fond. Elle lui faisait l'honneur d'apprécier sa société, et elle se faisait l'honneur de penser que, si brève fût-elle, leur intimité appelait une forme de consécration. Elle sentait bien qu'avec lui, après la promesse qu'il lui avait faite (et il lui aurait fait n'importe quelle promesse pour l'avoir), elle était en sûreté, sûreté qu'elle avait éprouvée et qu'elle éprouvait certainement. Et cette sûreté lui avait permis de se demander, une fois éteint le premier feu de la passion, après que le goût congénital du monde qu'elle avait hérité des deux côtés se fut réveillé, au nom de quoi elle devrait rester fidèle à un homme dont l'insuffisance (en temps qu'époux aux yeux du monde, autre problème) lui avait été démontrée scientifiquement par ses parents. Elle avait donc tout bonnement pris la décision de ne pas rester fidèle, et elle était au moins restée fidèle à cette décision.

Au moment où Benyon rentra, il s'était, comme je l'ai dit, convaincu que Georgina était maintenant en son pouvoir ; et il y vit une telle amélioration de sa situation que pendant les dix jours qui suivirent, il s'autorisa une liberté qui rendit Kate Theory presque aussi heureuse que sa sœur, bien qu'elle prétendît la comprendre beaucoup moins. Avant la fin de l'année, Mildred descendait vers sa dernière demeure — ou s'élevait vers la lumière première — dans l'île de Wight, et le capitaine Benyon, qui n'avait jamais écrit tant de lettres que depuis leur départ de Naples, fit voile vers l'ouest à peu près à la même époque que la douce survivante. Car le *Louisiana* avait enfin été rappelé à son port d'attache.

14

Assurément, je vous recevrai si vous venez, au jour et à l'heure que vous déciderez. J'aurais eu plaisir à vous voir n'importe quand, au cours de ces dernières années. Pourquoi ne serions-nous pas amis, comme autrefois? Peut-être le serons-nous encore? Je dis « peut-être » exprès, et seulement parce que votre petit mot ne dit pas grand-chose de votre état d'esprit. Ne venez pas chercher à me faire peur ou à me mettre mal à l'aise. La peur, grâce au ciel, n'est pas dans mon tempérament, et il est exclu, positivement exclu (vous m'entendez bien, cher capitaine?) que je sois mal à l'aise. Je l'ai été (c'était bien fait pour moi) pendant des années et des années; mais je suis très heureuse maintenant. Le rester est la ferme intention de votre

Georgina Roy.

Telle fut la réponse de Mrs Roy à une courte lettre que Benyon lui avait envoyée après son retour en Amérique. Il avait attendu quelques semaines avant de lui écrire. Il avait eu diverses choses à faire : il lui avait fallu s'occuper de son bâtiment et se présenter au rapport à Washington; il avait passé une semaine avec sa mère à Portsmouth, New Hampshire, et il avait rendu visite à Kate Theory à Boston. Elle-même rendait des visites : elle séjournait chez divers parents et amis. Elle avait plus de couleurs qu'autrefois (son teint était délicatement rosé), en dépit de sa robe noire ; et il semblait, tandis qu'elle le regardait, que ses yeux devenaient encore plus jolis. Bien que n'ayant maintenant plus de sœur, elle avait toujours des obligations, et Benyon voyait bien que sa vie serait éprouvante si personne n'intervenait. Tout le monde voyait en elle la personne idéale pour exécuter certaines tâches. Tout le monde pensait qu'elle pouvait tout faire, puisqu'elle n'avait rien d'autre à faire. Elle faisait la lecture aux aveugles et, chose plus pénible, aux sourds. Elle gardait les enfants des autres pendant que leurs parents allaient participer à des congrès contre l'esclavage.

Elle devait venir à New York, plus tard, passer une semaine chez son frère, mais au-delà de cela, elle n'avait aucune idée de son avenir. Benyon se sentait gêné de ne pas être capable, sur le moment, de lui en donner une, et cela ne contribua pas peu à l'amener à en venir au fait, car il s'accusait d'avoir un peu tergiversé. « En venir au fait », cela signifiait pour Benyon écrire un petit mot à Mrs Roy (comme il fallait bien qu'il l'appelle), dans lequel il lui demanderait si elle le recevrait au cas où il se présenterait. C'était une brève missive ; elle ne contenait guère plus, outre ce que j'ai suggéré, que l'annonce qu'il avait une chose importante à lui dire. La réponse, que nous avons lue, ne se fit pas attendre. Benyon fixa une heure, et sonna à la porte de la grande maison moderne dont les fenêtres étincelantes semblaient le défier de leur éclat.

Tandis qu'il se tenait en haut des marches, parcourant du regard la perspective ininterrompue de la 5ᵉ Avenue, il se rendit compte qu'il tremblait un peu, qu'il était nerveux, même si elle était calme. Il avait honte de son excitation et il fit un effort vigoureux pour se calmer. Il se rendit compte par la suite que ce qui l'avait rendu nerveux n'était pas qu'il doutât de la justesse de sa cause, mais que c'était son sentiment renouvelé, à mesure qu'il s'approchait d'elle, de la dureté de sa femme, de sa capacité d'insolence. Il était bien possible qu'il ne fît que se briser contre elle, et cette perspective lui donnait un sentiment d'impuissance. Elle le fit attendre longtemps après qu'on l'eut fait entrer ; tandis qu'il arpentait le salon, immense pièce luxueuse et chargée, couverte de satin bleu, de dorures, de miroirs et de vilaines fresques, il fut envahi par la certitude qu'elle le faisait attendre exprès. Elle voulait l'irriter, le lasser : elle avait aussi peu de générosité que de scrupules. Il ne lui vint jamais à l'esprit que, malgré l'audace de son petit mot, elle aussi pouvait trembler et si quiconque connaissant leur secret lui avait suggéré qu'elle avait peur d'une rencontre avec lui, il se serait moqué de cette idée. Cela présageait mal du succès de sa démarche, car c'était la preuve que Benyon reconnaissait avoir un respect superstitieux pour les vieilles promesses — sentiment sur lequel Georgina fondait sa présomption. Au moment où elle parut, il était tout rouge et très en colère. Elle referma la porte derrière elle, et resta immobile à le regarder, séparée de lui par toute la largeur de la pièce.

La première émotion que suscita sa présence fut le sentiment très vif qu'après toutes ces années de solitude, une personne aussi magnifique fût, chose étrange, sa femme. Car magnifique, elle l'était, dans l'épanouissement de sa beauté, la tête altière, le teint splendide, l'éclat auburn de ses tresses toujours aussi vif, avec une certaine plénitude jusque dans son regard. Il comprit tout de suite qu'elle voulait qu'il la trouvât belle, qu'elle s'était employée à s'habiller de son mieux. Peut-être n'était-ce après tout que pour cela qu'elle avait traîné ; elle voulait se faire aussi belle que possible. Ils restèrent quelque temps sans rien dire : cela faisait presque dix ans qu'ils n'avaient pas été face à face, et c'était en adversaires qu'ils se rencontraient maintenant. Il n'y avait pas deux personnes au monde qui eussent plus intérêt que ces deux-là à s'évaluer mutuellement. Il était toutefois peu dans le personnage de Georgina de trop jouer la timidité, et au bout d'un moment, s'étant assuré, apparemment, qu'il n'allait pas lui lâcher une bordée, elle s'avança en souriant et en frottant l'une contre l'autre ses mains baguées. Il se demandait ce qui pouvait la faire sourire, quelle pensée elle avait en tête. Ses impressions se succédaient sur un rythme extrêmement rapide, et il se rendait maintenant compte, en plus de ce qu'il avait déjà senti, qu'elle attendait sa réplique : elle n'avait arrêté aucune ligne de conduite

précise. La seule chose précise en elle, c'était son courage ; le
reste dépendait du capitaine. Quant à son courage, il semblait
illuminer sa beauté, qui devenait plus grande à mesure qu'elle
approchait, avec ses yeux qui le fixaient et son sourire figé ; il
semblait s'exhaler dans le parfum même qui accompagnait ses
pas. A ce point, il éprouva une impression supplémentaire, et
c'était la plus étrange de toutes. Elle était prête à tout, elle
était capable de tout, elle voulait le surprendre par sa beauté,
lui rappeler que somme toute, fondamentalement, cette
beauté lui appartenait, à lui. Elle était prête à l'acheter, si
cela s'avérait nécessaire. Elle avait mené une intrigue, alors
qu'elle n'avait pas vingt ans ; cela lui serait désormais plutôt
plus facile que moins, maintenant qu'elle en avait trente. Il
y avait tout cela et davantage encore dans ces yeux animés
et froids qui, dans le silence qui durait, croisaient le fer
avec les siens ; mais je ne dois pas m'arrêter là-dessus, pour
des raisons qui n'ont rien à voir avec ce fait remarquable.
C'était vraiment une créature stupéfiante.

— Raymond ! dit-elle à voix basse, voix qui pouvait aussi
bien être une façon de lui souhaiter la bienvenue qu'une
prière.

Il ne releva pas cette exclamation, mais lui demanda
pourquoi elle l'avait délibérément fait attendre, comme si
elle ne s'était pas déjà assez moquée de lui. Elle n'imaginait
quand même pas que c'était par plaisir qu'il était venu dans
cette maison.

Elle hésita un moment, souriant toujours. « Il faut que
vous sachiez que j'ai un fils, un amour de garçon. Sa
nourrice était occupée et j'ai dû le surveiller. Je me
consacre plus à lui que vous ne pourriez le croire. »

Il s'éloigna d'elle de quelques pas.

— Je me demande si vous avez toute votre tête, murmura-t-il.

— Parce que je vous parle de mon enfant ? Pourquoi me
posez-vous de pareilles questions, dans ce cas ? Je ne fais
que vous dire la vérité. Je donne tous mes soins à cet
enfant-ci. J'ai grandi, en âge et en sagesse. L'autre n'était
qu'une erreur ; il n'avait aucun droit d'exister.

— Alors pourquoi ne l'avez-vous pas tué de vos propres
mains, au lieu de ce supplice ?

— Pourquoi ne me suis-je pas tuée moi-même ? Ce serait une meilleure question. Vous avez l'air en pleine forme, interrompit-elle en changeant de ton. Ne ferions-nous pas aussi bien de nous asseoir ?

— Je ne suis pas venu ici pour le plaisir de la conversation, répondit Benyon.

Il allait poursuivre, mais elle l'interrompit de nouveau.

— Vous êtes venu me dire quelque chose d'horrible, selon toute probabilité ; j'espérais toutefois que vous verriez que ce n'était pas la chose à faire. Mais dites-moi seulement une chose avant de commencer. Est-ce que vous avez réussi ? Est-ce que vous êtes heureux ? C'était si agaçant de ne plus avoir de vos nouvelles.

Il y avait quelque chose dans sa façon de dire cela qui fit pousser un grand éclat de rire à Benyon ; sur quoi elle ajouta : « Votre rire est exactement le même qu'autrefois. Comme il me revient ! Vous vous êtes vraiment amélioré, vu de l'extérieur », continua-t-elle.

Elle s'était assise, bien qu'il fût resté debout ; et elle était renversée dans un fauteuil profond et bas, les yeux levés vers lui, les bras croisés. Il se tenait près d'elle, la dominant, baissant sur elle ses yeux incrédules, la main appuyée au coin de la cheminée.

— Ne vous êtes-vous jamais dit que je pouvais me considérer comme délié de la promesse que je vous avais faite avant de vous épouser ?

— Mais si, très souvent. Mais j'ai immédiatement chassé cette idée. Comment pouvez-vous être « délié » ? On promet ou on ne promet pas. Cela n'a aucun sens pour moi, ni pour vous d'ailleurs.

Et elle baissa les yeux sur le plastron de sa robe. Benyon l'écoutait, mais il poursuivit comme s'il ne l'avait pas entendue.

— La chose que je suis venu vous dire est la suivante : je vous demande de consentir à ce que j'intente un divorce contre vous.

— Intenter un divorce ? Je n'y avais jamais pensé.

— Pour pouvoir épouser une autre femme. Je peux facilement obtenir le divorce pour cause d'abandon. Cela simplifiera notre situation.

Elle le dévisagea un moment, puis son sourire se figea, pour ainsi dire, et elle eut l'air grave ; mais il voyait bien que cette gravité, avec ses sourcils levés, était en partie feinte. « Ah ! vous voulez épouser une autre femme ! » s'exclama-t-elle, lentement, sur un ton pensif. Il ne dit rien, et elle poursuivit :

— Pourquoi ne faites-vous pas ce que j'ai fait ?

— Parce que je ne veux pas que mes enfants soient...

Avant qu'il eût pu prononcer les mots, elle avait bondi l'arrêtant d'un cri :

— Ne le dites pas, ce n'est pas nécessaire ! Je sais très bien ce que vous voulez dire ; mais il n'en sera rien si personne n'est au courant.

— Je refuserais de le savoir en ce qui me concerne ; il suffit que je le sache du vôtre.

— Je m'attendais bien sûr à ce que vous me disiez cela.

— Je l'espère bien ! s'exclama Benyon. Libre à vous d'être bigame si cela vous convient, mais c'est une idée qui ne me tente pas du tout. Je veux me marier..., et, après un instant d'hésitation, il répéta avec son léger bégaiement : je veux me marier...

— Eh bien, mariez-vous, et qu'on en finisse ! s'écria Mrs Roy.

Il se rendait déjà compte qu'il ne lui arracherait aucun consentement ; il se sentait vaguement nauséeux.

— Je suis stupéfait que vous n'ayez pas davantage peur d'être découverte, dit-il après un moment de réflexion. Il y a deux ou trois accidents qui peuvent se produire.

— Que savez-vous de ma peur ? J'ai passé des nuits horribles à envisager tous les accidents possibles. Que savez-vous de ce qu'est ma vie, ou de ce qu'elle a été pendant ces effroyables années ? Mais tout le monde est mort.

— Vous avez l'air ravagé et usé, voilà qui est sûr.

— Oh, pas de compliments ! s'exclama Georgina. Si je ne vous avais pas connu, si je n'avais pas traversé tout cela, je crois que j'aurais été belle. Quand avez-vous appris mon mariage ? Où étiez-vous à cette époque ?

— A Naples, il y a plus de six mois, par pur hasard.

— Comme c'est étrange que cela ait mis si longtemps !

La dame est-elle napolitaine ? Ils ne sont pas très pointilleux sur ce qu'ils font là-bas.

— Je n'ai rien d'autre à vous dire que ce que je vous ai déjà dit, répliqua Benyon. Ma vie ne vous concerne absolument pas.

— Et comment ! Elle me concerne, du moment que je refuse le divorce.

— Vous refusez ? dit Benyon, avec douceur.

— Ne me regardez pas de cette façon ! Vous n'avez pas eu un avancement aussi rapide que je le pensais ; vous ne vous êtes pas tellement distingué, poursuivit-elle, sans lien.

— Je serai promu commodore un de ces jours, répondit Benyon. Vous n'y connaissez pas grand-chose, car mon avancement a déjà été extraordinairement rapide.

Il rougit dès que les mots eurent passé ses lèvres. Elle eut un petit rire quand elle s'en aperçut ; mais il reprit son chapeau et ajouta :

— Réfléchissez un jour ou deux à ce que je vous ai proposé. C'est une procédure parfaitement faisable. Pensez au sang-froid avec lequel je vous le demande.

— Votre sang-froid ? s'écria-t-elle en le dévisageant. De quel droit me parlez-vous de sang-froid ?

Et comme il ne lui répondait pas, lissant son chapeau avec son gant, elle continua :

— Il y a des années, autant que vous le vouliez ! Vous en aviez bien le droit, je ne le nie pas, et vous déliriez à votre aise dans vos lettres. C'était pour cela que je ne voulais pas vous voir ; je ne voulais pas prendre cela en plein visage. Mais c'est du passé maintenant ; le temps guérit tout ; vous vous êtes calmé et, de votre propre aveu, vous vous êtes consolé. Pourquoi me parlez-vous de sang-froid ? Qu'ai-je bien fait d'autre que de vous laisser tranquille ?

— Et quel nom donnez-vous à tout cela ? demanda Benyon qui promenait un regard incendiaire sur toute la pièce.

— Ah, pardon, cela ne vous regarde pas ; c'est mon affaire. Je vous laisse votre liberté, et je peux vivre comme j'en ai envie. Si je choisis de vivre de cette façon, même si c'est bizarre (et j'avoue que c'est extrêmement bizarre), vous n'avez rien à y redire. Si j'accepte de prendre ce risque, vous pouvez faire de même. Si j'accepte de jouer un tour aussi diabolique à un monsieur qui me fait confiance (je tiens à le formuler en termes aussi violents que vous pourriez le faire vous-même), je ne vois pas ce que vous pouvez avoir à y redire, si ce n'est que vous êtes merveilleusement content qu'on ne sache pas qu'une telle femme est votre épouse !

Jusque-là, elle avait été calme et posée, mais avec ces dernières paroles, son agitation latente se donna libre cours :

— Croyez-vous que j'aie été heureuse ? Croyez-vous que j'aie profité de l'existence ? Me croyez-vous femme à me rider sous les traits d'une vieille fille austère ?

— Je m'étonne que vous ayez tenu si longtemps, dit Benyon.

— Moi aussi ! Ce furent de mauvaises années.

— Je n'en doute pas !

— Vous pouviez faire ce dont vous aviez envie, poursuivit Georgina. Vous sillonniez le monde, vous tissiez des relations charmantes. Je suis ravie de vous l'entendre dire. Pensez à mon retour dans la maison de mon père, ce caveau de famille, et à l'existence qui s'y est déroulée pendant toutes ces années pour Miss Gressie ! Si vous vous souvenez de mon père et de ma mère — ils habitent la 12e Rue, ils n'ont pas changé — vous devez convenir que j'ai bien payé ma folie !

— Je ne vous ai jamais comprise ; je ne vous comprends pas davantage maintenant, dit Benyon.

Elle le regarda un moment.

— Je vous adorais, dit-elle.

— Je n'aurais qu'un mot à prononcer pour vous perdre ! s'exclama-t-il.

15

Il venait juste de parler quand elle lui saisit le bras et leva son autre main, comme pour écouter un bruit à l'extérieur de la pièce. Il était clair qu'elle venait d'avoir une inspiration, et elle la traduisit en actes immédiatement. Elle glissa jusqu'à la porte, l'ouvrit d'un geste vif, et passa dans le vestibule, d'où Benyon l'entendit s'adresser à quelqu'un qui semblait être son mari. Elle l'avait entendu entrer dans la maison à son heure accoutumée, après sa longue matinée au bureau ; le bruit de la porte d'entrée qui se fermait avait frappé son oreille. Le salon était de niveau avec le vestibule, et elle alla à sa rencontre sans difficulté. Elle lui demanda d'entrer pour le présenter au capitaine Benyon, et il s'exécuta avec toute la solennité voulue. Elle le précéda dans la pièce, les yeux fixés sur Benyon, étincelants de défi, tout son visage lui disant clairement : « Voilà ta chance : je te l'offre moi-même. Manque à ta parole et trahis-moi si tu l'oses ! Tu dis que tu peux me perdre d'un mot : prononce-le et qu'on voie ! »

Le cœur de Benyon se mit à battre plus vite, tandis qu'il sentait que c'était bien une chance en effet ; mais la moitié de son émotion était provoquée par le spectacle, magnifique à sa façon, de son impudence sans égale. Il fut submergé comme par une vague par le sentiment de tout ce à quoi il avait échappé en n'ayant pas à vivre avec elle, tandis qu'il jetait un regard étrange sur Mr Roy, à qui ce privilège avait été conféré. Il vit tout de suite que son successeur était bâti comme il fallait pour le soutenir. Mr Roy donnait une impression de solidité carrée ; c'était un homme bien planté sur ses pieds, rassurant, raffiné, qui présentait une façade lisse sur laquelle les vrilles prolifiques de l'énervement ne trouvaient pas facilement de prise. Il avait le visage large et sans expression, une grande bouche et des petits yeux clairs sur lesquels, au moment où il entrait, il était occupé à installer un lorgnon à monture d'or. Il s'approcha de Benyon avec un air de prudence, de civilité et d'attention, comme quelqu'un d'habitué à rencontrer beaucoup de gens pour ses affaires et qui, même si les circonstances n'étaient pas les mêmes, n'était pas homme à perdre son temps en préliminaires. Benyon eut immédiatement l'impression de l'avoir déjà vu, lui ou ses pareils, des milliers de fois. Il était entre deux âges, avec le teint frais et des favoris ; il était prospère et n'avait aucun

signe particulier. Georgina les présenta l'un à l'autre : elle
décrivit Benyon comme un ami d'autrefois, qu'elle avait
connu longtemps avant de connaître Mr Roy, et qui avait
eu beaucoup de bonté pour elle, il y avait des années de
cela, quand elle était jeune fille.

— Il est dans la marine. Il revient juste d'une longue
mission.

Les deux hommes se serrèrent la main — Benyon avait
tendu la sienne sans même s'en apercevoir — et Mr Roy dit
qu'il était ravi, sourit, regarda Benyon de la tête aux pieds,
regarda Georgina, regarda tout autour de la pièce, puis
Benyon de nouveau, Benyon qui se tenait là, silencieux et
immobile, la pupille dilatée et le pouls battant à une allure
dont Mr Roy avait peu idée. Georgina dit quelques mots
pour les inviter à prendre un siège, mais Mr Roy répondit
qu'il n'en avait pas le temps, si le capitaine Benyon voulait
bien l'excuser. Il fallait qu'il aille tout de suite à la
bibliothèque écrire un mot pour son bureau où il se
souvenait tout juste qu'il avait omis, en s'en allant, de
donner une instruction importante.

— Vous pouvez certainement attendre un instant, dit
Georgina. Le capitaine Benyon désire tellement vous voir.

— Bien sûr, chérie, je peux attendre une minute, et je
peux revenir.

Benyon constata qu'il attendit donc, et que Georgina
attendait elle aussi. Chacun attendait qu'il dise quelque
chose, mais ce n'étaient pas les mêmes choses. Mr Roy
croisa les mains derrière le dos, se balança sur la pointe des
pieds, formula le souhait que le capitaine Benyon avait fait
une bonne traversée — la marine personnellement ne
l'intéressait pas beaucoup — et s'étonnait de toute évidence
de l'inanité de l'hôte de sa femme. Benyon avait conscience
qu'il lui parlait, car il se livra encore à deux ou trois
remarques, après lesquelles il s'arrêta. Mais leur signification ne parvint pas à notre héros. Ce dernier n'était
conscient que d'une chose, de son propre pouvoir momen-
tané, de tout ce qui était suspendu à ses lèvres ; tout le reste
tourbillonnait autour de lui ; ses oreilles et ses yeux étaient
dans le brouillard. Mr Roy s'arrêta, comme je l'ai dit, et il y
eut un silence qui sembla à Benyon durer infiniment. Il

savait, tant que cela durait, que Georgina était aussi consciente que lui qu'il était en train de peser l'occasion qui lui était offerte, qu'il la tenait là dans sa main, la soupesant dans sa paume, et qu'elle affrontait le danger avec courage, avec mépris, ou mieux, avec jouissance. Il se demanda s'il serait capable de parler, au cas où il l'essayerait, et il comprit qu'il ne le fallait pas, que les mots lui resteraient collés dans la gorge, qu'il ferait des bruits qui déshonoreraient sa cause. Il n'y eut, à ce moment-là, aucun choix, ni aucune décision réels de la part de Benyon ; son silence n'était somme toute que le vieux silence d'autrefois, le produit d'autres moments et d'autres endroits, cette immobilité qu'écoutait Georgina tandis qu'il sentait ses yeux avides pénétrer dans son visage, au point que ses joues brûlaient à leur contact. Les instants défilaient devant lui en succession, chacun distinct des autres.

— Ah, bon, fit Mr Roy, je suis peut-être de trop. Je vais juste expédier ce mot.

Benyon savait qu'il était passablement stupéfait, qu'il protestait, qu'il quittait la pièce ; il savait que Georgina se tenait maintenant de nouveau seule devant lui.

— Vous êtes exactement l'homme que je pensais ! annonça-t-elle, avec la même voix joyeuse que si elle venait de gagner un pari.

— Vous êtes la femme la plus horrible que je puisse imaginer. Grand Dieu, si je devais vivre avec vous !

Telle fut la réponse qu'il lui fit.

Même cela ne la fit pas broncher ; elle continua de sourire à son triomphe.

— Il m'adore... mais qu'en avez-vous à faire ? Bien sûr, vous avez l'avenir, poursuivit-elle, mais je vous connais comme si je vous avais fait !

Benyon médita un moment :

— S'il vous adore, tout va bien. Une fois notre divorce prononcé, vous serez libre, et il pourra vous épouser dans les règles, ce qui lui conviendrait infiniment mieux.

— C'est trop mignon de vous entendre raisonner sur cette question. Vous m'imaginez en train de raconter une histoire aussi ignoble sur mon compte, sur moi... sur moi !

Et elle effleura sa poitrine de ses doigts blancs. Benyon lui adressa un regard lourd de toute la nausée que lui donnait sa rage impuissante. « Vous... Vous... », répéta-t-il, alors qu'il s'éloignait d'elle et traversait la porte que Mr Roy avait laissée ouverte.

Elle le suivit dans le vestibule, marchant juste derrière lui ; il avançait devant elle, tandis qu'elle insista :

— Il y avait une raison de plus, dit-elle. Je refusais les interdictions. C'était mon ignoble orgueil. C'est ce qui me retient maintenant.

— Je me fiche de ce que c'est, répondit Benyon avec lassitude, la main sur le bouton de la porte.

Elle posa sa main sur son épaule ; il se tint un instant immobile, à la sentir sur lui, souhaitant que ce contact répugnant lui donnât le droit de la jeter à terre en la frappant, en la frappant de telle façon qu'elle ne se relève jamais.

— Comme vous êtes malin, et intelligent comme toujours, comme autrefois ; sentir si parfaitement, savoir si bien, sans plus de scènes, que c'est sans espoir, que je ne consentirai jamais ! Si je dois avoir honte devant vous de vous avoir fait faire cette promesse, permettez que j'en aie au moins le bénéfice !

Il lui tournait le dos, mais en entendant ces mots, il fit volte-face :

— C'est vous qui parlez de honte... !

— Vous ne savez pas ce que j'ai traversé, mais je ne vous demande évidemment aucune pitié. Mais j'aimerais seulement vous dire quelque chose d'aimable avant que nous ne nous séparions. J'ai tant d'admiration pour vous. Qui le lui dira jamais, si vous ne dites rien ? Comment saurait-elle jamais, dans ce cas ? Elle sera aussi à l'abri que moi. Vous savez ce que c'est, dit Georgina en souriant.

Tandis qu'elle parlait, il avait ouvert la porte en grand, et il semblait ne pas faire attention à elle, et ne penser qu'à s'éloigner d'elle pour toujours. En fait, il entendit jusqu'à la dernière de ses paroles et la voix basse et suggestive avec laquelle elle lui fit sa dernière suggestion lui pénétra la moelle. Une fois dehors, sur les marches — elle se tenait en travers de la porte — il lui adressa son dernier regard. « Je ne souhaite qu'une chose : votre mort. Je prierai pour cela ! » Et il descendit dans la rue et s'éloigna.

C'est ensuite qu'il fut vraiment tenté. Pas de rendre trahison pour trahison ; cette tentation disparut en quelques jours à peine, car il se savait tout bonnement incapable de manquer à sa parole ; il savait que sa promesse s'imposait à lui avec autant d'entêtement que la couleur de ses yeux ou que son bégaiement ; elle menait maintenant sa vie dans le monde, elle lui avait échappé, il n'avait plus pouvoir sur elle. Mais la tentation de se marier dans les formes avec Kate Theory, de lui laisser croire qu'il était aussi libre qu'elle et que leurs enfants, s'ils venaient à en avoir, auraient une existence reconnue par la loi, cette séduisante idée l'obséda pendant plusieurs semaines et lui fit passer plus d'une nuit et d'un jour d'égarement. Il était parfaitement possible qu'elle n'apprît jamais son secret et que, nul ne pouvant le soupçonner ou avoir intérêt à le révéler, ils vécussent et mourussent l'un et l'autre tranquilles et honorés. Cette vision le fascinait ; c'était, comme je l'ai dit, une véritable tentation. Il envisagea d'autres solutions : lui dire qu'il était marié (sans lui dire à qui) et l'inviter à oublier cet accident et de se satisfaire d'une cérémonie à laquelle le monde ne trouverait rien à redire. Mais dans quelque sens que son esprit le prît, il était toujours clair qu'il n'y avait d'honneur pour lui que dans la renonciation. Si bien qu'au bout du compte, il renonça. Il prit deux mesures qui donnèrent réalité à la chose à ses yeux. Il demanda instamment au ministre de la Marine de l'envoyer sans tarder en mission lointaine ; et il revint à Boston dire à Kate Theory qu'ils devaient attendre. Il pouvait si peu s'expliquer que, quoi qu'il pût dire, il se rendait bien compte qu'il ne réussirait pas à donner à sa conduite une allure naturelle, et il vit que la jeune fille lui faisait simplement confiance, qu'elle ne comprenait pas. Elle fit confiance sans comprendre, et accepta d'attendre. La dernière fois que l'auteur de ces lignes entendit parler de ce couple, ils attendaient encore.

Lady Barberina

1

Chacun sait qu'il y a peu de vues plus éclatantes au monde que les grandes avenues de Hyde Park par une belle après-midi de juin. C'était bien l'opinion de deux personnes, qui, au début du mois en question, il y a quatre ans, s'étaient installées, par une belle journée, sous les gros arbres, assises sur des chaises de fer (les grandes avec des accoudoirs, pour lesquelles si je ne me trompe, on paie deux pence), la lente procession de la Promenade se déroulant derrière elles, tandis que leur visage était tourné vers le spectacle plus agité de l'Allée. Elles étaient perdues dans la multitude d'observateurs et elles appartenaient, du moins superficiellement, à cette catégorie de personnes qui, où qu'elles soient, se mettent de préférence parmi les spectateurs que dans le spectacle. Elles étaient tranquilles, simples, âgées, d'aspect plutôt neutre ; vous les auriez extrêmement aimées, mais vous les auriez à peine remarquées. Néanmoins, au milieu de cette foule éclatante, c'est sur ces obscures personnes que notre attention doit se porter. Je prie le lecteur d'avoir confiance ; il ne lui est pas demandé de vaine concession. Il y avait ce quelque chose dans le visage de nos amis qui indiquait qu'ils vieillissaient ensemble et qu'ils appréciaient suffisamment leur compagnie réciproque pour ne rien trouver à y redire (si tant est que ce fût une condition). Le lecteur aura deviné qu'ils étaient mari et femme ; et peut-être, tant qu'il y est, aura-t-il deviné qu'ils étaient de cette nationalité à laquelle Hyde

Park en pleine saison a le plus de choses à révéler.
C'étaient des « étrangers de la famille » si l'on peut dire, et
des gens à la fois aussi initiés et aussi détachés ne pouvaient
être qu'Américains. Il est vrai que vous n'auriez pu faire
cette réflexion qu'après un certain temps ; car on doit
reconnaître qu'ils n'arboraient pas beaucoup de signes
nationaux. Ils avaient une tournure d'esprit américaine,
mais c'était presque imperceptible ; et à vos yeux — si vos
yeux s'en étaient souciés — ils auraient pu être de lignée
anglaise, ou même continentale. C'était comme s'il leur
convenait d'être incolores ; toute leur couleur résidait dans
leur conversation. Ils n'avaient absolument rien de ver-
doyant ; ils étaient gris, d'une teinte plutôt monotone. S'ils
s'intéressaient aux cavaliers, aux chevaux, aux passants, à
la grande démonstration britannique de santé, de richesse,
de beauté, de luxe et de loisir, c'était parce que tout cela
faisait référence à d'autres impressions, parce qu'ils connaissaient la clé de pratiquement tout ce qui nécessitait une
réponse — parce qu'en un mot ils pouvaient comparer. Ils
n'arrivaient pas : ils revenaient seulement. Et on lisait la
reconnaissance beaucoup plus que la surprise dans le vague
tranquille de leur regard. On peut tout aussi bien dire
d'emblée que Dexter Freer et sa femme appartenaient à
cette catégorie d'Américains qui sont constamment « en
transit » à Londres. Détenteur d'une fortune dont on
pouvait clairement — de tous les points de vue — voir les
limites, ils ne pouvaient pas s'offrir ce summum du luxe
qu'est un domicile dans leur propre pays. Ils trouvaient
plus facile d'économiser à Dresde ou à Florence, qu'à
Buffalo ou à Minneapolis. L'économie était aussi grande,
la stimulation était supérieure. De plus, de Florence, de
Dresde, ils allaient sans cesse faire des excursions qui
n'auraient pas été possibles à partir de ces autres villes ; et
l'on peut même craindre qu'ils avaient des façons plutôt
onéreuses d'économiser. Ils venaient à Londres pour
acheter leurs malles, leurs brosses à dents, leur papier à
lettre ; parfois même ils traversaient l'Atlantique pour
s'assurer que les prix là-bas étaient toujours les mêmes. Ils
formaient un couple éminemment sociable ; ils s'intéressaient essentiellement aux personnes ; ils voyaient les

choses sous un angle si nettement humain qu'ils passaient
pour être friands de ragots ; et ils en savaient certainement
long sur les affaires des autres. Ils avaient des amis dans
chaque pays, dans chaque ville et ce n'était pas leur faute
si les gens leur racontaient leurs secrets. Dexter Freer
était un homme grand et mince, au regard plein de
curiosité, au nez plutôt relevé que tombant, mais néanmoins proéminent. Ses cheveux, qui avaient des mèches
blanches, étaient coiffés en avant, par-dessus ses oreilles,
formant le genre de boucles que l'on voit dans les portraits
de ces messieurs au visage rasé de près, comme il y en
avait beaucoup il y a cinquante ans, et il portait un foulard
à l'ancienne et des guêtres. Sa femme, petite personne
boulotte, d'apparence fraîche, au visage blanc et aux
cheveux d'un noir encore parfait, souriait perpétuelle-
ment, mais n'avait plus jamais ri depuis la mort d'un fils
qu'elle avait perdu dix ans après son mariage. En
revanche son mari, qui était d'un naturel plutôt grave, se
permettait en certaines grandes occasions de sonores
manifestations de joie. Les gens se confiaient moins à elle
qu'à lui, mais cela avait peu d'importance, dans la mesure
où elle se confiait suffisamment à elle-même. Sa robe,
toujours noire ou gris foncé, était d'une simplicité si
harmonieuse, qu'on voyait bien qu'elle l'aimait beaucoup ;
son élégance n'était jamais accidentelle. Elle avait des
raisons pour tout, et des plus judicieuses ; et bien qu'elle
fût sans cesse en mouvement autour du monde, elle
donnait l'impression d'être parfaitement sédentaire. On la
louait pour la promptitude avec laquelle elle donnait au
salon d'une auberge où elle passait une ou deux nuits
l'aspect d'une pièce où elle aurait vécu depuis longtemps.
Avec des livres, des fleurs, des photographies, des ten-
tures, le tout installé rapidement (elle trouvait même
moyen, la plupart du temps, d'avoir un piano), l'endroit
prenait presque un air de maison de famille. Le couple
venait de rentrer d'Amérique où il avait passé trois mois
et pouvait à présent affronter le monde avec la fierté des
gens dont les prévisions se sont révélées justes. Ils avaient
trouvé leur terre natale passablement ruineuse.

— Le voilà encore, dit Mr Freer, en suivant des yeux un

jeune homme qui parcourait lentement l'Allée à cheval.
Quel magnifique pur-sang !

Mrs Freer ne posait des questions en l'air que lorsqu'elle souhaitait avoir du temps pour réfléchir. A cet
instant précis, il lui suffisait de regarder, pour voir de qui
parlait son mari.

— Le cheval est trop grand, fit-elle remarquer au bout
d'un moment.

— Tu veux dire que le cavalier est trop petit, répliqua
son mari. Il monte ses millions.

— Ce sont vraiment des millions ?

— Sept ou huit, à ce qu'on m'a dit.

— C'est dégoûtant !

C'était en de tels termes que Mrs Freer parlait généralement des grandes fortunes de l'époque.

— J'aimerais qu'il nous voie, ajouta-t-elle.

— Tu peux être sûre qu'il nous voit, mais il n'a pas
envie de nous regarder. Il est trop gêné, pas à l'aise.

— Trop gêné de son grand cheval ?

— Oui, et de sa grande fortune ; il en a plutôt honte.

— Bizarre qu'il vienne ici, dans ce cas, dit Mrs Freer.

— Je n'en suis pas sûr. C'est un endroit où il trouve des
gens plus riches que lui, et d'autres grands chevaux à
foison, et cela le réconforte. Peut-être aussi qu'il cherche
cette fille.

— Celle dont nous avons entendu parler ? Il ne peut pas
être bête à ce point.

— Il n'est pas bête, dit Dexter Freer. S'il pense à elle,
c'est qu'il a quelques bonnes raisons de le faire.

— Je me demande ce qu'en dirait Mary Lemon.

— Elle dirait que s'il le fait, c'est que c'est bien. Elle
pense qu'il ne peut rien faire de mal. Il l'aime énormément.

— Je n'en suis pas si sûr, si c'est pour ramener chez lui
une femme qui la méprisera.

— Pourquoi cette jeune fille la mépriserait-elle ? C'est
une femme délicieuse.

— Elle n'en saura jamais rien, et même si elle le savait,
cela ne changerait rien : elle méprisera tout.

— Je n'en suis pas persuadé, ma chérie ; il y a des

choses qu'elle aimera beaucoup. Tout le monde sera très
gentil avec elle.

— Elle ne les en méprisera que plus. Mais nous en parlons
comme si tout était décidé : moi, je n'y crois pas du tout, dit
Mrs Freer.

— En tout cas, quelque chose de ce genre finira bien par
se produire tôt ou tard, avec elle ou avec une autre, répliqua
son mari, en se tournant légèrement vers le delta que
forment les deux grandes perspectives de la Promenade et
de l'Allée à l'endroit où elles divergent, près de l'entrée du
parc.

Nos amis tournaient le dos, comme je l'ai dit, à la ronde
solennelle des voitures et à la masse des spectateurs qui
avaient choisi de s'entasser devant cette partie du spectacle.
Les spectateurs en question étaient maintenant tous agités
par une même impulsion, dont témoignaient suffisamment
le remue-ménage des chaises qu'ils repoussaient, des pieds
qu'ils traînaient, le froissement des étoffes et le murmure
des voix qui devenaient plus graves. Une personne de rang
royal approchait ; elle était en train de passer ; elle était
passée. Freer tourna légèrement la tête et l'oreille, mais il ne
modifia pas davantage sa position ; sa femme ne s'aperçut
même pas de l'agitation. Ils en avaient vu passer des têtes
couronnées, dans toute l'Europe, et ils savaient qu'elles
passaient très vite. Tantôt, elles revenaient, tantôt non ;
souvent, ils les avaient vues passer pour la dernière fois.
C'étaient des vétérans du tourisme, et ils savaient quand se
lever et quand rester assis. Mr Freer continua sa phrase :

— Il y aura à coup sûr un jeune homme pour le faire, et
une de ces jeunes filles pour prendre ce risque. Elles doivent
prendre des risques, ici, et de plus en plus.

— Les filles n'en seront que trop contentes, je n'en ai pas
le moindre doute : elles ont eu très peu d'occasions
jusqu'ici. Mais je ne veux pas que ce soit Jackson qui
commence.

— Et moi, vois-tu, je crois que j'aimerais assez, dit Dexter
Freer. Ce sera très amusant à observer.

— Pour nous, peut-être, mais pas pour lui. Il s'en mordra
les doigts, et il sera très malheureux. Il vaut mieux que cela.

— Malheureux ? Jamais ! Il est incapable d'être malheureux ; et c'est pour cette raison qu'il peut se permettre de prendre ce risque.

— Il faudra qu'il fasse de grandes concessions, fit remarquer Mrs Freer.

— Il n'en fera pas une seule.

— J'aimerais bien le voir.

— Tu reconnais donc que ce sera amusant à observer : je ne prétends rien de plus. Mais comme tu le dis, nous en parlons comme si la chose était décidée, alors que, après tout, elle n'a probablement pas de fondement. Les meilleures histoires se révèlent toujours fausses. J'en serai navré, dans ce cas.

Ils retombèrent dans leur silence, tandis que les gens passaient et repassaient devant eux, se suivant de façon ininterrompue et mécanique, en une étrange succession de visages. Ils regardaient ces gens mais personne ne les regardait, bien que chacun fût là ouvertement pour voir ce qu'il y avait à voir. Tout cela formait un tableau frappant, une grandiose composition. La longue et large étendue de l'Allée, sa surface brun-rouge mouchetée de silhouettes bondissantes, s'étendait dans le lointain et se gorgeait de brumes dans l'air lumineux et épais. Les frondaisons anglaises — d'un vert sombre et profond — qui la bordaient et qui le dominaient, étaient riches à voir et avaient l'air antique, malgré la brise de juin qui leur donnait une vie et une fraîcheur nouvelles. L'azur tendre du ciel était tacheté de grands nuages argentés, et la lumière tombait comme une pluie de flèches célestes sur les espaces plus calmes que l'on voyait s'étendre au-delà de l'Allée. Mais tout cela ne formait que la toile de fond, car le spectacle était avant tout constitué par les personnes : spectacle superbe, plein du brillant et du lustre et des contrastes tonaux de mille surfaces polies. Certains objets ressortaient particulièrement, de façon omniprésente : les flancs brillants des chevaux sans défaut, le scintillement des mors et des éperons, la finesse des belles étoffes moulant les épaules et les membres, l'éclat des chapeaux et des bottes, la fraîcheur des teints, l'expression de ces visages souriants et bavards, la vivacité ailée des galops rapides. Les visages étaient partout, et c'étaient eux qui constituaient l'impression

dominante : et d'abord, les beaux visages des femmes sur
leurs grands chevaux, légèrement colorés sous le chapeau
raide et noir, leur silhouette raidie, en dépit de toutes ces
courbes affirmées, par leur tenue ajustée. Leur petit casque
dur, leur coiffure ordonnée, ramassée, leur armure solide,
sur mesure, leur physique épanoui, expert, leur donnaient
doublement l'allure d'amazones prêtes à charger. Les
hommes, regardant droit devant eux, coiffés de leur
chapeau à bord souple, avec leur beau profil, leur col
montant, les fleurs blanches sur leur poitrine, leurs grandes
jambes et leurs grands pieds, avaient un air plus laborieuse-
ment décoratif tandis qu'ils trottinaient à côté des dames,
toujours à contretemps. Tels étaient les jeunes ; mais il n'y
avait pas qu'eux, car mainte selle servait de socle à de plus
opulentes rotondités, et des visages rougeauds aux courts
favoris blancs ou au menton de matrone vous toisaient de
toute la hauteur de leur assiette qui était morale et sociale
autant qu'équestre. Les marcheurs se différenciaient des
cavaliers en cela seul qu'ils étaient à pied, et qu'ils les
regardaient plus que ces derniers ne le faisaient ; car ils
auraient fait aussi bien sur une selle, et auraient monté
comme les autres. Les femmes portaient des petits bonnets
serrés et les cheveux encore plus serrés ; leur menton rond
était gainé de dentelle ou, dans certains cas, de chaînes et
de cercles d'argent. Elles avaient le dos droit et la taille
menue : elles marchaient lentement, les coudes sortis,
portant de grandes ombrelles et en tournant très peu la
tête, vers la gauche ou vers la droite. C'étaient des
amazones à pied, toutes prêtes à bondir en selle. Il y avait
dans tout cela beaucoup de beauté et un air général de
réussite épanouie qui émanaient de ces regards clairs et
sereins et de ces lèvres bien découpées, sur lesquelles les
syllabes étaient liquides et les phrases brèves. Certains des
jeunes gens, ainsi que certaines femmes, avaient les
proportions les plus heureuses et un visage ovale dont les
lignes et les couleurs étaient pures et fraîches, et le moment
n'était pas vraiment à la tension.

— Ils ont très belle allure, dit Mr Freer au bout de dix
minutes ; ce sont de superbes blancs.

— Tant qu'ils s'en tiennent au blanc, ils sont très bien,

mais quand ils se lancent dans la couleur ! répliqua sa femme.

De son siège, elle avait les yeux au niveau des jupes des dames qui passaient devant elle, et elle venait de suivre les évolutions d'une robe de velours vert enrichie d'ornements d'acier et dont la jupe était très ramassée entre les mains de la jeune personne d'à peine vingt ans qui la portait et qu'accompagnait une jeune femme drapée d'une courte mousseline rose brodée, pour la beauté, de fleurs qui imitaient des iris.

— Peu importe ! Pris en masse, ils sont merveilleusement élégants, poursuivit Dexter Freer. Prends-les tous ensemble, hommes, femmes et chevaux. Regarde ce grand gaillard sur son alezan clair : que pourrait-il y avoir de plus parfait ? A propos, c'est lord Canterville, ajouta-t-il au bout d'un moment, comme si le fait avait quelque importance.

Mrs Freer fut suffisamment de cet avis pour lever son lorgnon et regarder lord Canterville.

— Comment sais-tu que c'est lui ? demanda-t-elle, le lorgnon toujours levé.

— Je l'ai entendu parler le soir où je suis allé à la Chambre des lords. C'était un tout petit discours, mais je me souviens de lui. Quelqu'un à côté de moi me l'a nommé.

— Il n'est pas aussi bel homme que toi, dit Mrs Freer en reposant son lorgnon.

— Ah, tu es trop difficile ! murmura son mari. Quel dommage que la jeune fille ne soit pas avec lui. Nous aurions peut-être du spectacle.

Il se révéla rapidement que la jeune fille était bien avec lui. L'aristocrate en question avançait au pas depuis le début mais, arrivé à la hauteur de nos amis, il s'arrêta pour regarder en arrière, comme s'il attendait quelqu'un. Au même moment, son attention fut attirée par un monsieur qui se trouvait dans l'allée piétonnière, si bien qu'il approcha de la barrière qui protège les piétons, qu'il y fit halte et se pencha un peu dans sa selle pour parler avec son ami, appuyé à la rambarde. Il était vrai que, comme l'avait dit son admirateur américain, lord Canterville était parfait. La soixantaine passée, la stature et la présence impression-

nantes, c'était vraiment une apparition splendide. Merveilleusement conservé, il avait la fraîcheur de la maturité, et il
aurait eu l'air jeune s'il n'avait fallu chercher dans le
passage des années l'explication de son tour de taille
considérable. Il était vêtu de pied en cap d'une tenue d'un
gris lumineux, et sa belle mine épanouie était surmontée
d'un chapeau blanc dont les courbes majestueuses étaient
un chef-d'œuvre de plastique. Sur son torse puissant se
répandait une barbe luxuriante, à peine grisaillée malgré
quelques mèches et dont la couleur semblait parfaitement
assortie à la robe de son admirable cheval. Elle ne laissait
pas la place du gardénia de rigueur dans la boutonnière du
haut, mais cela importait relativement peu dans la mesure
où sa barbe avait elle-même quelque chose d'une plante
tropicale. Chevauchant son splendide coursier, son gros
poing ganté de gris-perle posé sur sa cuisse renflée, le
visage illuminé d'une indifférence bienveillante, et réfléchissant de toute sa surface magnifique la douce lumière du
soleil, c'était de fait un homme très imposant et il était
visible, incontestable, que c'était un personnage. Les gens
ralentissaient presque pour le regarder en passant devant
lui. Sa halte ne fut toutefois que de courte durée, car il fut
presque tout de suite rejoint par deux belles jeunes filles
aussi élégantes, selon les termes de Dexter Freer, que lui-
même. Elles avaient été retenues un moment à l'entrée de
l'Allée, et elles approchaient maintenant au botte à botte,
suivies de près par leur palefrenier. L'une des deux était
plus grande et plus âgée que l'autre, et il sautait aux yeux
qu'elles étaient sœurs. A elles deux, avec leurs épaules
charmantes, leur taille serrée, et leur jupe qui tombait sans
un pli comme une plaque de zinc, elles offraient une image
singulièrement complète de la jolie Anglaise quand elle est
la plus à son avantage.

— Ce sont ses filles, à coup sûr, fit Dexter Freer tandis
qu'elles s'éloignaient en compagnie de lord Canterville ; et
l'une des deux doit donc être la douce de Jackson Lemon.
Ce doit être la plus grande ; on m'a dit que c'était l'aînée.
Belle fille, de toute évidence.

— Elle détestera tout là-bas, se contenta de faire remarquer Mrs Freer, en réponse à cette gerbe d'hypothèses.

— Tu sais que je ne suis pas de cet avis. Mais même en l'admettant, cela lui ferait du bien d'avoir à s'adapter.

— Elle ne s'adapterait pas.

— On dirait vraiment que tout lui sourit, à la voir perchée sur cette selle, poursuivit Dexter Freer sans prêter attention à la repartie de sa femme.

— Ne dit-on pas qu'ils sont très pauvres ?

— Oui, ils en ont l'air !

Et son regard suivait le distingué trio tandis que, accompagné du palefrenier qui était, à sa façon, aussi distingué que n'importe lequel d'entre eux, les trois cavaliers partaient au petit galop.

L'air était bruissant, mais c'était un bruit sourd et confus et quand, tout près de nos amis, il devint distinct, ce fut sous la forme d'une phrase simple et concise.

— C'est aussi bien que le cirque, n'est-ce pas, Madame ?

Cette phrase correspond à ma description, mais elle perça l'atmosphère plus fortement que tout ce qu'ils avaient entendu récemment. Elle avait été prononcée par un jeune homme qui venait de s'arrêter net dans l'allée, tout au spectacle de ses compatriotes. Il était petit et vigoureux, avec un visage rond et aimable et des cheveux courts et raides auxquels répondait une petite barbe hirsute. Il portait un pardessus croisé mais qui n'était pas boutonné, et sur le sommet de sa tête ronde était juché un chapeau excessivement petit. Il lui allait à l'évidence, mais même un chapelier aurait été en peine de savoir pourquoi. Il avait les mains prises dans des gants neufs, marron foncé, et qui pendaient le long de ses flancs avec un air d'inactivité peu habituel. Il n'arborait ni canne ni parapluie. Il tendit une main à Mrs Freer avec une espèce d'ardeur dont il rougit un peu quand il se rendit compte qu'il en avait fait preuve.

— Oh, Docteur ! fit-elle en lui souriant.

Puis elle répéta à l'intention de son mari : « Le docteur Feeder, chéri ! », sur quoi son mari dit : « Oh, Docteur, comment allez-vous ? » J'ai parlé de ce qui composait son aspect extérieur ; mais notre couple n'en perçut pas les éléments. Ils ne voyaient qu'une chose, son visage délicieux, à la fois simple et intelligent, et d'une bonté sans

réserve. Ils étaient récemment venus en bateau de New
York avec lui et il était clair que c'était un merveilleux
compagnon de voyage. Après quelques instants passés
debout à côté d'eux, il s'empara d'une chaise qui venait de se
libérer à côté de Mrs Freer et s'y assit pour lui raconter ses
impressions sur le parc et lui dire combien il aimait Londres.
Elle qui connaissait tout le monde, elle avait connu de
nombreux membres de la famille du docteur et, tout en
l'écoutant, elle se rappelait la grande contribution qu'ils
avaient apportée à la gloire et à la culture de Cincinnati.
L'horizon social de Mrs Freer englobait aussi cette ville ; elle
avait entretenu des relations presque familières avec plusieurs familles de l'Ohio et elle savait quelle position les
Feeder y occupaient. Cette très nombreuse famille se
ramifiait en une multitude de cousins. Elle-même n'appartenait pas du tout à leur réseau, mais elle aurait su dire qui
l'arrière-grand-père du docteur Feeder avait épousé. Tout le
monde avait en effet entendu parler des bonnes actions des
descendants de ce vénérable ancêtre, descendants qui
étaient généralement médecins, excellents médecins, et
dont le patronyme exprimait de façon assez appropriée les
nombreuses actions charitables. Sidney Feeder dont plusieurs cousins du même nom exerçaient la même activité à
Cincinnati, s'était transporté avec ses ambitions à New York
où, au bout de trois ans, sa clientèle avait commencé à
grossir. Il avait étudié sa profession à Vienne et il était
imprégné de science germanique, au point qu'il lui aurait
suffi de porter des lunettes tout en restant là, assis, à
observer les cavaliers comme si leurs allées et venues
constituaient une démonstration réussie, pour passer sans
difficulté pour un jeune Allemand distingué. Il était venu à
Londres pour participer à un congrès médical qui se
réunissait cette année dans la capitale britannique ; car son
intérêt pour l'art thérapeutique ne se limitait nullement au
soin de ses patients ; il englobait toutes les formes d'expériences, et l'expression de son regard honnête vous aurait
presque réconcilié avec la vivisection. C'était la première
fois qu'il venait dans le parc : il n'avait pas beaucoup de
temps à donner aux expériences sociales. Mais comme il
savait malgré tout que c'était un spectacle très typique, pour

ne pas dire symptomatique, il s'était consciencieusement
réservé une après-midi pour la circonstance. « Quel brillant spectacle ! dit-il à Mrs Freer. Cela me fait regretter
de ne pas avoir de monture. » Bien qu'il ressemblât fort
peu à lord Canterville, il était très bon cavalier.

— Attendez que Jackson Lemon repasse, vous pourrez
l'arrêter et lui demander de vous laisser faire un tour,
suggéra Dexter Freer pour plaisanter.

— Quoi, il est ici ? Je le cherche partout ; j'aimerais le
voir.

— Ne participe-t-il pas à votre congrès ? demanda
Mrs Freer.

— Si, mais pas de façon très régulière. Je crois qu'il
sort beaucoup.

— Je le crois aussi, dit Mr Freer, et s'il n'est pas très
régulier, je crois qu'il a une bonne raison de ne pas
l'être. Une belle raison, une charmante raison, continua-
t-il en se penchant pour regarder l'entrée de l'Allée.
Fichtre, quelle adorable raison !

Le docteur Feeder suivit la direction de son regard et
ne tarda pas à saisir l'allusion. Le petit Jackson Lemon,
monté sur son grand cheval, redescendait à nouveau
l'allée cavalière, en compagnie de l'une des deux jeunes
filles qui étaient apparues de ce côté un bref instant plus
tôt avec lord Canterville. Sa Grâce chevauchait derrière
en conversant avec une autre fille, la cadette. Tout en
avançant, Jackson Lemon tourna les yeux dans la direction de la foule qui se trouvait sous les arbres et ils se
posèrent ainsi par hasard sur les Dexter Freer. Il sourit
et souleva son chapeau de la façon la plus amicale du
monde, si bien que ses trois compagnons se tournèrent
pour voir qui il saluait avec autant de cordialité. Comme
il remettait son chapeau sur la tête, il aperçut le jeune
homme de Cincinnati qu'il n'avait pas vu de prime
abord ; sur quoi il se mit à sourire de plus belle et
adressa à Sidney Feeder un grand geste de salutation qui
fendit l'air, tandis qu'il reprenait un peu de rênes une
seconde, comme s'il s'attendait à moitié à ce que le
docteur vînt lui parler. Mais le voyant en compagnie de
gens qu'il ne connaissait pas, Sidney Feeder resta distant,

se contentant de le fixer un peu du regard pendant qu'il s'éloignait.

Ce n'est pas un secret pour nous que, à cet instant précis, la jeune femme aux côtés de laquelle il chevauchait lui demanda, sur un ton assez familier :

— Qui sont ces gens que vous avez salués ?

— De vieux amis à moi, des Américains, répondit Jackson Lemon.

— Bien sûr des Américains ; il n'y a plus que cela de nos jours.

— Eh oui, notre tour arrive ! répliqua le jeune homme en riant.

— Mais cela ne me dit pas qui ils sont, poursuivit sa compagne. C'est si difficile de savoir qui sont les Américains, ajouta-t-elle avant qu'il n'ait eu le temps de lui répondre.

— Dexter Freer et sa femme : il n'y a rien de difficile à cela ; tout le monde les connaît.

— Je n'ai jamais entendu parler d'eux, dit la jeune Anglaise.

— C'est bien votre faute ; je vous assure que tout le monde les connaît.

— Est-ce que tout le monde connaît aussi le petit homme au visage gras à qui vous avez envoyé un baiser ?

— Je ne lui ai pas envoyé de baiser, mais je l'aurais fait si j'y avais pensé. C'est un de mes très bons copains : nous étions étudiants ensemble, à Vienne.

— Et il s'appelle comment, lui ?

— Le docteur Feeder.

La compagne de Jackson Lemon resta silencieuse un moment, avant de s'enquérir :

— Est-ce que tous vos amis sont médecins ?

— Non, j'en ai qui font autre chose.

— Ils font tous quelque chose ?

— La plupart, oui, à l'exception de deux ou trois, comme Dexter Freer.

— Dexter Freer ? J'avais compris docteur Freer.

Le jeune homme se mit à rire.

— Vous avez mal entendu. Vous êtes obsédée par les médecins, lady Barb.

— Voilà qui me réjouit, dit lady Barb en lâchant la bride
à son cheval qui s'élança en avant.

— C'est vrai, elle est très belle, sa raison, commenta le
docteur Feeder, assis sur les arbres.

— Est-ce qu'il compte l'épouser ? demanda Mrs Freer.

— L'épouser ? J'espère que non.

— Et pourquoi non ?

— Parce que je ne sais rien d'elle. Je veux savoir quelque
chose de la femme que cet homme-là épousera.

— Je suppose que vous aimeriez qu'il épouse une femme
de Cincinnati, répliqua Mrs Freer d'un ton badin.

— Non, je ne suis pas difficile sur l'endroit, mais je veux
d'abord la connaître, dit le docteur Feeder avec beaucoup
de force.

— Nous espérions que vous sauriez tout sur la question,
fit Mr Freer.

— Non, je ne l'ai pas suivi sur ce terrain.

— Nous savons par une douzaine de personnes qu'il ne
l'a pas quittée du mois et, en Angleterre, ce genre de chose
est censé avoir un sens. Il ne vous a pas parlé d'elle quand
vous vous êtes vus ?

— Non, il ne m'a parlé que du dernier traitement de la
méningite cérébro-spinale. Il s'intéresse beaucoup à la
méningite cérébro-spinale.

— Je me demande s'il en discute avec lady Barb, dit
Mrs Freer.

— Qui est-ce d'ailleurs ? demanda le jeune homme.

— Lady Barberina Clement ?

— Et qui est lady Barberina Clement ?

— La fille de lord Canterville.

— Et qui est lord Canterville ?

— C'est Dexter qui va vous expliquer cela, dit Mrs Freer.

Et Dexter se mit donc en devoir de lui expliquer que le
marquis de Canterville avait été, en son temps, un grand
aristocrate chasseur et un des fleurons de la société
anglaise, et qu'il avait à plusieurs reprises occupé des
postes importants dans la maison de sa Majesté. Dexter
Freer savait tout : il savait que sa Seigneurie avait épousé
une des filles de lord Treherne, femme très sérieuse,
intelligente et belle, qui lui avait fait pardonner les folies de

sa jeunesse et qui lui avait donné rapidement une douzaine de petits locataires pour les chambres d'enfants de Pasterns, tel étant, comme Mr Freer le savait aussi, le nom de la principale résidence des Canterville. Le marquis était conservateur, mais un conservateur très libéral, et jouissait d'une grande popularité dans la société en général ; bienveillant, de belle allure, sachant se montrer aimable tout en restant grand seigneur, assez intelligent pour prononcer un discours à l'occasion, son nom était largement associé aux bonnes vieilles activités anglaises ainsi qu'à un grand nombre d'innovations progressistes : nettoyage des sols, ouverture des musées le dimanche, multiplication des cafés et les toutes dernières idées de réforme sanitaire. Il était contre l'extension du droit de vote, mais il était positivement obsédé par les égouts. On avait dit de lui, au moins une fois (et je crois que cela avait été imprimé), que c'était exactement le type d'homme qui pouvait donner à croire aux gens que l'aristocratie britannique était encore une force vive. Il n'était pas très riche, malheureusement pour un homme chargé d'illustrer de telles vérités, et sur ses douze enfants il n'y avait pas moins de sept filles. Lady Barberina, l'amie de Jackson Lemon, était la seconde ; l'aînée avait épousé lord Beauchemin. Mr Freer avait parfaitement épinglé la façon dont on prononçait son nom et il l'appelait lord Bitume. Lady Louisa s'en était bien tirée car son mari était très riche, et ce qu'elle lui avait apporté ne méritait même pas d'être mentionné ; mais on pouvait difficilement s'attendre à ce que les autres fissent aussi bien. Par bonheur, les cadettes étaient encore à l'école et d'ici à ce qu'elles en sortent, lady Canterville, qui était une femme de ressources, aurait casé les deux filles qui étaient déjà entrées dans le monde. C'était la première saison de lady Agatha ; elle n'était pas aussi jolie que sa sœur mais on la jugeait plus intelligente. Une demidouzaine de personnes lui avaient dit que Jackson Lemon passait beaucoup de temps chez les Canterville. On le croyait immensément riche.

— Et il l'est, dit Sidney Feeder qui avait écouté le petit récit de Mr Freer avec attention, voire avec empressement, mais avec l'air de ne pas très bien comprendre.

— Sans doute, mais probablement pas autant qu'ils le croient.

— Est-ce qu'ils ont besoin d'argent ? Est-ce qu'ils en recherchent ?

— Vous allez droit à l'essentiel, murmura Mrs Freer.

— Je n'en ai pas la moindre idée, dit son mari. C'est lui-même un excellent garçon.

— Oui, mais il est médecin, fit remarquer Mrs Freer.

— Qu'ont-ils à objecter à cela ? demanda Sidney Feeder.

— C'est que, dans ce pays, voyez-vous, les médecins sont des gens que l'on n'invite que pour faire des ordonnances, dit Dexter Freer. Ce n'est pas une profession qui soit... ce que l'on appellerait aristocratique.

— Ma foi, je n'en sais rien, et je ne crois pas avoir envie de le savoir. Qu'entendez-vous par aristocratique ? Quelle profession l'est ? Ce serait une curieuse profession. Bien des gens du congrès sont tout à fait charmants.

— J'aime beaucoup les médecins, dit Mrs Freer. Mon père l'était. Mais ils n'épousent pas des filles de marquis.

— Je ne crois pas que Jackson ait envie d'en épouser une.

— Il est très possible que non, les gens sont de tels ânes, dit Dexter Freer. Mais il faudra qu'il prenne une décision. J'aimerais que vous vous informiez, à propos. C'est en votre pouvoir, si vous le voulez.

— Je le lui demanderai certainement, au congrès ; je peux tout à fait faire cela. Il faut bien qu'il épouse quelqu'un, j'imagine, ajouta Sidney Feeder au bout d'un moment, et c'est peut-être une gentille fille.

— On dit qu'elle est charmante.

— Dans ce cas, très bien ; il n'a rien à y perdre. Je dois dire toutefois que je ne suis pas sûr de beaucoup aimer toutes ces histoires à propos de la famille.

— Ce que je vous ai raconté ? C'est tout à leur honneur et à leur gloire.

— Sont-ils vraiment honorables ? Ils font penser à des personnages de Thackeray.

— Oh, si Thackeray avait pu traiter cela ! s'exclama Mrs Freer avec conviction.

— Vous voulez parler de ce spectacle ? demanda le jeune homme.

— Non, du mariage d'une aristocrate anglaise avec un médecin américain. Cela aurait été un sujet pour Thackeray.

— Tu vois que tu le souhaites, ma chérie, dit Dexter Freer tranquillement.

— Je le souhaite comme histoire, pas pour le docteur Lemon.

— Continue-t-il à se faire appeler « docteur » ? demanda Mr Freer au jeune Feeder.

— Je crois que oui ; c'est ainsi que je l'appelle. C'est vrai qu'il n'exerce pas, mais quand on est docteur, c'est pour la vie.

— Voilà de la théorie pour lady Barb !

Sidney Feeder la dévisagea :

— Est-ce qu'elle n'a pas un titre elle aussi ? Qu'espère-t-elle qu'il soit ? Président des États-Unis ? C'est quelqu'un de très capable ; il aurait pu être une des sommités de sa profession. Quand j'y pense, j'ai envie de blasphémer. Pourquoi diable son père a-t-il voulu gagner tout cet argent ?

— Ils trouvent certainement curieux de voir un « homme de l'art » à la tête de six ou huit millions, fit observer Mr Freer.

— Ils en parlent comme des Peaux-Rouges parleraient de « l'homme-médecine », dit sa femme.

— Enfin, déclara Sidney Feeder, ils ont ici des médecins qui gagnent d'immenses fortunes.

— Est-ce que la reine ne pourrait pas le faire baron ? suggéra Mrs Freer.

— Oui, il deviendrait aristocrate alors, dit le jeune homme. Mais je ne vois pas ce qui pourrait lui donner envie de se marier ici ; cela me semble bien extravagant pour lui. Cela dit, s'il est heureux, je n'y vois pas de difficulté. Je l'aime beaucoup ; il est bourré de talents. Sans son père, il serait devenu un merveilleux médecin. Mais, comme je l'ai dit, il s'intéresse beaucoup à la recherche médicale, et je crois qu'il veut l'aider autant qu'il le peut, grâce à sa fortune. Il continuera toujours de faire des recherches. Il est convaincu que nous savons quelque chose et il est

déterminé à ce que nous sachions davantage. J'espère
qu'elle ne lui mettra pas de bâtons dans les roues, la
jeune marquise — est-ce bien son titre? — Et j'espère
que ce sont vraiment des gens bien. Il a le devoir de se
rendre très utile. J'aimerais être bien informé sur la
famille dans laquelle j'entrerai.

— Quand il est venu vers nous, il m'a donné l'impression d'en savoir pas mal sur les Clement, dit Dexter Freer
en se levant sur la suggestion de sa femme qui pensait
qu'il était temps de partir. Et il semblait ravi de ce qu'il
savait. Les voilà qui arrivent, de l'autre côté. Est-ce que
vous partez avec nous ou est-ce que vous restez?

— Arrêtez-le, posez-lui la question, et venez nous
raconter la réponse, Jermyn Street.

Telle fut l'injonction que Mrs Freer lança à Sidney
Feeder en s'en allant.

— Il devrait venir en personne, vous le lui direz,
ajouta son mari.

« Je crois que je vais rester », fit le jeune homme,
tandis que ses compagnons se fondaient dans la foule qui
se dirigeait maintenant vers les grilles. Il alla se mettre
debout contre la barrière et il vit le docteur Lemon et ses
amis arrêter leurs montures à l'entrée de l'Allée, où ils
s'apprêtaient apparemment à se séparer. La séparation
prit un certain temps et commença à intéresser Sidney
Feeder. Lord Canterville et sa cadette s'attardaient à
bavarder avec deux messieurs, eux aussi à cheval, qui
regardaient beaucoup les jambes du cheval de lady Agatha. Jackson Lemon et lady Barberina étaient face à
face, tout près l'un de l'autre; légèrement penchée en
avant, la jeune femme caressait l'encolure brillante du
bai qui était à sa hauteur. De loin, on avait l'impression
qu'il parlait et qu'elle écoutait sans rien dire. « C'est sûr,
il lui fait la cour », pensa Sidney Feeder. Soudain, son
père fit demi-tour pour s'éloigner vers la sortie du parc,
et elle le rejoignit et disparut tandis que le docteur
Lemon revenait à nouveau sur la gauche, comme pour
un dernier galop. Il n'était pas allé loin quand il aperçut
son confrère qui l'attendait à la barrière, et il refit le
geste que lady Barberina avait désigné du nom du baiser,

bien qu'il n'eût pas du tout ce sens aux yeux de son ami, je dois l'ajouter. Quand il arriva à l'endroit où se tenait Feeder, il arrêta sa monture.

— Si j'avais su que tu venais ici, je t'aurais donné un cheval, dit-il.

Sa personne ne dégageait pas cette impression de richesse et de distinction qui donnait à lord Canterville l'éclat d'un tableau ; mais assis là, à califourchon, ses petites jambes pointant vers l'extérieur, il avait l'air en pleine forme, vif et heureux, arborant à sa façon l'allure d'un favori du destin. Il avait le visage étroit, aigu, délicat, un nez au dessin impeccable, l'œil rapide, avec quelque chose d'un tout petit peu dur dans le regard, et une petite moustache à laquelle il accordait beaucoup de soins. Il n'avait rien de frappant, mais il était très assuré, et il était facile de voir que c'était quelqu'un de très déterminé.

— Combien de chevaux as-tu ? Une quarantaine ? s'enquit son compatriote en réponse à son salut.

— Environ cinq cents, dit Jackson Lemon.

— C'est toi qui as fourni les chevaux de tes amis, les trois qui étaient avec toi ?

— Leur fournir des chevaux ? Ils ont les meilleurs d'Angleterre.

— C'est eux qui t'ont vendu celui-ci ? continua-t-il sur le même ton blagueur.

— Que penses-tu de lui ? demanda son ami, sans daigner répondre à sa question.

— Que c'est un horrible vieux bidet ; je m'étonne qu'il puisse te porter.

— Où as-tu acheté ton chapeau ? demanda le docteur Lemon en retour.

— Il vient de New York. Qu'est-ce qu'il a ?

— Il est très beau. Je regrette de ne pas en avoir acheté un pareil.

— C'est la tête qui compte, pas le chapeau. Je ne dis pas dans ton cas, mais dans le mien. Il y a quelque chose de très profond dans ta question ; il faut que j'y réfléchisse.

— Surtout pas, dit Jackson Lemon ; tu n'en toucheras jamais le fond. Tu t'amuses bien ?

— Merveilleusement ! Tu es venu aujourd'hui ?

— Chez les médecins ? Non, j'ai eu une foule de choses à faire.

— Nous avons eu une discussion très intéressante. Je suis intervenu plusieurs fois.

— Tu aurais dû me prévenir. C'était sur quoi ?

— Sur les mariages interraciaux, du point de vue...

Sidney Feeder s'arrêta un moment, occupé à essayer de gratter le bout du nez du cheval de son ami.

— Du point de vue de la descendance, j'imagine ?

— Pas du tout ; du point de vue des vieux amis.

— Au diable les vieux amis, s'exclama le docteur Lemon avec une grossièreté blagueuse.

— C'est vrai que tu vas épouser une jeune marquise ?

Le visage du jeune cavalier sembla se raidir un tout petit peu et il regarda fixement le docteur Feeder.

— Qui t'a dit cela ?

— Mr et Mrs Freer, que je viens de rencontrer.

— Que Mr et Mrs Freer aillent se faire pendre. Et qui le leur a dit ?

— Plein de gens ; je ne sais pas qui.

— Mon Dieu, quels commérages ! s'écria Jackson Lemon, avec une certaine irritation.

— Je vois bien que c'est vrai, à la façon dont tu dis cela.

— Est-ce que Freer et sa femme le croient ? poursuivit Jackson Lemon avec impatience.

— Ils désirent que tu ailles les voir : tu pourras te faire une opinion par toi-même.

— J'irai les voir, et je leur dirai de se mêler de ce qui les regarde.

— Ils habitent Jermyn Street ; j'ai oublié le numéro. Je suis navré que la marquise ne soit pas américaine, continua Sidney Feeder.

— Elle le serait si je l'épousais, dit son ami. Mais je ne vois pas ce que cela peut te faire.

— Elle regardera de haut notre profession ; et cela ne me plaît pas chez ta femme.

— J'en serai plus affecté que toi.

— C'est donc bien vrai, s'écria Feeder, en levant les yeux vers son ami d'un air plus grave.

— Elle ne regardera rien de haut, je suis prêt à en répondre.

— Tu n'en auras rien à faire ; tu es en dehors de tout cela maintenant.

— Absolument pas, et j'ai l'intention de m'y mettre très sérieusement.

— Je le croirai quand je le verrai, dit Sidney Feeder, qui n'était pas vraiment incrédule, mais qui jugeait prudent d'adopter ce ton. Je ne crois pas que tu aies le droit de travailler : il n'y a pas de raison pour que tu aies tout ; tu dois nous laisser le champ libre. Tu dois payer le prix de ta richesse. Tu aurais été célèbre si tu avais continué à exercer, plus célèbre que quiconque. Mais tu ne le seras plus maintenant, ce n'est plus possible. Quelqu'un d'autre le sera à ta place.

Jackson Lemon écoutait cela sans croiser le regard de son interlocuteur ; mais ce n'était pas comme s'il cherchait à l'éviter, mais comme si l'étendue de l'allée cavalière, de plus en plus dégagée maintenant, l'appelait et rendait le discours de son compagnon un peu importun. Il répondit cependant avec calme et gentillesse : « J'espère que ce sera toi », et il s'inclina devant une cavalière qui le doublait.

— C'est très probable. J'espère que je te mets mal à l'aise : c'est ce que j'essaye de faire.

— Oh, horriblement mal à l'aise, s'écria Jackson Lemon ; d'autant plus que je ne suis pas fiancé le moins du monde.

— C'est bien. Tu passeras demain ? continua le docteur Feeder.

— J'essayerai, cher ami, mais je ne peux rien promettre. Salut !

— De toute façon, tu es perdu ! s'écria Sidney Feeder tandis que l'autre s'éloignait.

2

C'était lady Marmaduke, la femme de sir Henry Marmaduke, qui avait présenté Jackson Lemon à lady Beauchemin ; après quoi lady Beauchemin lui avait fait connaître sa
mère et ses sœurs. Lady Marmaduke venait, elle aussi, de
l'autre côté de l'Atlantique : elle avait été ce que son baron
de mari avait rapporté de plus durable d'une visite aux
États-Unis. A présent, dix ans plus tard, elle connaissait mieux son Londres qu'elle n'avait jamais connu son
New York, si bien qu'il lui avait été facile d'assumer, selon
ses propres termes, le rôle de marraine sociale de Jackson
Lemon. Elle avait des idées pour sa carrière, idées qui
entraient dans un projet social que j'aurais plaisir à exposer
au lecteur dans toute son ampleur si j'avais la place de le
faire. Elle souhaitait ajouter une arche ou deux au pont sur
lequel elle avait traversé l'océan, et elle était convaincue
que Jackson Lemon pouvait lui en fournir les pierres. Ce
pont, qui n'était encore qu'une frêle esquisse, elle le voyait
dans l'avenir s'élancer fièrement de pile en pile. Il fallait
qu'il soit à double sens, la réciprocité étant la clé de voûte
du système de lady Marmaduke. Elle était convaincue
qu'on se dirigeait inévitablement vers une fusion, et que les
premiers qui comprendraient la situation en tireraient le
meilleur parti. La première fois que Jackson Lemon dîna
avec elle, il rencontra lady Beauchemin qui était sa
meilleure amie. Lady Beauchemin se montra remarquablement aimable : elle l'invita à venir la voir d'un air
apparemment sincère. Il se présenta chez elle et, dans son
salon, il fit la connaissance de sa mère, qui se trouvait lui
rendre visite au même moment. Lady Canterville, ne
manifestant pas moins d'amitié que sa fille, l'invita à venir
passer la semaine de Pâques à Pasterns ; et avant qu'un
mois ne se fût écoulé, il avait le sentiment que, s'il n'était
pas reçu en intime dans toutes les maisons de Londres, la
porte de la maison Clement lui était assez souvent ouverte.

C'était un très heureux coup du sort car elle s'ouvrait
toujours sur une image charmante. Sa population appartenait à une race florissante et belle, et leur intérieur fleurait
bon le confort d'autrefois. Ce n'était pas la splendeur de
New York (tel que New York avait récemment commencé
à apparaître au jeune homme) mais une splendeur à
laquelle le temps avait apporté un élément qui ne pouvait
s'acheter. Il avait lui-même beaucoup d'argent, et la
fortune est une bonne chose, même si elle est récente ; mais
les vieilles fortunes sont les meilleures. Même une fois qu'il
eut appris que la fortune de lord Canterville était plus
ancienne que grosse, ce fut à la patine de son or qu'il
continua d'être sensible. C'était lady Beauchemin qui lui
avait dit, entre autres nombreuses choses surprenantes
(surprenantes en elles-mêmes ou surprenantes quand elles
venaient d'elle) que son père n'était pas riche. Cela le
frappa une nouvelle fois le soir du jour de sa rencontre avec
Sidney Feeder dans le parc. Il avait dîné en ville en
compagnie de lady Beauchemin et comme, après le dîner,
elle se trouvait seule (son mari était allé écouter un débat),
elle lui proposa de « l'emmener dans sa tournée ». Elle
avait plusieurs soirées et il allait certainement à quelques-
unes d'entre elles. Ils comparèrent leurs invitations et il fut
décidé qu'ils iraient ensemble chez les Trumpington chez
qui, à onze heures du soir, le monde entier semblait se
rendre aussi, tant l'accès à leur maison était encombré de
voitures sur près d'un kilomètre. C'était une nuit lourde et
humide ; la calèche de lady Beauchemin qui avait pris sa
place dans la queue resta immobilisée longtemps à plusieurs reprises. Assis dans son coin à côté d'elle, Jackson
Lemon, passablement oppressé par la chaleur, regardait
par la fenêtre le trottoir humide et gras, incendié sur une
grande distance, par les lumières violentes d'un pub. Mais
lady Beauchemin ne s'impatientait pas parce qu'elle avait
quelque chose en tête et qu'elle avait maintenant l'occasion
de dire ce qu'elle voulait dire.

— L'aimez-vous vraiment ? furent ses premiers mots.

— Je pense que oui, répondit Jackson Lemon, comme
s'il ne se sentait pas tenu d'être sérieux.

Lady Beauchemin le regarda un moment en silence ; il

sentit le poids de son regard et, tournant les yeux vers elle, il vit son visage à moitié éclairé par la lumière d'un réverbère. Elle n'était pas aussi jolie que lady Barberina ; il y avait quelque chose d'aigu dans son expression ; ses cheveux, très clairs et merveilleusement frisés, lui couvraient presque les yeux dont l'expression était cependant visible dans l'obscurité, ainsi que son nez pointu et l'éclat de plusieurs diamants.

— Vous n'avez pas l'air de vous rendre compte, fit-elle alors remarquer. Je n'ai jamais vu un homme dans une situation aussi bizarre.

— Vous me brusquez un peu ; il me faut le temps d'y réfléchir, poursuivit le jeune homme. Dans mon pays, on nous donne beaucoup de temps, vous savez.

Il avait plusieurs petites bizarreries d'expression, dont il était parfaitement conscient, et qu'il trouvait commodes de conserver, car elles le protégeaient dans une société où un Américain isolé courait certains risques ; elles lui procuraient un avantage en contrepartie de certains inconvénients. Il avait très peu d'américanismes instinctifs, mais le fait de commettre à l'occasion un américanisme choisi avec discernement lui permettait de se donner l'air plus primaire qu'il ne l'était en réalité, et il avait ses raisons de souhaiter produire cette impression. Primaire, il ne l'était pas ; il était subtil, circonspect, sagace et parfaitement conscient qu'il risquait de commettre des erreurs. Il courait le danger d'en commettre une à présent, et d'une immense gravité. Il était seulement déterminé à réussir. Et il est vrai que, pour une grande réussite, il était prêt à prendre certains risques ; mais il fallait peser ces risques, et il gagnait du temps en multipliant les hypothèses et en parlant de son pays.

— Vous pouvez bien prendre dix ans si vous le voulez, dit lady Beauchemin. Je ne suis absolument pas pressée de faire de vous mon beau-frère. Mais rappelez-vous seulement que c'est vous qui m'avez parlé le premier.

— Qu'ai-je dit ?

— Vous m'avez déclaré que lady Barberina était la fille la mieux que vous ayez rencontrée en Angleterre.

— Oh, je suis prêt à le répéter, j'aime son genre de fille.

— J'espère bien !

— Je l'aime beaucoup, avec tout ce qu'elle a de spécial.

— Qu'entendez-vous par spécial ?

— Disons qu'elle a des idées spéciales, répondit Jackson Lemon, sur un ton extrêmement doux et modéré ; et elle a une façon spéciale de parler.

— Ah, vous ne pouvez pas espérer que nous parlions tous aussi bien que vous ! s'écria lady Beauchemin.

— Je ne vois pas pourquoi ; il y a des choses que vous faites infiniment mieux.

— Quoi qu'il en soit, nous avons nos façons d'agir, et nous considérons que ce sont les meilleures du monde. L'une d'entre elles consiste à ne pas laisser un monsieur se consacrer à une jeune fille pendant trois ou quatre mois sans un certain sens de ses responsabilités. Si vous n'avez pas envie d'épouser ma sœur, il vaudrait mieux vous en aller.

— Il vaudrait mieux que je ne sois jamais venu, dit Jackson Lemon.

— Je peux difficilement vous rejoindre là-dessus, car cela m'aurait privée du plaisir de vous connaître.

— Cela vous aurait épargné une obligation qui vous est très déplaisante.

— Celle de vous questionner sur vos intentions ? Elle ne me déplaît pas du tout : je la trouve extrêmement distrayante.

— Aimeriez-vous que votre sœur m'épouse ? demanda Jackson Lemon avec une grande simplicité.

S'il espérait prendre lady Beauchemin par surprise, il fut déçu, car elle était tout à fait prête à s'engager :

— J'aimerais beaucoup. Je pense que la société anglaise et la société américaine ne devraient en faire qu'une, je parle des élites, un grand tout.

— Me permettrez-vous de vous demander si c'est lady Marmaduke qui vous a suggéré cela ?

— Nous en avons souvent parlé.

— Oh oui, c'est le but qu'elle poursuit.

— Eh bien, c'est aussi le mien. Je crois qu'il y a beaucoup à faire.

— Et vous voudriez que ce soit moi qui le fasse ?

— Qui commence, pour être précis. Ne croyez-vous pas

que nous devrions nous voir davantage ? Je parle des élites
des deux pays.

Jackson Lemon se tut un moment :

— J'avoue ne pas avoir d'idée générale sur la question.
Si je devais épouser une Anglaise, ce ne serait pas pour le
bien de l'espèce.

— En tout cas, nous avons besoin de nous mélanger un
peu, cela, j'en suis sûre, dit lady Beauchemin.

— Cette idée-là vient certainement de lady Marmaduke.

— Vous êtes épuisant, à refuser d'être sérieux ! Mais
mon père vous obligera bien à l'être, poursuivit lady
Beauchemin. Autant que je vous dise qu'il compte vous
interroger sur vos intentions d'ici un jour ou deux. C'est
tout ce que je voulais vous dire. Je pense qu'il vaut mieux
que vous y soyez préparé.

— Je vous suis très obligé ; lord Canterville a tout à fait
raison.

Il y avait quelque chose de vraiment incompréhensible
pour lady Beauchemin chez ce petit médecin américain,
dont elle s'était occupée pour des raisons de stratégie
générale et qui, tout en étant censé avoir enterré sa
profession, n'était ni beau ni distingué, et qui se contentait
d'être immensément riche et très original, car ce n'était pas
quelqu'un d'insignifiant. Il était incompréhensible, pour
commencer, qu'un homme de l'art fût si riche, ou que
quelqu'un de si riche fût homme de l'art ; au regard d'une
personne que satisfaisait toujours le spectacle de la norma-
lité, c'était même très irritant. Jackson Lemon eût été
mieux placé que quiconque pour donner une explication,
mais c'était un genre d'explication assez difficile à demander. Il y avait d'autres choses : sa manière désinvolte
d'accepter certaines situations ; son peu de goût pour les
explications ; sa façon de s'abriter derrière des plaisanteries
qui n'avaient parfois même pas le mérite d'être américaines ; à quoi s'ajoutait sa façon de se donner des allures
de soupirant sans rien briguer cependant. Toutefois, lady
Beauchemin était, de la même façon que Jackson Lemon,
prête à prendre certains risques. Sa réserve faisait de lui un
personnage insaisissable, mais seulement quand on le
brusquait. Elle se flattait de savoir manier les gens avec

délicatesse. « On peut compter sur mon père pour qu'il agisse avec un tact parfait, dit-elle. Bien entendu, si vous n'avez pas envie d'être interrogé, vous pouvez quitter Londres. » Elle donnait l'impression d'avoir vraiment envie de lui faciliter les choses.

— Je n'ai aucune envie de quitter Londres ; je m'y amuse beaucoup trop, répondit son compagnon. Et votre père ne serait-il pas en droit de me demander ce que signifierait ce comportement ?

Lady Beauchemin hésita ; elle était un peu perplexe. Mais l'instant d'après elle s'exclama : « Il est incapable de dire quoi que ce soit de vulgaire ! »

Elle n'avait pas vraiment répondu à sa question et il en était bien conscient ; mais ce fut très spontanément que, quelques instants plus tard, tandis qu'il la guidait du coupé à la bande de tapis qui, entre une maigre bordure de toile rayée et une double rangée de valets, de policiers et de badauds miteux des deux sexes, s'étendait du bord du trottoir jusqu'au portail des Trumpington, il lui dit : « Il va de soi que je n'attendrai pas que lord Canterville me parle. »

Il s'était attendu à ce que lady Beauchemin lui annonçât quelque chose de ce genre, et il jugeait que son père ne faisait que son devoir. Il savait qu'il convenait qu'il eût une réponse de prête pour lord Canterville, et il s'étonnait de ne pas avoir encore envisagé le problème. La question que lui avait posée Sidney Feeder dans le parc l'avait pris à brûle-pourpoint ; c'était la première fois qu'il était fait allusion à la possibilité de son mariage, si l'on mettait à part lady Beauchemin. Aucun membre de sa famille n'était à Londres ; son indépendance était parfaite, et même si sa mère avait été dans les environs, il n'aurait pas pu la consulter sur cette question. Il l'aimait tendrement, plus qu'il n'aimait qui que ce fût ; mais ce n'était pas une femme à consulter car elle approuvait tout ce qu'il faisait : telle était sa règle de conduite. Il avait pris garde de ne pas paraître trop sérieux au cours de sa conversation avec lady Beauchemin, mais c'était avec le plus grand sérieux qu'il examinait la question dans son for intérieur, activité à laquelle il continua de se livrer pendant la demi-heure qui suivit, malgré les distractions, tandis qu'il se faufilait

lentement, à travers la cohue, dans le salon de Mrs Trumpington. Au bout de cette demi-heure il s'en alla et, devant
la porte, il trouva lady Beauchemin, dont il s'était séparé
en entrant dans la maison et qui, accompagnée cette fois
d'une personne de son sexe, attendait sa voiture pour
continuer sa « tournée ». Il lui offrit le bras jusqu'à la rue
et, tandis qu'elle montait dans son véhicule, elle lui répéta
qu'elle aimerait qu'il quittât Londres quelques jours.

— Mais qui, dans ce cas, me dirait ce que je dois faire ?
lui demanda-t-il en guise de réponse, en la regardant par la
fenêtre.

Elle pouvait bien lui dire ce qu'il devait faire, il ne s'en
sentait pas moins libre ; et il était déterminé à ce qu'il
continuât d'en être ainsi. Pour se le prouver à soi-même, il
sauta dans un cabriolet et se fit reconduire à son hôtel de
Brook Street, au lieu de se diriger vers la demeure aux
fenêtres vivement éclairées de Portland Place, où il savait
que lady Canterville et ses filles se trouveraient après
minuit. Il en avait été question avec lady Barberina au
cours de leur promenade à cheval, et il était probable
qu'elle s'attendait à l'y voir ; mais ne pas y aller lui faisait
éprouver sa liberté, et c'était une chose qu'il aimait. Il avait
conscience que, pour l'éprouver à la perfection, il vaudrait
mieux qu'il se mît au lit, mais il n'en fit rien : il n'ôta même
pas son chapeau. Il arpenta son salon dans tous les sens, cet
accessoire juché sur la tête, complètement rejeté en
arrière, et les mains dans les poches. Il y avait de nombreux
cartons glissés dans le cadre du miroir qui surmontait sa
cheminée et, chaque fois qu'il passait devant, il avait
l'impression de lire ce qui était écrit sur l'un d'entre eux : le
nom de la maîtresse de maison de Portland Place, le sien et,
dans le coin inférieur gauche : « Petit bal. » Le moment
était évidemment venu de se décider : il le ferait avant le
lendemain, se disait-il en arpentant la pièce et, en fonction
de cette décision, soit il parlerait à lord Canterville, soit il
prendrait l'express de nuit en direction de Paris. Il valait
mieux en attendant qu'il ne vît pas lady Barberina. Il lui
sautait aux yeux, en s'arrêtant de temps à autre et en
regardant confusément le carton qui était sur la cheminée,
qu'il était allé joliment loin ; et s'il était allé si loin, c'était

parce qu'il était sous le charme... Oui, il était amoureux de
lady Barb. Il n'y avait pas le moindre doute là-dessus ; il
avait un bon diagnostic et il savait parfaitement bien ce
qu'il avait. Il ne perdit pas de temps à rêvasser sur le
mystère de cette passion, à se demander s'il aurait pu
l'éviter en se montrant un peu vigilant dans les premiers
temps, ni si elle mourrait pour peu qu'il prît ses distances. Il
l'accepta sans détour, rien que pour le plaisir qu'elle lui
procurait (cette fille était le ravissement de ses yeux), et il
se contenta d'essayer de voir si un tel mariage cadrerait
avec l'ensemble de sa situation. Cela ne découlait pas
nécessairement du seul fait qu'il fût amoureux ; il y avait
trop d'autres facteurs en cause. Le plus important était le
changement qui en résulterait dans la situation non seulement géographique mais aussi sociale de sa femme, et la
nécessité pour lui de réviser ses propres relations avec les
choses. Il n'était pas porté sur les révisions, et pourquoi
l'aurait-il été ? Sa situation à lui était, à tant d'égards, si
enviable. Mais cette jeune fille était une tentation presque
irrésistible, car elle satisfaisait en lui l'imagination de
l'amoureux autant que celle de l'étudiant de l'organisme
humain ; elle était si épanouie, si achevée, d'un type que
l'on rencontre si rarement à ce degré de perfection.
Jackson Lemon n'était pas anglomane, mais il admirait les
caractéristiques physiques des Anglais : leur teint, leur
tempérament, leur étoffe ; et lady Barberina ramassait
merveilleusement tous ces éléments sous une forme souple
et virginale. Il y avait quelque chose de simple et de robuste
dans sa beauté : elle avait la tranquillité d'une antique
statue grecque, sans la vulgarité des simagrées modernes
ou de la joliesse contemporaine. Elle avait une tête
d'antique, et bien que sa conversation appartînt tout à fait
au présent, Jackson Lemon s'était dit qu'il y avait certainement dans cette âme une sincérité primitive qui répondait à
la forme de son visage. Il la voyait telle qu'elle deviendrait
peut-être, mère splendide de splendides enfants qui porte-
raient de façon éclatante la marque de la race. Il ne lui
déplairait pas que ses enfants fussent racés, et il n'était pas
sans se rendre compte qu'il devait prendre ses précautions
en conséquence. Il y avait beaucoup de gens racés en

Angleterre, et il prenait plaisir à le voir, surtout du fait que
personne ne l'était de façon aussi incontestable que la
seconde fille de lord Canterville. Ce serait un luxe immense
que d'avoir une telle femme à soi, rien ne pouvait être plus
évident, car le fait qu'elle ne fût pas remarquablement
intelligente n'avait aucune importance. Une intelligence
remarquable n'avait rien à voir avec l'harmonie des formes
ni avec le teint anglais, mais plutôt avec les simagrées
modernes, résultat de la nervosité moderne. Si Jackson
Lemon avait voulu une femme nerveuse, il aurait bien
entendu pu la trouver chez lui, mais cette grande belle fille,
dont le caractère comme la silhouette semblaient avoir été
façonnés essentiellement par les chevauchées à travers la
campagne, était constituée autrement. Quoi qu'il en fût,
était-ce « une bonne chose », comme on disait ici, de
l'épouser et de la transplanter à New York ? Il revenait à
cette question avec une insistance qui aurait mis la patience
de lady Beauchemin à rude épreuve, si elle en avait été
témoin. Elle avait été plus d'une fois énervée de voir qu'il
semblait s'attacher exclusivement à cet aspect du dilemme,
comme s'il était possible que ce ne fût pas une bonne chose
pour un petit médecin américain que d'épouser la fille d'un
pair d'Angleterre. Il eût été plus convenable, aux yeux de
sa Grâce, qu'il eût moins de doutes à ce sujet, et plus à
celui du consentement de la famille de sa Grâce, ou plutôt
de leurs Grâces. Leurs points de vue sur la question étaient
si différents ! Jackson Lemon pensait que, dût-il épouser
lady Barberina Clement, ce serait pour sa convenance à lui
et non pour celle de ses futures belles-sœurs. Il était
persuadé d'agir en tout selon sa volonté propre, faculté
pour laquelle il avait le plus grand respect.

Toutefois, on aurait pu penser, dans les circonstances
présentes, que cette faculté avait quelques faiblesses car,
bien qu'il fût rentré chez lui pour se mettre au lit, quand
minuit et demi sonna, ce ne fut pas sur sa couche qu'il se
jeta, mais dans un cabriolet appelé par le portier de son
hôtel et qui l'emporta à grand fracas vers Portland Place. Il
y vit le spectacle, dans une grande maison, d'un rassemble-
ment de trois cents personnes et d'un orchestre dissimulé
sous une tonnelle d'azalées. Lady Canterville n'était pas

arrivée : il erra à travers les diverses pièces pour s'en
assurer. Il fit également la découverte d'une très belle serre
qui contenait des azalées en pyramides et en murs. Il
observait le haut de l'escalier, mais il s'écoula longtemps
avant qu'il ne vît l'objet de sa recherche, et son impatience
avait fini par prendre des proportions extrêmes. Mais sa
récompense, quand il la reçut, combla ses vœux : ce fut un
petit sourire de lady Barberina, qui se tenait en arrière de
sa mère, pendant que cette dernière tendait le bout de ses
doigts à son hôtesse. L'entrée de cette femme charmante,
accompagnée de ses ravissantes filles — événement toujours remarquable — s'effectua avec un certain éclat et, en
cet instant précis, Jackson Lemon n'était pas mécontent de
se dire qu'il le concernait plus que quiconque dans la
maison. Grande, éblouissante, indifférente, promenant
autour d'elle un regard qui semblait voir peu de chose, lady
Barberina était certainement un personnage propre à
captiver l'imagination d'un jeune homme. Elle était tout
calme et toute simplicité, faisait peu de manières et
bougeait peu ; mais son détachement n'était pas un art
vulgaire. Elle donnait l'impression de s'effacer et d'attendre jusqu'à ce que, comme il était naturel, on vînt
s'occuper d'elle ; et il était évident qu'il n'y avait là aucune
exagération, car elle était trop fière pour ne pas avoir
parfaitement confiance. Sa sœur, plus petite, plus menue,
avec ce petit sourire étonné qui semblait dire que, toute
innocente qu'elle fût, elle n'en était pas moins prête à tout,
ayant appris, indirectement, tant de choses sur la société,
était beaucoup plus impatiente et plus expressive ; ses yeux
et ses dents irradiaient joliment depuis le seuil avant même
que le nom de sa mère eût été annoncé. Nombreux étaient
ceux qui considéraient lady Canterville comme très supérieure à ses filles ; elle avait gardé plus de beauté encore
qu'elle ne leur en avait donné ; et c'était une beauté que
certains qualifiaient d'intellectuelle. Elle était extraordinairement avenante, sans rien de catégorique ; ses manières
étaient d'une douceur presque affectueuse ; il y avait même
comme une espèce de compassion chez elle. En outre, elle
avait des traits parfaits, et rien ne pouvait être plus délicat
et plus gracieux que sa façon de parler, ou plutôt d'écouter,

en inclinant légèrement la tête de côté. Jackson Lemon l'aimait énormément, et elle s'était de toute évidence montrée plus qu'aimable à son endroit. Il alla vers lady Barberina aussitôt qu'il put le faire sans donner l'impression de se précipiter, et il lui dit qu'il espérait grandement qu'elle ne danserait pas. Il était maître en cet art que l'on cultive plus que tous les autres à New York, et il l'avait fait valser une douzaine de fois avec un talent qui, elle le sentait bien, ne laissait absolument rien à désirer. Mais il n'était pas venu pour danser, ce soir. Elle eut un léger sourire quand il formula cet espoir.

— C'est pour danser que maman nous a amenées ici, dit-elle. Elle n'aime pas que nous ne dansions pas.

— Comment sait-elle si elle l'aime ou non ? Vous dansez toujours.

— Sauf une fois, dit lady Barberina.

Il lui dit que de toute façon il arrangerait cela avec sa mère et il la convainquit de venir se promener avec lui dans la serre, où des lampes de couleurs étaient accrochées parmi les plantes qui formaient une voûte au-dessus de leurs têtes. Comparée aux autres pièces, la serre était sombre et à l'écart. Mais ils ne s'y trouvaient pas seuls : une demi-douzaine d'autres couples avaient pris possession des lieux. L'ombre était rosie par les azalées et baignée d'une musique douce qui permettait de bavarder sans faire attention à ses voisins. Néanmoins, même si lady Barberina ne s'en aperçut que plus tard en repensant à la scène, ces couples éparpillés parlaient à voix très basse. Elle ne les regardait pas : elle avait pratiquement l'impression d'être seule avec Jackson Lemon. Elle fit une remarque sur les serres, sur la senteur de l'air ; en réponse à quoi, debout devant elle, il lui posa une question qui aurait pu la jeter dans un saisissement complet.

— Comment les gens qui se marient en Angleterre font-ils pour se connaître avant le mariage ? Ils n'en ont pas la moindre occasion.

— A vrai dire, je n'en sais rien, dit lady Barberina. Je n'ai jamais été mariée.

— Les choses se passent très différemment dans mon pays. Là-bas, un homme a le droit de beaucoup voir une jeune fille ; il peut venir lui rendre visite, il peut être tout le temps seul avec elle. Je regrette que ce ne soit pas permis ici.

Lady Barberina se prit soudain à examiner le côté le moins décoré de son éventail, comme s'il ne lui était jamais venu à l'idée de le regarder auparavant :

— Comme ce doit être étrange, l'Amérique, finit-elle par murmurer.

— En tout cas, sur ce point, je crois que c'est nous qui avons raison ; ici, on saute dans l'inconnu.

— A vrai dire, je n'en sais rien, fit la jeune fille.

Elle avait replié son éventail ; elle tendit le bras de façon mécanique et cueillit une branche d'azalée.

— J'imagine que cela ne signifie rien, au bout du compte, fit remarquer Jackson Lemon. On dit que l'amour est aveugle, au mieux.

Son visage tendu et juvénile était penché sur celui de la jeune fille ; il avait les pouces dans les poches de son pantalon ; il sourit légèrement, découvrant de jolies dents. Elle ne dit rien, se contentant d'arracher les pétales de son azalée. Chez elle, si calme d'ordinaire, ce petit mouvement créait une impression d'agitation.

— C'est la première fois que je vous vois sans une foule de gens, poursuivit-il.

— Oui, c'est très assommant, dit-elle.

— Je ne le supporte plus ; je ne voulais pas venir ici ce soir.

Elle n'avait pas croisé son regard, bien qu'elle sût qu'il cherchait ses yeux. Mais présentement, elle le regarda pendant un moment. Elle n'avait jamais rien eu contre son aspect extérieur, et elle n'avait de ce point de vue aucune répugnance à surmonter. Elle aimait les hommes grands et beaux, et Jackson Lemon n'était ni l'un ni l'autre ; mais, à seize ans, alors qu'elle avait déjà la taille qu'elle aurait à vingt, elle était tombée amoureuse (pendant trois semaines) d'un de ses cousins, un petit gars qui était dans les Hussards, et qui était encore plus petit que l'Américain, et donc qu'elle-même. Cela prouvait, sans qu'elle se fût jamais formulé ce raisonnement, que la distinction pouvait n'avoir rien à voir avec la stature. Le visage émacié de Jackson Lemon, son petit œil brillant, qui semblait tou-

jours en train de mesurer les choses, la frappaient par leur
originalité et elle les trouvait très tranchants, ce qui lui
convenait chez un mari. Quand elle se faisait cette
réflexion, il ne lui venait bien entendu jamais à l'esprit que
ce tranchant pouvait se retourner contre elle : elle n'avait
rien de l'agneau du sacrifice. Elle voyait bien que les traits
de son visage étaient le reflet d'un esprit, un esprit qui
fonctionnait plutôt bien. Elle ne l'aurait jamais pris pour un
médecin ; toutefois, il était exact, au bout du compte, que
c'était un élément très négatif et que ce n'était pas cela qui
expliquait qu'il eût réussi à s'imposer.

— Et pourquoi donc êtes-vous venu ? demanda-t-elle, en
réponse à ses derniers propos.

— Parce que je préfère malgré tout vous voir de cette
façon plutôt que de ne pas vous voir du tout ; je veux mieux
vous connaître.

— Je crois qu'il n'est pas convenable que je reste ici, dit
lady Barberina en regardant tout autour d'elle.

— Ne partez pas avant que je ne vous aie dit que je vous
aime, murmura le jeune homme.

Elle ne poussa pas une exclamation, ne se laissa pas aller
au moindre sursaut ; il ne la vit même pas changer de
couleur. Elle reçut sa requête avec noblesse et simplicité, la
tête droite, et les yeux baissés.

— Je ne crois pas que vous ayez le droit de me dire cela.

— Pourquoi ne l'aurais-je pas ? insista Jackson Lemon.
C'est un droit que je voudrais revendiquer, que je voudrais
que vous me donniez.

— C'est impossible, je ne vous connais pas. C'est vous-
même qui l'avez dit.

— Ne pouvez-vous pas avoir un peu confiance ? Cela
nous aidera à mieux nous connaître l'un l'autre. C'est
révoltant, ce manque d'occasions ; même à Pasterns, c'est à
peine si je pouvais vous avoir à moi pour une promenade.
Mais j'ai la plus totale confiance en vous. Je sens bien que
je vous aime, et je ne vous aimerais pas davantage au bout
de six mois. J'aime votre beauté, je vous aime de la tête aux
pieds. Ne bougez pas, je vous en supplie, ne bougez pas.

Il baissa la voix, mais elle ne perdit pas un mot, et il faut
croire qu'il avait une certaine éloquence. Quant à lui, après

s'être entendu prononcer ces paroles, il se sentit tout
radieux. C'était un luxe que de lui parler de sa beauté :
cela le rapprochait plus d'elle qu'il ne l'avait jamais été.
Mais le visage de la jeune fille s'était empourpré et
c'était pour lui comme un rappel que sa beauté n'était
pas tout.

— Vous êtes toute douceur et noblesse, poursuivit-il.
Je chéris tout en vous. Je suis sûr que vous êtes bonne.
Je ne sais pas ce que vous pensez de moi ; je l'ai
demandé à lady Beauchemin, mais elle m'a dit de me
faire mon opinion moi-même. Eh bien, mon opinion est
que je vous plais. J'ai le droit de le croire, jusqu'à
preuve du contraire, non ? M'autorisez-vous à parler à
votre père ? C'est cela que je veux savoir. J'ai attendu ;
mais maintenant, que devrais-je attendre de plus ? Je
veux pouvoir lui dire que vous m'avez donné quelques
espérances. Je suppose qu'il est convenable que je lui
parle d'abord. C'est ce que j'avais l'intention de faire,
dès demain, mais ce soir j'ai pensé vous faire cette
simple proposition. Dans mon pays, cela n'aurait pas
d'importance particulière. Il faudra que vous voyiez tout
cela par vous-même. Si vous deviez me demander de ne
pas parler à votre père, je me tairais ; j'attendrais. Mais
je préfère vous demander l'autorisation de lui parler que
l'inverse.

Sa voix n'était maintenant pas plus forte qu'un murmure mais, bien qu'elle tremblât, son émotion lui donnait une intensité toute spéciale. Il avait gardé la même
pose, les pouces dans les poches de son pantalon, le
visage attentif, et son sourire qui allait de soi ; personne
n'aurait pu imaginer ce qu'il était en train de dire. Elle
l'avait écouté sans bouger et, à la fin de son discours,
elle leva les yeux. Ils croisèrent les siens pendant un
certain temps et il garda, assez longtemps après, le
souvenir du regard qui traversa les paupières de la jeune
fille.

— Vous êtes libre de dire ce que vous voulez à mon
père, mais je ne souhaite pas en entendre davantage.
Vous en avez trop dit, compte tenu du peu que vous
m'aviez laissé entendre avant.

— Je vous observais, dit Jackson Lemon.

Lady Barberina redressa un peu plus la tête et le toisa. Puis, sur un ton très grave, elle rétorqua :

— Je n'aime pas être observée.

— Dans ce cas, vous ne devriez pas être si belle. Me refuserez-vous un mot d'espoir ? ajouta-t-il.

— Je n'ai jamais pensé épouser un étranger, dit lady Barberina.

— C'est moi que vous appelez un étranger ?

— Vos idées me paraissent très différentes, et votre pays est différent ; c'est vous qui me l'avez dit.

— J'aimerais vous le montrer ; je vous le ferais aimer.

— J'ignore ce que vous réussiriez à me faire faire, dit lady Barberina avec une parfaite honnêteté.

— Rien que vous ne vouliez.

— Je suis certaine que vous essaieriez, assura-t-elle avec un sourire.

— Certes, dit Jackson Lemon, c'est bien ce que je suis en train de faire.

Elle se contenta de répondre à cela qu'elle devait aller retrouver sa mère, et il dut l'escorter hors de la serre. Lady Canterville n'apparut pas tout de suite, ce qui lui donna le temps de murmurer en cours de route :

— Maintenant que j'ai parlé, jc suis très heureux.

— Peut-être êtes-vous heureux trop vite, dit la jeune fille.

— Non, ne dites pas cela, lady Barb.

— Il faut évidemment que je réfléchisse.

— Évidemment ! dit Jackson Lemon. Je parlerai demain à votre père.

— Je n'ai aucune idée de ce qu'il vous dira.

— Comment pourrais-je lui déplaire ? demanda le jeune homme sur un ton que lady Beauchemin, si elle l'avait entendu, aurait dû attribuer à son enjouement systématique.

Quant à l'opinion de sa sœur, nous n'en avons pas de trace ; peut-être la réponse qu'elle lui fit après un instant de silence constitue-t-elle un indice : « Vous êtes vraiment un étranger, vous savez ! » Sur ce, elle lui tourna le dos, car elle était déjà entre les mains de sa mère. Jackson Lemon dit quelques mots à lady Canterville ; ils tournaient essentiellement sur l'extrême chaleur des lieux. Elle lui accorda son attention charmante et vague, comme s'il était en train de dire une chose très intelligente qu'elle ne comprenait pas tout à fait. Il voyait bien qu'elle avait l'esprit occupé par les faits et gestes de sa fille Agatha, dont le comportement avec le jeune homme du moment démontrait une assez grande inconscience des différences sociales, une folie sans méthode ; elle n'était de toute évidence pas préoccupée par lady Barberina, en qui elle pouvait avoir davantage confiance. La jeune femme en question ne regardait plus son soupirant en face ; elle laissait assez ostensiblement ses yeux traîner sur d'autres objets. Il finit par s'en aller sans qu'elle lui accordât le moindre regard. Lady Canterville l'avait invité à venir déjeuner le lendemain, et il lui avait répondu qu'il viendrait si elle pouvait lui promettre qu'il verrait le marquis.

— Je ne peux pas retourner chez vous avant de lui avoir parlé, avait-il dit.

— Je n'en vois pas la raison, mais si je lui en parle, je crois pouvoir vous assurer qu'il sera là, répondit-elle.

— Il ne le regrettera pas !

Jackson Lemon quitta la maison en se disant qu'il n'y avait pas de raison, lui qui n'avait jamais offert sa main à une jeune fille, qu'il sût comment les femmes se comportent dans ce genre de situation critique. Il avait bien sûr entendu dire que lady Barberina avait été mille fois demandée en mariage, et bien qu'il pensât que le nombre était probablement exagéré, comme c'est toujours le cas, il pouvait supposer que cette façon de sembler le laisser brutalement tomber n'était rien d'autre que le comportement normal en la circonstance.

3

Elle n'était pas présente au déjeuner chez sa mère le lendemain, et lady Canterville l'informa (sans qu'il demandât rien) qu'elle était partie voir une grand-tante qu'elle adorait, qui se trouvait être aussi sa marraine, et qui habitait Roehampton. Lord Canterville était absent, mais notre jeune homme apprit de son hôtesse qu'il avait promis d'être là à trois heures précises. Jackson Lemon déjeuna avec lady Canterville et les enfants, qui arrivèrent en force, toutes les cadettes étant là, ainsi que deux garçons, les deux plus jeunes des fils, âgés de douze ou treize ans. Jackson, qui aimait beaucoup les enfants et qui trouvait ceux-là les plus beaux du monde (magnifiques spécimens d'une race magnifique, comme il serait tellement satisfaisant d'en faire sauter sur ses genoux dans l'avenir), Jackson donc eut l'impression d'être traité comme un membre de la famille, mais ne fut pas effrayé par ce qu'il croyait que cet honneur impliquait. Lady Canterville ne donnait pas à penser qu'elle savait qu'il avait évoqué la possibilité de devenir son gendre, et il était persuadé que sa fille aînée ne lui avait rien dit de leur conversation du soir précédent. Cette idée lui fit plaisir : il se réjouissait de penser que lady Barb se faisait son opinion toute seule. Peut-être était-elle en train de prendre conseil auprès de la vieille dame de Roehampton : il était convaincu d'être le genre d'amoureux auquel une marraine donnerait sa bénédiction. Dans son esprit, les marraines étaient surtout associées aux contes de fées (personne, en ce qui le concernait, ne l'avait porté sur les fonts baptismaux) ; et de ce point de vue, tout était en faveur d'un jeune homme qui débarquait d'un pays étranger avec un gros tas d'or : apparition féerique à souhait, assurément. Il se convainquit que lady Canterville ferait une belle-mère à son goût, trop bien élevée pour se mêler de leurs affaires. Son mari arriva à trois heures précises, comme ils venaient de se lever de table, et dit à Jackson Lemon qu'il était très aimable de l'avoir attendu.

— Je n'ai pas attendu, répondit Jackson, la montre à la main. Vous êtes d'une ponctualité parfaite.

Je ne sais pas quelle pouvait être l'opinion de lord Canterville sur son jeune ami, mais Jackson Lemon s'était plus d'une fois fait dire qu'il était un garçon très sympathique mais manquait un peu d'imagination. Après avoir allumé une cigarette dans le « repaire » du maître de maison, grande pièce marron du rez-de-chaussée, à mi-chemin entre un bureau et une sellerie (elle n'avait pas le moindre titre à être appelée bibliothèque), il alla droit au but dans les termes suivants : « Eh bien donc, Monsieur, je crois qu'il est de mon devoir de vous informer sans plus de délai que je suis amoureux de lady Barb et que je désire l'épouser. » Ainsi s'exprima-t-il, en tirant sur sa cigarette, et en posant sur son hôte un regard grave mais sans timidité.

Il n'était personne, comme je l'ai déjà laissé entendre, qui soutînt mieux le regard des autres que ce noble personnage ; il semblait s'épanouir à la chaleur envieuse des yeux qui le contemplaient, et il ne semblait jamais si impeccable que dans les circonstances où il était le plus en vue. « Mon cher ami, mon cher ami », murmura-t-il avec une espèce de hauteur, caressant sa barbe de prophète en regardant la cheminée vide. Il leva les sourcils, mais il avait l'air parfaitement bienveillant.

— Êtes-vous surpris, Monsieur ? demanda Jackson Lemon.

— Vous savez, j'imagine que tout le monde est surpris quand un homme vous demande l'une de vos enfants. C'est parfois accablant, voyez-vous. On se demande ce que cet autre homme peut bien leur vouloir, dit lord Canterville, l'abondante toison de ses lèvres laissant échapper un rire aimable.

— Je n'en veux qu'une seule, dit Jackson Lemon en riant lui aussi, mais avec un timbre plus fluet.

— La polygamie arrangerait les parents. Mais quoi qu'il en soit, Louisa m'a dit l'autre soir que vous lui faisiez l'impression d'être comme vous l'avez dit.

— C'est exact, j'ai dit à lady Beauchemin que j'aimais lady Barb, et cela lui a paru naturel.

— Ah certes, je ne vois rien là qui ne soit très naturel ! Mais, mon cher ami, je ne sais vraiment pas quoi vous dire.

— Il faudra bien entendu que vous y réfléchissiez.

En disant cela, Jackson Lemon avait l'impression de faire la plus généreuse concession du monde au point de vue de son interlocuteur, tout conscient qu'il était que, dans son pays, on ne demandait guère aux parents de réfléchir.

— Il faudra que j'en parle avec ma femme.

— Lady Canterville a été très aimable avec moi ; j'espère que rien ne changera de son côté.

— Mon cher, nous sommes excellents amis. Personne ne saurait avoir meilleure opinion de vous que lady Canterville. Il va de soi que nous ne pouvons examiner une question pareille qu'avec le euh… le meilleur préjugé. Il est impossible que vous vouliez vous marier sans savoir exactement, si l'on peut dire, ce que vous faites. Quant à moi, de mon côté, comme c'est naturel, je veux faire tout ce que je peux pour mon enfant. En même temps, c'est évident, nous ne voulons pas perdre notre temps dans euh… dans les chemins de traverse. Nous devons aller à l'essentiel.

Il fut rapidement décidé, d'un commun accord, que l'essentiel fût que Jackson Lemon était sûr de l'état de ses sentiments et que sa situation lui permît de prétendre à la main d'une jeune fille qui, lord Canterville pouvait bien le dire, sans se vanter, n'est-ce pas, était en droit de faire un beau mariage, comme disent les femmes.

— C'est tout à fait mon opinion, dit Jackson Lemon. Elle a un type magnifique.

Lord Canterville le dévisagea un moment.

— C'est une fille intelligente, bien faite, et elle passe les haies comme une vraie sauterelle. Au fait, est-elle au courant de tout cela ?

— Oh oui, je le lui ai dit hier soir.

Lord Canterville eut une deuxième fois l'air, qui ne lui était pas habituel, d'examiner son interlocuteur en retour.

— Je ne suis pas certain que c'était ce qu'il convenait de faire, vous savez.

— Je ne pouvais pas vous en parler en premier, vraiment pas, dit Jackson Lemon. Je voulais le faire, mais les mots me restaient en travers de la gorge.

— Cela ne se fait pas, chez vous, j'imagine, répliqua le marquis avec un sourire.

— Non, pas généralement, mais cependant je trouve très agréable d'en parler avec vous maintenant.

Et c'était en vérité très agréable. Il ne pouvait rien y avoir de plus facile, de plus amical, de plus décontracté que l'attitude de lord Canterville, qui se comportait comme s'ils avaient été égaux à toutes sortes de points de vue, et particulièrement ceux de l'âge et de la fortune, et qui donna à Jackson Lemon, en moins de trois minutes, l'impression d'être lui aussi un aristocrate de soixante ans, merveilleusement conservé et quelque peu démuni, en train d'agiter des considérations d'homme du monde au sujet de son propre mariage. Le jeune Américain se rendit compte que lord Canterville ne retenait pas contre lui le fait qu'il avait parlé à la jeune fille en premier et il voyait dans cette indulgence une juste concession aux ardeurs d'un jeune amour. Car lord Canterville semblait sensible à l'aspect sentimental des choses (au moins tel que l'incarnait son visiteur), car il lui demanda, sans aucune hauteur :

— Vous a-t-elle donné quelque encouragement ?

— En tout cas, elle ne m'a pas giflé. Elle m'a dit qu'elle réfléchissait, mais que je devais vous parler. Mais il est clair que je ne lui aurais pas parlé ainsi si je ne m'étais pas convaincu, au cours de ces derniers quinze jours, que je ne lui déplaisais pas.

— Ah, mon cher garçon, les femmes sont d'étranges animaux ! s'exclama lord Canterville, de façon plutôt inattendue. Mais vous savez déjà tout cela, bien entendu, ajouta-t-il immédiatement. Vous prenez le même risque que tout le monde.

— Je suis tout à fait prêt à le prendre. En ce cas précis, il est assez limité.

— Ma foi, croyez-en ma parole, je ne connais pas vraiment mes filles. Voyez-vous, en Angleterre, un homme est très occupé ; mais sans doute est-ce la même chose chez vous. C'est leur mère qui les connaît… Je crois que je ferais mieux de la faire appeler. Si vous n'y voyez pas d'inconvénient, je vais juste lui suggérer de venir nous rejoindre ici.

— Vous me faites un peu peur, quand vous êtes tous les deux ensemble, mais si cela doit régler la question plus vite…, dit Jackson Lemon.

Lord Canterville sonna et chargea le domestique qui se présenta d'un message pour Mme la marquise. Pendant qu'ils attendaient, il vint à l'esprit du jeune homme que rien ne l'empêchait de donner une idée plus précise de son assise financière. Jusque-là, il s'était contenté de dire qu'il avait amplement les ressources lui permettant de se marier ; il était réticent à mettre en avant le fait qu'il était millionnaire. Il avait le goût délicat, et c'était d'abord comme homme du monde qu'il souhaitait séduire lord Canterville. Mais maintenant qu'il allait devoir faire impression à deux personnes, il repensait à ses millions, car les millions sont toujours impressionnants.

— Je crois honnête de vous dire que ma fortune est vraiment considérable, fit-il observer.

— Oui, je crois qu'on peut dire que vous êtes plein aux as, dit lord Canterville.

— J'ai environ sept millions.

— Sept millions ?

— Je compte en dollars : un peu plus d'un million et demi en livres sterling.

Lord Canterville le regarda des pieds à la tête, avec un air de résignation enjouée devant une forme de vulgarité qui menaçait de se généraliser. Puis il déclara, avec un soupçon de cette inconséquence dont il avait déjà donné une petite idée : « Dans ce cas, quel diable vous a pris de faire le docteur ? »

Jackson Lemon rougit un peu, hésita, puis répondit rapidement :

— Parce que j'en avais les capacités.

— Je ne doute bien sûr pas un seul instant de vos capacités, mais vous ne trouvez pas cela passablement rasoir ?

— Je n'exerce pas beaucoup, j'ai un peu honte de le dire.

— Ah, bien sûr, dans votre pays ce n'est pas la même chose. Vous devez avoir une plaque, hein ?

— Oh oui, et une enseigne en fer-blanc au balcon ! dit Jackson Lemon en souriant.

— Qu'en a dit votre père ?

— Que je fasse ma médecine ? Il m'a dit qu'il se ferait pendre plutôt que de prendre un seul de mes remèdes. Il ne croyait pas que j'y arriverais. Il voulait que je siège...

— A la Chambre de euh..., dit lord Canterville, hésitant. A votre Congrès, oui, c'est cela.

— Oh non, rien de si extraordinaire que cela : au magasin, répliqua Jackson Lemon avec le ton naïf sur lequel il s'exprimait quand, pour des raisons qui lui étaient propres, il désirait être parfaitement américain.

Lord Canterville le dévisagea, se refusant, ne fût-ce qu'un instant, à risquer une interprétation, et avant qu'une solution ne se fût présentée à lui, lady Canterville entrait dans la pièce.

— Ma chère, j'ai pensé qu'il valait mieux que nous vous voyions. Savez-vous que ce jeune homme veut épouser notre deuxième fille ?

Ce fut en ces termes directs que lord Canterville mit sa femme au courant de la question. Cette dernière ne se montra ni surprise ni ravie ; elle se contenta de rester là, debout, souriante, la tête légèrement penchée de côté, avec toute sa grâce coutumière. Son regard charmant s'attardait sur celui de Jackson Lemon et bien qu'elle semblât indiquer qu'elle devait réfléchir un peu à une aussi sérieuse proposition, il n'y découvrit pas la moindre froideur calculatrice. « Est-ce de Barberina que vous parlez ? » demanda-t-elle au bout d'un moment, comme si elle avait pensé à tout autre chose.

C'était de Barberina qu'ils parlaient, évidemment, et Jackson Lemon répéta à la marquise ce qu'il avait dit au père de la jeune fille. Il y avait longuement réfléchi et sa décision était tout à fait prise. De plus, il avait déjà parlé à lady Barb.

— Est-ce qu'elle vous l'avait dit, ma chère ? demanda lord Canterville tout en allumant un autre cigare.

Elle ne releva pas la question que le marquis avait posée comme cela, un peu au hasard, et se contenta de dire à Jackson Lemon que c'était une affaire très grave et qu'ils

feraient mieux de s'asseoir un moment. Il s'installa immédiatement à côté d'elle, sur le divan où elle s'était mise, en
continuant de sourire et de lever sur son mari des yeux
méditatifs qui témoignaient d'une sympathie générale pour
toutes les personnes concernées par cette affaire.

— Barberina ne m'a rien dit, fit-elle au bout d'un
moment.

— Cela démontre ses sentiments pour moi ! s'exclama
Jackson Lemon avec empressement.

Lady Canterville eut l'air de penser que c'était presque
trop ingénieux, trop professionnel, mais son mari déclara
avec enjouement, sur un ton jovial : « Ah, si elle a des
sentiments pour vous, alors je n'ai rien contre. »

C'était une formule un peu ambiguë, mais avant que
Jackson Lemon n'eût eu le temps de l'étudier, lady
Canterville demanda avec douceur :

— Comptez-vous la faire vivre en Amérique ?

— Oh oui, c'est mon pays, vous savez.

— Vous excluez de vivre un peu en Angleterre ?

— Oh non, nous viendrons vous voir.

Le jeune homme était amoureux, il voulait se marier, il
voulait être agréable et entrer dans les bonnes grâces des
parents de lady Barb ; mais en même temps, sa nature
répugnait à accepter des conditions, sauf celles qui lui
convenaient parfaitement ; elle répugnait à se lier ou,
comme on dit à New York, à tout lâcher. Quelle que fût la
transaction en cours, il préférait ses conditions à celle
d'autrui. Dès l'instant donc où lady Canterville lui donna
l'impression qu'elle désirait lui arracher une promesse, il
fut sur ses gardes.

— Elle va trouver beaucoup de changement ; peut-être
cela ne sera-t-il pas à son goût, suggéra la marquise.

— Si je lui plais, mon pays lui plaira, dit Jackson Lemon
d'un ton décidé.

— Il m'a appris qu'il avait une plaque sur sa porte, fit
observer lord Canterville avec humour.

— Il faut que nous lui parlions, cela va de soi ; il faut que
nous sachions ce qu'elle ressent, dit sa femme avec l'air
plus grave qu'elle ne l'avait jamais eu.

— Je vous en prie, Madame, ne la découragez pas,

supplia le jeune homme ; et donnez-moi une possibilité de lui parler un peu plus moi-même. Vous ne m'en avez pas beaucoup donné la possibilité, vous savez ?

— Nous n'offrons pas nos filles aux gens, Monsieur, dit lady Canterville, avec toujours autant de douceur, mais un peu plus de majesté.

— Elle n'est pas comme certaines femmes de Londres, ajouta l'hôte de Jackson Lemon qui semblait se rappeler qu'il était de son devoir d'apporter une ou deux formules pleines de sagesse à une discussion de cette importance. Et il était certain que si l'idée en était venue à l'esprit de Jackson Lemon, il aurait dit que non, décidément, lady Barberina ne lui avait pas été jetée dans les bras.

— Non, certainement, déclara-t-il, en réponse à la remarque de la mère de la jeune fille. Mais il ne faut pas non plus que vous les refusiez trop ; il ne faut pas trop faire attendre un pauvre garçon. J'ai pour elle plus d'admiration, plus d'amour que je ne puis dire : je vous en donne ma parole d'honneur.

— A l'entendre, cela règle tout, dit lord Canterville, debout près de la cheminée froide, en adressant au jeune Américain un sourire plein d'indulgence.

— C'est ce que nous désirons, bien entendu, Philip, repartit la marquise, avec beaucoup de noblesse.

— C'est ce dont lady Barb est persuadée, j'en suis sûr, s'exclama Jackson Lemon. Pourquoi ferais-je semblant d'être amoureux d'elle si je ne l'étais pas ?

Lady Canterville ne répondit pas à cette question et son mari, avec un soupçon d'impatience contenue, se mit à arpenter la pièce de long en large. C'était un homme très occupé, et cela faisait plus d'un quart d'heure qu'il était enfermé avec le jeune médecin américain.

— Croyez-vous que vous reviendriez souvent en Angleterre ? insista lady Canterville revenant sans transition à cette importante question.

— Hélas, il m'est difficile de vous répondre sur ce point ; nous ferons bien entendu ce qui paraîtra le mieux.

Il était prêt à imaginer qu'ils traverseraient l'Atlantique tous les étés : cette perspective ne lui était pas désagréable le moins du monde ; mais il n'était pas prêt à s'y engager

devant lady Canterville, d'autant plus qu'il n'était pas
vraiment convaincu que cela fût nécessaire. Dans son
esprit, il n'y avait aucune prétention ouverte de sa part,
mais une nécessité implicite, à traiter avec les parents de
Barberina sur un pied d'égalité parfaite ; et cette égalité
disparaîtrait d'une certaine façon s'il prenait des engagements qui n'étaient pas directement liés à l'essentiel de la
question. Ils allaient lui donner leur fille et lui allait la
prendre : c'était un arrangement équilibré pour les deux
parties. Mais il n'avait rien à leur demander au-delà de
cela ; il n'attendait d'eux aucune promesse et par conséquent, rien ne pouvait faire contrepoids à ses propres
engagements. Chaque fois que sa femme le désirerait, elle
irait voir sa famille. Son foyer serait à New York mais il se
rendait compte, sans avoir à le dire, qu'il serait extrêmement tolérant en ce qui concernait les absences. Il y avait
néanmoins quelque chose dans son caractère qui lui
interdisait à présent de s'engager sur des fréquences et des
dates.

Lady Canterville regarda son mari, mais ce dernier
pensait à autre chose : il regardait sa montre à la dérobée.
Toutefois, un moment après, il lâcha une remarque qui
tendait à dire que c'était à son avis une chose formidable
que de resserrer les liens entre les deux pays, et qu'il n'y
avait pas de meilleur moyen d'y aboutir que de marier
certains représentants des deux élites. D'ailleurs, les
Anglais avaient fait le premier pas : ils étaient quelques-
uns à avoir ramené un paquet de jolies filles, et ce n'était
que justice que les Américains choisissent à leur tour.
Après tout, ils appartenaient à la même race ; pourquoi ne
constitueraient-ils pas une seule société, avec les élites de
chaque côté bien entendu ? Jackson Lemon sourit en
reconnaissant la philosophie de lady Marmaduke, et il se
réjouit de penser que lady Beauchemin avait quelque
influence sur son père ; car il était certain que le vieux
monsieur (ainsi qu'il désignait son hôte dans sa tête) tenait
tout cela d'elle, bien que son expression fût moins heureuse
que celle de la plus intelligente de ses filles. Notre héros
n'avait pas d'objection à soulever contre cette théorie,
surtout si elle contenait quoi que ce fût qui pût faire

avancer ses affaires. Mais ce n'était pas dans ces excellentes intentions que Jackson Lemon avait demandé la main de lady Barb. Ce n'était pas pour que leurs deux peuples (l'élite de chaque côté !) forment une seule société qu'il la voulait : il la voulait simplement parce qu'il la voulait. Lady Canterville eut un sourire, mais elle semblait avoir une autre idée.

— Je suis tout à fait sensible à ce que vient de dire mon mari, mais je ne vois pas pourquoi ce serait ma pauvre Barb qui devrait essuyer les plâtres.

— Je suis prêt à parier que cela lui plaira, dit lord Canterville, comme s'il cherchait à prendre un raccourci. On dit que vous gâtez effroyablement vos femmes.

— Ce n'est pas encore une de leurs femmes, fit observer la marquise avec la plus grande douceur du monde ; puis elle ajouta, sans que Jackson Lemon sût exactement ce qu'elle voulait dire : « Cela semble si étrange. »

Il était un peu irrité, et peut-être ces simples mots accrurent-ils sa sensation. Sa demande n'avait suscité aucune objection nette, et lord et lady Canterville étaient d'une amabilité parfaite ; mais il sentait chez eux une petite réserve et, sans qu'il se fût attendu à ce qu'ils lui sautent au cou, il était un peu déçu, un peu froissé dans son orgueil. Quelle raison avaient-ils d'hésiter ? Il constituait, à ses propres yeux, un remarquable parti. Ce n'était pas tant le vieux monsieur que lady Canterville. En voyant le vieux monsieur regarder pour la deuxième fois discrètement sa montre, il fut presque sûr qu'il aurait été heureux de régler cette affaire sur-le-champ. Lady Canterville semblait désirer que l'amour de sa fille se manifestât plus nettement, qu'elle donnât quelques assurances, quelques garanties. Il était prêt, il le sentait bien, à dire ou à faire tout ce que les formes exigeaient ; mais il lui était impossible d'adopter le ton de quelqu'un qui essayerait d'acheter le consentement de la marquise, pénétré qu'il était de la conviction qu'on pouvait plutôt plus (à la lumière de ce qu'il avait appris dans la société anglaise) faire confiance à un homme comme lui pour prendre soin de sa femme qu'à un pair d'Angleterre démuni et à son épouse pour prendre soin d'une de leurs douze enfants, fût-ce la plus belle. Lady

Canterville avait tort de ne pas voir cela. Il alla dans son sens au point de dire, avec juste ce qu'il fallait de sécheresse :

— Ma femme est sûre d'avoir tout ce dont elle aura besoin.

— Il m'a dit qu'il possédait une fortune révoltante, ajouta lord Canterville, en se plantant devant sa compagne, les mains dans les poches.

— Je suis ravie de l'apprendre ; mais ce n'est pas tant cela, répondit-elle en s'enfonçant un peu plus dans le divan.

Si ce n'était pas cela, elle ne disait pas ce que c'était, bien qu'elle eût un instant donné l'impression qu'elle allait le faire. Elle se contenta de lever les yeux en direction du visage de son mari, comme pour y chercher l'inspiration. J'ignore si elle l'y trouva mais, un moment après, elle demanda à Jackson Lemon sur un ton qui laissait entendre qu'il s'agissait de tout autre chose : « Comptez-vous continuer à exercer votre profession ? »

Il n'en avait certainement pas l'intention, si par exercer sa profession elle entendait se lever à trois heures du matin pour soulager les maux de l'humanité ; mais comme précédemment, il lui suffit d'entendre cette question pour le faire se raidir immédiatement : « Oh, ma profession ! C'est un sujet qui me fait plutôt honte. J'ai tellement négligé mon travail, je ne sais pas ce que je pourrai faire, une fois vraiment installé chez moi. »

Lady Canterville écouta ces réflexions sans rien dire, les yeux de nouveau fixés sur le visage de son mari. Mais notre aristocrate n'était pas d'une grande aide ; les mains toujours dans les poches, sauf quand il en avait besoin pour enlever son cigare de la bouche, il alla regarder par la fenêtre.

— Nous savons bien sûr que vous n'exercez pas, et quand vous serez marié vous aurez encore moins de temps que maintenant. Mais j'aimerais vraiment savoir si on vous appelle « Docteur » là-bas.

— Oh oui, tout le monde. Nous avons presque autant de goût pour les titres que vous.

— Je n'appelle pas cela un titre.

— Ce n'est pas aussi bien que duc ou marquis, j'en

conviens, mais nous devons bien faire avec ce que nous avons.

— Oh, qu'importe ! Qu'est-ce que tout cela signifie ? demanda lord Canterville sans quitter sa place près de la fenêtre. J'avais un cheval qui s'appelait Docteur, autrefois, et un bigrement bon cheval en plus.

— Rien ne vous empêche de m'appeler Monseigneur, si cela vous fait plaisir, dit Jackson Lemon en riant.

Lady Canterville prit un air grave, comme si elle ne goûtait pas la plaisanterie. « Je me moque des titres, fit-elle remarquer ; je ne vois pas pourquoi on n'appellerait pas un homme du monde Monsieur. »

Jackson Lemon s'aperçut brusquement qu'il y avait quelque chose de désespéré, d'irrationnel et même d'un peu comique dans la situation de cette noble et aimable dame. Et cette impression le porta à la gentillesse ; lui aussi, comme lord Canterville, commençait à avoir grande envie de prendre un raccourci. Il se détendit un instant et, se penchant en souriant vers son hôtesse, les mains posées sur ses petits genoux, il lui dit doucement : « C'est à mes yeux une question sans importance ; le seul titre que je désire que vous me donniez est celui de gendre. »

Lady Canterville lui tendit la main et il la pressa presque affectueusement. Puis elle se leva, en faisant remarquer que rien ne pouvait être arrêté tant qu'elle n'avait pas vu sa fille, tant qu'elle n'avait pas appris par elle quels étaient ses sentiments.

— Cela ne me plaît pas qu'elle ne m'en ait pas déjà parlé d'elle-même, ajouta-t-elle.

— Où est-elle ? A Roehampton ? Je suis prêt à parier qu'elle a tout raconté à sa marraine, dit lord Canterville.

— Elle n'aura pas grand-chose à raconter, la pauvre ! s'exclama Jackson Lemon. Je dois vraiment vous demander de me donner plus de liberté de voir la personne que je désire épouser.

— Vous aurez toute la liberté que vous désirez d'ici deux ou trois jours, dit lady Canterville.

Elle lui adressa un sourire plein de douceur ; elle donnait l'impression de l'avoir accepté tout en continuant de faire des réserves tacites.

— N'y a-t-il pas des choses à discuter d'abord ?

— Des choses, chère Madame ?

Lady Canterville regarda son mari et, bien qu'il fût toujours près de la fenêtre, il sentit ce regard à son silence et il fut bien contraint de venir parler.

— Oh, elle pense à la rente, ce genre de choses.

C'était une allusion qui venait avec plus de bonheur dans sa bouche à lui. Jackson Lemon regarda ses compagnons l'un après l'autre ; il rougit un peu et fit un sourire qui avait quelque chose d'un tout petit peu figé.

— Une rente ? Nous ne faisons pas cela aux États-Unis. Vous pouvez être assurés que ma femme sera abondamment pourvue.

— Mon cher ami, dans notre pays, dans notre milieu, voyez-vous, c'est la coutume, dit lord Canterville, le visage illuminé d'une couleur plus vive à la pensée que la discussion était close.

— J'ai mes idées sur la question, dit Jackson en souriant.

— Il me semble que c'est une question à faire discuter par les avocats, suggéra lady Canterville.

— Qu'ils en discutent à leur guise, dit Jackson Lemon, en riant.

Il voyait ses avocats en train de discuter de cela ! Il avait ses idées, c'était une chose sûre. Il ouvrit la porte devant lady Canterville, et ils quittèrent la pièce tous les trois ensemble, pénétrant dans le vestibule en silence, un silence dans lequel il y avait tout juste un soupçon de gêne. Une corde légèrement discordante avait été effleurée. A leur passage, un couple de valets hauts en couleur quittèrent le banc sur lequel ils étaient assis et, déployant toute leur taille, se dressèrent comme des sentinelles qui présentent les armes. Jackson Lemon s'arrêta et regarda un moment l'intérieur de son chapeau qu'il avait à la main. Puis, levant ses yeux vifs, il les planta un instant dans ceux de lady Canterville et s'adressant instinctivement à elle plutôt qu'à son mari, il lui dit :

— Je crois qu'il vaut mieux que lord Canterville et vous-même me laissiez régler cela moi-même !

— Nous avons nos traditions, Monsieur, dit la marquise, avec noblesse. Sans doute ignorez-vous…, murmura-t-elle.

Lord Canterville posa la main sur l'épaule du jeune homme :

— Mon cher garçon, ces gars-là nous réglerons tout en trois minutes.

— C'est plus que probable, dit Jackson Lemon.

Puis il demanda à lady Canterville quand il pourrait voir lady Barb.

Elle hésita un instant, avec toute la grâce qui était la sienne : « Je vous écrirai un petit mot. »

L'un des deux grands valets avait ouvert à deux battants le portail qui fermait cette impressionnante perspective, comme si même lui se rendait compte de la dignité à laquelle le petit visiteur venait d'être virtuellement élevé. Mais Jackson s'attarda un moment ; visiblement insatisfait, même s'il était apparemment fort peu conscient de ne pas être satisfaisant lui-même :

— Je crois que vous ne me comprenez pas.

— Vous avez certainement des idées différentes des nôtres, dit lady Canterville.

— Si la petite vous comprend, il n'y a besoin de rien de plus ! s'exclama lord Canterville sur un ton jovial, détaché et complètement hors de propos.

— N'est-il pas possible que ce soit elle qui m'écrive ? demanda Jackson à sa mère. Je suis bien contraint de lui écrire, moi, si vous ne voulez pas que je la voie.

— Vous pouvez bien entendu lui écrire, Monsieur.

Il y eut fugitivement quelque chose de très incisif dans le regard qu'il adressa à lady Canterville, tandis qu'il se disait en lui-même que, si cela s'avérait nécessaire, il ferait passer ses lettres par la vieille dame de Roehampton.

— Très bien, au revoir. En tout cas, vous savez ce que je veux.

Puis, comme il s'en allait, il ajouta en se retournant :

— Rassurez-vous, je la ramènerai à la saison chaude !

— A la saison chaude ? murmura lady Canterville à qui ces mots évoquaient vaguement la zone torride, tandis que le jeune Américain quittait la maison avec le sentiment de l'avoir fait de grandes concessions.

Ses hôtes passèrent dans le petit salon et (lord Canterville avait pris son chapeau et sa canne, et était prêt à ressortir) y restèrent un moment immobiles face à face.

— Il ne fait pas de doute qu'il la veut, dit le marquis, en manière de résumé.

— Il y a quelque chose de si étrange chez lui, répondit lady Canterville. Vous avez entendu la façon dont il parle de la rente !

— Vous feriez mieux de le laisser faire à sa façon : cela se passera beaucoup plus tranquillement.

— Mais c'est un têtu, cela se voit bien. Et il croit apparemment qu'une fille qui occupe la position de votre enfant peut se marier du jour au lendemain, avec une alliance et une robe neuve, comme une femme de chambre.

— Bien sûr, c'est comme cela qu'ils font, chez lui. Mais apparemment, il possède une fortune tout à fait extraordinaire ; et tout le monde affirme que leurs femmes ont « carte blanche ».

— Ce n'est pas avoir carte blanche dont Barb a envie ; elle a envie d'une rente. Elle veut un revenu sûr ; elle veut être à l'abri.

Lord Canterville la dévisagea un moment : « Elle vous en a parlé ? J'ai cru que vous disiez... » Puis il s'arrêta. « Je vous demande pardon », ajouta-t-il.

Lady Canterville ne donna pas d'explication de son incohérence. Elle poursuivit en faisant observer qu'il était bien connu que les fortunes américaines étaient très instables ; on n'entendait parler de rien d'autre ; elles fondaient comme neige au soleil. Ils devaient à leur enfant d'exiger que quelque chose fût arrêté.

— Il a un million et demi de livres sterling, dit lord Canterville. Je n'arrive pas à imaginer ce qu'il peut en faire.

— Il faudra qu'elle ait une jolie part, fit observer sa femme.

— Eh bien, ma chère, à vous de régler tout cela ; réfléchissez-y ; appelez Hilary. Mais faites attention à ne pas le braquer ; c'est peut-être une très belle occasion, vous savez. Il y a beaucoup à faire là-bas ; j'y crois absolument, poursuivit lord Canterville, parlant en père consciencieux.

— Ce qui est sûr, c'est qu'il est médecin... dans ce pays, dit lady Canterville rêveusement.

— Il serait colporteur que j'y attacherais autant d'importance.

— S'ils partent, Agatha pourrait les accompagner, continua la marquise sur le même ton, sans beaucoup de lien.

— Expédiez-les toutes, si cela vous fait plaisir. Au revoir !

Et lord Canterville embrassa son épouse. Mais elle le retint un moment, la main sur son bras.

— Il est très amoureux, vous ne trouvez pas ?

— Oh oui, très pris ; mais c'est un petit malin.

— Il plaît beaucoup à Barb, déclara lady Canterville, de façon assez solennelle, tandis qu'ils se séparaient.

4

Jackson Lemon avait dit à Sidney Feeder, au parc, qu'il irait voir Mr et Mrs Freer ; mais il s'écoula trois semaines avant qu'il ne frappât à la porte de leur maison de Jermyn Street. Entre-temps, il les avait rencontrés au cours d'un dîner, et Mrs Freer lui avait dit qu'elle espérait bien qu'il trouverait un moment pour venir la voir. Elle ne lui avait pas adressé de reproche, pas fait de sermon, et sa clémence, qui était calculée et qui était très caractéristique d'elle, le toucha tellement (car il était en tort : c'était une des plus vieilles et des meilleures amies de sa mère), qu'il ne tarda pas à se présenter. C'était vers la fin d'une belle après-midi dominicale et les parages de Jermyn Street avaient un air désolé et mort ; la monotonie originelle du paysage s'y révélait dans toute sa pureté. Mais Mrs Freer était chez elle : elle se reposait sur un divan de meublé

(couche anguleuse, recouverte de chintz fané) avant d'aller
s'habiller pour dîner. Elle fit un accueil très chaleureux
au jeune homme ; elle lui dit qu'elle avait beaucoup pensé
à lui et qu'elle avait souhaité une occasion de lui parler.
Il devina immédiatement ce qu'elle avait en tête et il
se souvint alors que Sidney Feeder lui avait dit ce que
Mr et Mrs Freer prenaient sur eux de raconter. Cela lui
avait fait quelque chose, sur le moment, mais, par la suite,
il n'y avait plus pensé : en partie parce qu'il s'était rendu
compte, le soir de ce même jour, qu'il voulait effectivement
épouser « la jeune marquise », et en partie parce qu'il avait
eu, depuis, des sujets d'irritation beaucoup plus sérieux.
Eh oui, le pauvre jeune homme qui était si pénétré de la
générosité de ses intentions et de la hauteur de vue avec
laquelle il envisageait l'avenir, s'était heurté à bien des
choses qui l'avaient énervé et dégoûté. Il n'avait vu la
maîtresse de son cœur que deux ou trois fois, et il avait reçu
des lettres de Mr Hilary, l'avocat de lord Canterville, le
priant, dans les termes les plus civils il est vrai, de bien
vouloir désigner un homme de loi avec lequel il pût mettre
au point les préliminaires de son mariage avec lady
Barberina Clement. Il avait donné à Mr Hilary le nom qu'il
lui demandait, mais il avait écrit par le même courrier à son
avocat (aux services duquel il avait eu maintes fois recours
en d'autres circonstances, étant d'esprit très litigieux) qu'il
lui laissait toute liberté de rencontrer Mr Hilary mais pas
d'accepter quelque proposition que ce fût concernant cette
infâme idée anglaise de rente. Si épouser Jackson Lemon
ne constituait pas en soi une rente suffisante, alors lord et
lady Canterville feraient bien de modifier leur position. Il
était hors de question qu'il modifiât la sienne. Il serait peut-
être difficile d'expliquer l'aversion violente qu'il ressentait
devant l'introduction de cette épine diplomatique dans son
mariage prochain ; c'était comme s'ils se méfiaient de lui,
comme s'ils le soupçonnaient ; comme si on devait lui lier
les mains pour l'empêcher de gérer sa fortune selon ce qu'il
croyait être le mieux. Ce n'était pas l'idée de renoncer à
son argent qui lui déplaisait, car il se flattait de vouloir faire
pour sa femme des dépenses qui dépassaient tout ce que
ses distingués parents pouvaient imaginer. Il fut même

frappé de la sottise qu'ils commentaient en ne comprenant pas qu'ils tireraient beaucoup plus de la situation en le laissant parfaitement libre. Cette façon de faire intervenir l'avocat était une sale petite tradition anglaise, en complète contradiction avec la largeur de vue de la mentalité américaine, et à laquelle il refusait de se soumettre. Ce n'était pas son genre de se soumettre quand il n'était pas d'accord : pourquoi changerait-il dans des circonstances où l'affaire le touchait d'aussi près ? De telles réflexions, et une centaine d'autres avaient librement occupé son esprit plusieurs jours avant sa visite à Jermyn Street, y engendrant une vive indignation et un amer sentiment d'injustice. Comme on peut l'imaginer, elles avaient occasionné une certaine gêne dans ses relations avec la maison Canterville, les relations en question se trouvant pour le moment virtuellement interrompues. La première entrevue qu'il avait eue avec lady Barb après sa discussion avec le vieux couple, comme il appelait les vénérables parents de la jeune fille, avait été aussi tendre qu'il pouvait le désirer. Lady Canterville lui avait adressé trois jours plus tard une invitation — cinq mots sur un carton — à venir le lendemain dîner avec eux, en famille. Cela avait été sa seule façon de reconnaître officiellement ses fiançailles avec lady Barb ; car même au cours du repas en famille, auquel assistaient une demi-douzaine d'étrangers, ni le maître ni la maîtresse de maison n'avait fait la moindre allusion à ce qui avait fait l'objet de leur conversation dans le repaire de lord Canterville. La seule allusion avait consisté en un ou deux regards fugitifs de lady Barberina. Toutefois, après le dîner, lorsqu'elle prit avec lui le chemin du salon de musique, qui était illuminé et vide, pour lui jouer un extrait de *Carmen* dont il avait parlé à table, et lorsque le jeune couple eut la liberté de jouir, sans intrusion, pendant plus d'une heure de la relative intimité de ce riche salon, il eut le sentiment que lady Canterville s'en remettait définitivement à lui. Elle était convaincue qu'il n'y avait pas de difficultés sérieuses. Et dans ce cas, il l'était aussi ; c'était pourquoi il était irritant qu'on fît, pour rien, semblant qu'il y en eût. L'accord était imminent, selon les termes qu'il prêtait à lady Canterville, et c'était bien vrai ; car il avait

déjà demandé à un bijoutier de Bond Street de monter un
nombre extraordinaire de diamants. En tout cas, pendant
l'heure qu'il passa avec elle, lady Barb ne lui parla pas
d'accord, et ce fut une heure de pure satisfaction. Elle
s'était mise au piano et avait joué sans cesse, avec douceur
et incohérence, tandis qu'appuyé sur l'instrument, tout
près d'elle, il lui disait tout ce qui lui passait par la tête. Elle
était radieuse et sereine, et elle avait pour lui les regards
d'une femme à qui il plaisait beaucoup.

C'était tout ce qu'il attendait d'elle, car son genre de
beauté s'accommodait mal des manifestations d'une passion vulgaire. Cette beauté le ravissait plus que jamais ; et il
émanait d'elle une douceur qui semblait dire qu'elle lui
appartenait désormais complètement. Il était plus sensible
que jamais au prix d'un tel trésor ; et plus que jamais il était
submergé par le sentiment de l'immense investissement
social qui avait été nécessaire pour produire un tel
mélange. Avec tout ce qu'elle avait de simple et d'enfantin,
et si peu prompte qu'elle fût à saisir au bond la balle de la
conversation, elle lui donnait l'impression qu'une partie de
l'histoire de l'Angleterre coulait dans ses veines ; elle
rassemblait en abrégé des générations de privilégiés et des
siècles de riche vie rustique. Il ne fut bien entendu pas fait
la moindre allusion entre eux deux à la question qui avait
été confiée à Mr Hilary, et rien ne pouvait donner à penser
à Jackson Lemon que lady Barb comptait qu'il mît une
fortune sur sa tête avant leur mariage. Si singulier que cela
puisse paraître, il ne s'était jamais demandé si son argent
l'influençait à quelque degré ; et cela tenait à ce qu'il sentait
instinctivement tout ce qu'une telle spéculation avait de
vain (c'était une question sans réponse) et à ce qu'il était
tout prêt à penser qu'elle trouvât agréable de continuer à
vivre dans le luxe. Et il trouvait, en ce qui le concernait,
éminemment agréable d'être en mesure de le lui permettre.
Il était au fait du caractère mêlé des motivations humaines,
et il était heureux d'être assez riche pour pouvoir prétendre
à la main d'une jeune femme qui avait les meilleures
raisons du monde de lui coûter très cher. Après cette heure
de bonheur passée dans le salon de musique, ils s'étaient
par deux fois promenés ensemble à cheval ; mais c'étaient

les seules autres circonstances où il avait eu accès à elle.
Elle l'avait informé, lors de leur deuxième promenade, que
lady Canterville l'avait instruite de ne pas lui donner de
nouveau rendez-vous pour le moment ; et les nombreuses
fois où il s'était présenté à sa porte, on lui avait dit que ni la
mère ni la fille n'étaient chez elles ; on avait d'ailleurs
ajouté que lady Barberina séjournait à Roehampton. En
l'informant de la sorte, au parc, lady Barb l'avait regardé
avec un air de reproche muet — il y avait toujours dans son
regard une espèce de supériorité silencieuse — comme s'il
la soumettait à un désagrément qui devait normalement lui
être épargné ; comme s'il adoptait une attitude excentrique
sur une question que les gens bien élevés traitaient tous de
façon conventionnelle. Il n'en avait pas conclu qu'elle
souhaitait des assurances relatives à son argent, mais que,
sur les questions qui lui étaient indifférentes, elle se
comportait en fille obéissante et en bonne Anglaise, en se
conformant aux idées que lui donnait toutes faites une
maman dont la faillibilité ne lui avait jamais été révélée. Il
savait, à ce moment-là, que son avocat avait répondu à la
lettre de Mr Hilary, et que la froideur de lady Canterville
était la conséquence de cet échange de lettres. Cela n'eut
pas du tout pour effet de lui faire baisser la tête, selon ses
propres termes : cela, il n'en avait pas la moindre intention. Lady Canterville avait parlé de traditions familiales,
mais il était inutile qu'il se retournât vers sa famille pour y
chercher les siennes. Elles résidaient en lui-même : une fois
qu'il avait arrêté une décision, cette décision acquérait dans
l'heure la force d'un mythe ancestral. En attendant, il était
dans la situation détestable de ne pas savoir s'il était fiancé
ou non. Il écrivit à lady Barb pour s'en enquérir ; il était si
étrange qu'il ne fût point reçu ; et elle lui répondit par une
jolie petite lettre à laquelle il trouva une espèce de qualité
surannée, une fraîcheur démodée, comme si c'était une
lettre qui eût pu être écrite au siècle dernier par Clarissa ou
par Amelia ; elle répondait qu'elle ne comprenait absolument rien à la situation ; qu'il était bien entendu qu'elle ne
renoncerait jamais à lui ; que sa mère lui avait dit qu'il y
avait de très bonnes raisons de ne pas aller trop vite ; que,
Dieu merci, elle était encore jeune, et qu'elle pouvait

l'attendre aussi longtemps qu'il le désirerait ; mais qu'elle le
suppliait de ne pas lui parler de questions d'argent car elle
n'y entendait rien. Jackson était sûr qu'il ne courait aucun
risque de commettre cette dernière erreur ; il observa
seulement à quel point lady Barb trouvait naturel qu'il y
eût discussion ; et cela lui fit éprouver avec une fraîcheur
nouvelle le sentiment qu'il avait conquis une descente des
Croisés. Son esprit ingénieux comprenait sans difficulté ce
préjugé héréditaire, tout en restant complètement
moderne quand il s'agissait d'éclairer ses propres pas. Il
était convaincu, du moins le croyait-il, qu'il finirait par
épouser lady Barberina Clement à ses conditions à lui.
Mais, pour le moment, il ressentait quelque humiliation à
être ainsi défié et entravé. Il en résultait entre autres qu'il
désirait la jeune fille plus ardemment que jamais. Quand
elle n'était pas présente en chair et en os devant ses yeux,
son image flottait au-dessus de lui ; et cette image prenait,
pour des raisons qui lui étaient inhérentes, la forme d'un
tableau radieux. Il y avait toutefois des moments où il se
lassait de la contempler, tant elle était impalpable et
frustrante ; alors, pour la première fois de sa vie, Jackson
Lemon connut la mélancolie. Il se sentait seul à Londres, et
très en marge, en dépit de toutes les relations qu'il s'y était
faites et de toutes les factures qu'il y avait payées ; il
ressentait le besoin d'une relation plus intime que toutes
celles qu'il s'était créées, lady Barb exceptée bien entendu.
Il voulait donner libre cours à son dégoût, se soulager, d'un
point de vue américain. Il sentait que dans la lutte engagée
avec la maison Canterville, il était somme toute plutôt
isolé. Cet isolement était bien sûr une source d'inspiration
mais, à certains moments, il en souffrait. C'était alors qu'il
regrettait que sa mère ne fût pas à Londres, car il discutait
beaucoup de ses affaires avec cette femme délicieuse qui
savait le calmer en le conseillant dans le sens qu'il
souhaitait le plus. Il alla même jusqu'à regretter d'avoir vu
lady Barb et de n'être pas tombé amoureux de quelque
demoiselle d'outre-Atlantique qui lui eût ressemblé. Ce qui
le ramenait, évidemment, à la conscience du fait qu'il n'y
avait et qu'il ne pouvait y avoir rien qui ressemblât à lady
Barb aux États-Unis ; car n'était-ce pas comme produit du

climat anglais et du tempérament britannique qu'elle lui
était précieuse ? Il s'était soulagé, de son point de vue
d'Américain, en disant ce qu'il avait sur le cœur à lady
Beauchemin, qui lui avait avoué être très irritée par ses
parents. Elle était d'accord avec lui qu'ils avaient commis
une grosse erreur ; ils auraient dû le laisser libre ; et elle lui
disait qu'elle était sûre que cette liberté aurait, pour sa
famille, la même couleur que le silence des sages : celle de
l'or. Il devait les excuser ; il devait se rappeler qu'ils lui
demandaient une chose qui était coutumière chez eux
depuis des siècles. Elle ne lui dit pas sur quelle autorité elle
fondait ses dires quant à l'origine des traditions, mais elle
l'assura qu'elle allait dire deux mots à son père et à sa
mère, et que tout allait s'arranger. Jackson répondit qu'il
n'avait rien contre les traditions mais que, quand des gens
intelligents se trouvaient dans une circonstance où il fallait
s'en écarter, ils savaient le reconnaître ; et sur ces paroles, il
attendit le résultat des remontrances de lady Beauchemin.
Il n'y avait eu jusqu'à présent aucun résultat tangible, et il
faut bien dire que la jeune femme était très ennuyée.
Quand elle s'était risquée à dire à sa mère qu'on avait
adopté une mauvaise ligne de conduite avec le prétendant
de sa sœur, lady Canterville avait rétorqué que la mauvaise
volonté dont Mr Lemon faisait preuve en la matière
démontrait suffisamment le bien-fondé de leurs craintes
quant à l'instabilité de sa fortune (car il ne servait à rien de
discuter, cette gracieuse dame pouvait se montrer très
décidée : il ne pouvait pas y avoir d'autre raison valable
que celle-là) ; en entendant cet argument, la protectrice de
Jackson se sentit, comme je l'ai dit, très décontenancée. Il
était peut-être exact, s'ils ne réclamaient pas de garanties
suffisantes, que Barberina risquait d'ici à quelques années
de ne plus avoir que les plis de la bannière étoilée pour se
couvrir (cette formule étrange était une citation de Mr Lemon). Lady Beauchemin essaya de réfuter rationnellement
cet argument avec lady Marmaduke, mais c'étaient là des
difficultés auxquelles cette dernière n'avait pas prévu que
se heurterait son projet de société anglo-américaine. Elle
fut bien forcée d'admettre que la fortune de Mr Lemon ne
pouvait pas avoir la solidité des choses établies depuis

longtemps ; c'était même une fortune très neuve. Son père
en avait acquis l'essentiel d'un seul coup, quelques années
seulement avant sa mort, de cette façon extraordinaire que
les Américains avaient de devenir riches ; c'était bien sûr
pour cette raison que son fils était doté de ces singuliers
attributs professionnels. Il avait commencé ses études de
médecine très jeune, à une époque où ses espérances
n'étaient pas aussi grandes. Il avait alors découvert qu'il
avait beaucoup de facilités, et il y avait pris goût ; et il avait
continué parce qu'après tout, en Amérique, dans ce pays
où les gentlemen-farmers n'existaient pas, il fallait bien
qu'un jeune homme ait une occupation, n'est-ce pas ? Et
lady Marmaduke, en femme éclairée, laissa entendre que
dans un cas pareil il lui paraissait de bien meilleur goût de
ne pas chercher à enterrer quoi que ce soit. « Parce qu'en
Amérique, voyez-vous, ce n'est pas une chose qu'on peut
enterrer. Rien, on ne peut rien enterrer. Tout finit par
remonter à la surface, dans les journaux. » Tel était son
raisonnement, et elle essaya de consoler son amie en lui
faisant remarquer que quelle que fût la précarité de la
fortune de Mr Lemon, au moins était-elle colossale. C'était
bien là ce qui ennuyait lady Beauchemin : elle était
colossale et elle allait leur échapper. Il était têtu comme
une mule, elle était sûre qu'il ne baisserait pas la tête. Lady
Marmaduke déclara le contraire, et proposa même de
parier une douzaine de « gants de Suède », ajoutant que ce
résultat dépendait de Barberina. Lady Beauchemin se
promit de parler à sa sœur, car ce n'était pas pour rien
qu'elle s'était laissé gagner par la contagion de l'internatio-
nalisme.

Pour dissiper son chagrin, Jackson Lemon était retourné
assister aux séances du congrès médical où, comme c'était
inévitable, il était retombé entre les mains de Sidney
Feeder qui jouissait d'une grande popularité au sein de
cette assemblée désintéressée. Le docteur Feeder désirait
sincèrement que son vieil ami la partageât, ce qui était
d'autant plus facile que le congrès était vraiment, comme
l'avait remarqué le jeune médecin, un banquet permanent.
Jackson Lemon régala tout le monde, et ce d'une façon qui
était plus celle d'un bienfaiteur de la science que d'un de

ses humbles serviteurs ; mais ces distractions ne lui firent oublier que momentanément le caractère anormal de ses relations avec la maison Canterville. Son grand problème lui revenait régulièrement à l'esprit, et Sidney Feeder en voyait la marque imprimée sur son front. Jackson Lemon, qui était très porté à parler de lui, fut plus d'une fois sur le point de mettre le compatissant Sidney Feeder dans la confidence. Son ami lui en offrait volontiers l'occasion ; il lui demandait à quoi il pensait tout le temps, et si la jeune marquise avait fini par décider qu'un médecin était plus qu'elle n'en pouvait avaler. Ces façons de s'exprimer déplaisaient à Jackson Lemon dont la délicatesse n'était pas chose nouvelle ; mais c'était pour des raisons plus profondes qu'il se disait que, dans un cas aussi complexe que le sien, il n'y avait pas de secours à attendre de Sidney Feeder. Pour comprendre sa situation, il fallait connaître le monde, et le fils de Cincinnati ne le connaissait pas, du moins pas le monde auquel son ami avait maintenant à faire.

« Y a-t-il quelque chose qui coince pour ton mariage ? Dis-moi seulement cela », avait demandé Sidney Feeder, tenant tout le reste pour acquis, ce qui était en soi la preuve d'une grande innocence. Il est vrai qu'il avait ajouté qu'il se mêlait sans doute de ce qui ne le regardait pas, mais que cela le travaillait depuis que Mr et Mrs Freer lui avaient dit que l'aristocratie britannique regardait de haut le corps médical.

— Est-ce qu'ils te demandent de renoncer à notre profession ? Est-ce que c'est cela qui coince ? Ne baisse pas pavillon, Jackson. L'élimination de la souffrance, le soulagement de la détresse, voilà certainement la plus noble profession du monde.

— Mon vieux, tu parles de ce que tu ne connais pas, avait-il fait remarquer en réponse. Je n'ai encore dit à personne que j'allais me marier ; et j'ai encore moins dit à qui que ce soit que quelqu'un trouvait à redire à ma profession. Je voudrais les y voir. Je ne suis plus dans la course en ce moment, mais je ne me considère pas comme le genre d'homme auquel on trouve quelque chose à redire. Et j'ai bien l'intention de faire quelque chose, un jour.

— Alors rentre, et agis. Et pardonne-moi si je te dis qu'il est beaucoup plus facile de se marier chez nous.

— Apparemment, cela n'a pas été spécialement facile pour toi.

— Je n'en ai jamais eu le temps. Mais attends les prochaines vacances et tu vas voir.

— C'est trop facile chez nous. Les seules bonnes choses sont les choses difficiles, dit Jackson Lemon sur un ton faussement sentencieux qui mit son interlocuteur au supplice.

— Bon, je le vois bien, ils se sont raidis. Je suis heureux que cela te plaise. Seulement, s'ils méprisent ta profession, que diront-ils de celle de tes amis ? demanda Sidney Feeder dont l'esprit n'était pas en général porté au sarcasme, mais qui se sentait poussé à adopter un ton tranchant par sa conviction que son ami (en dépit de ses déclarations, qui étaient un mélange d'aveu et de dénégation) supportait de se laisser embêter pour acquérir une chose qu'il pouvait obtenir ailleurs sans embêtements.

Il avait été envahi par la certitude que ces embêtements n'en valaient pas la peine.

— Mon vieux, tout cela est inepte.

Telle avait été la réponse de Jackson Lemon, mais elle n'exprimait qu'une partie de ce qu'il pensait. Le reste était inexprimable, ou presque, car il était lié au sentiment de rage qui le prenait en voyant que même un esprit aussi bienveillant que celui de Sidney Feeder considérait sans équivoque qu'en offrant son nom à une enfant de la plus haute de toutes les civilisations il quittait le droit chemin, il s'écartait de sa pente naturelle. Fallait-il donc qu'il fût si ignoble, voué à un tel point aux choses inférieures, pour que le jour où il rencontrait une fille qui (mis à part son absence de génie, chose rare et que, malgré son goût pour la rareté, il ne désirait pas) lui paraissait posséder la féminité la plus complète qu'il eût rencontrée, il dût se considérer différent et incongru au point de ne pas pouvoir la prendre pour compagne ? Il prendrait la compagne de son choix, tel était l'aboutissement des réflexions de Jackson Lemon. Il s'écoula plusieurs jours au cours desquels tout le monde, et même des innocents comme Sidney Feeder, lui parut abject.

Je raconte tout cela pour montrer les raisons qui faisaient que, en allant rendre visite à Mrs Freer, il était beaucoup moins porté à se mettre en colère contre les gens qui (tels les Dexter Freer un mois plus tôt) avaient laissé entendre qu'il était fiancé à la fille d'un pair d'Angleterre qu'à en vouloir à ceux qui insinuaient que cet espoir avait rencontré des obstacles. Il passa une demi-heure seul avec Mrs Freer, dans la tranquillité dominicale de Jermyn Street. Son mari était allé se promener au parc, comme il le faisait tous les dimanches. C'était comme si tout le monde y était, laissant Jackson et Mrs Freer seuls maîtres du quartier de Saint-James. Cela contribua peut-être à le porter aux confidences ; il était soumis à des influences conciliantes, persuasives. Mrs Freer fit preuve de beaucoup de compassion ; elle le traita comme on traite un garçon que l'on connaît depuis qu'il a dix ans ; elle lui demanda l'autorisation de rester allongée ; elle lui parla longuement de sa mère et elle lui donna presque, pendant un moment, l'impression de remplir les aimables fonctions de cette dame. Elle avait eu la bonne idée, d'entrée de jeu, de ne pas faire la moindre allusion, même indirecte, au fait qu'il avait mis si longtemps à venir lui rendre visite ; son silence à ce propos était du meilleur goût. Jackson Lemon avait oublié que c'était chez elle une habitude, et une grande vertu, que de ne jamais reprocher aux gens ce genre de négligence. Même si l'on ne s'était pas manifesté pendant deux ans, elle vous accueillait toujours de la même façon ; elle n'était jamais ni trop ravie de vous voir, ni pas assez. Toutefois, au bout d'un moment, il comprit que son silence avait un certain sens : elle semblait tenir pour acquis qu'il consacrait tout son temps à une certaine jeune femme. Il fut un moment envahi par l'impression que ses compatriotes tenaient beaucoup de choses pour acquises ; mais quand Mrs Freer, se redressant sur le divan, lui dit brusquement avec un mélange de simplicité et de solennité : « Et maintenant, mon cher Jackson, je veux que tu me dises une chose ! », il sentit que somme toute elle ne faisait pas semblant d'en savoir plus que lui sur la question en suspens. Elle lui prêtait une attention tellement bienveillante qu'en un quart d'heure il lui dit énormément de choses. C'était la première fois qu'il en disait tant à quelqu'un, et il en éprouva encore plus de soulagement

qu'il ne s'y attendait. Cela lui fit voir certaines choses
clairement, en les isolant, et avant tout qu'on lui avait fait
tort. Il ne fit pas la moindre allusion au fait qu'il était
inhabituel, pour un médecin américain, de demander la
main d'une fille de marquis : mais cette réserve n'était pas
délibérée ; elle était tout à fait inconsciente. Il était
obnubilé par la conduite insultante des Canterville et par
l'aspect sordide de leur manque de confiance. Rien ne lui permettait d'imaginer, tandis qu'il bavardait avec Mrs Freer
(et il fut stupéfait après coup d'avoir tant bavardé ; il ne
pouvait se l'expliquer que par son état de nervosité), qu'elle
ne pensât qu'à l'étrangeté de la situation qu'il lui dépeignait.
Elle considérait que les Américains valaient bien le reste du
monde, mais elle ne voyait pas comment une fille de marquis
s'intégrerait, c'était son expression, à la vie américaine.
Pour prendre un simple exemple — les exemples traversaient
l'esprit de Mrs Freer à toute vitesse — est-ce qu'elle ne
considérerait pas toujours que c'était à elle de passer la
première à table ? Comme nouveauté, aux États-Unis, on
aimerait sans doute assez cela au début ; peut-être se
bousculerait-on même pour assister au spectacle. Mais avec
le raffinement croissant de la société américaine, l'attitude
humoristique à laquelle elle devrait d'être à l'abri ne
durerait peut-être pas indéfiniment ; qu'adviendrait-il alors
de lady Barberina ? Mais ce n'était là qu'un petit exemple.
L'imagination vive de Mrs Freer qui, bien qu'elle vécût
beaucoup en Europe, connaissait cependant très bien son
pays natal, voyait plein d'autres exemples se presser en
masse. Si bien que, après l'avoir écouté dans le silence le
plus charmant, elle leva ses deux mains jointes, les pressa
contre sa poitrine, baissa la voix, prit un ton de supplication
et, avec son éternel petit sourire, émit trois mots :

— Mon cher Jackson, non, non, non.

— Non quoi ? demanda-t-il en la dévisageant.

— Ne laisse pas passer cette chance de faire machine
arrière : cela ne collera jamais.

Il savait ce qu'elle entendait par une chance de faire
machine arrière ; c'était un aspect des choses qu'il n'avait
bien entendu pas négligé au cours de ses multiples médita-
tions. La position prise par le vieux couple sur la question

financière (position dont le fait que lady Beauchemin
n'était pas revenue lui dire, comme elle l'avait promis,
qu'elle les avait fait changer d'avis, prouvait assez à quelle
profondeur elle était enracinée), cette position aurait offert
un prétexte en or à un homme qui se serait repenti de ses
avances. Jackson Lemon le savait bien, mais il savait aussi
qu'il ne se repentait pas. Le manque d'imagination du
vieux couple ne changeait rien au fait que Barberina avait,
comme il l'avait dit à son père, un type magnifique. Il se
contenta donc de dire à Mrs Freer qu'il n'avait aucune
envie de faire machine arrière : il était tout autant engagé
qu'avant et il comptait le rester. Mais qu'entendait-elle,
demanda-t-il au bout d'un moment, quand elle disait que
cela ne collerait jamais ? Pourquoi cela ? Mrs Freer répliqua par une autre question : souhaitait-il vraiment qu'elle
lui dît ? Cela ne collerait pas parce que lady Barberina ne
serait pas heureuse de sa place à table. Dans une société de
roturiers, elle ne se contenterait que du meilleur ; et le
meilleur, elle ne pouvait pas escompter (et sans doute
pensait-il qu'elle n'escomptait pas) l'avoir tout le temps.

— Que voulez-vous dire par roturiers ? insista Jackson
Lemon de l'air le plus sérieux du monde.

— Je veux dire toi et moi, et mon pauvre mari et le
docteur Feeder, dit Mrs Freer.

— Je ne vois pas comment il pourrait y avoir des
roturiers là où il n'y a pas de nobles. C'est le marquis qui
fait le manant, et réciproquement.

— Et la marquise n'en ferait pas autant ? Lady Barberina, anglaise isolée, peut faire un million d'inférieurs.

— Avant toute chose, elle sera ma femme, et elle ne
prononcera pas plus le mot d'inférieur que moi. Je ne
l'emploie jamais, c'est très vulgaire.

— Je ne sais pas de quoi elle parlera, mon cher Jackson,
mais elle pensera, et ce ne seront pas des pensées agréables, pour les autres, j'entends. Comptes-tu la rabaisser à
ton rang à toi ?

Jackson dardait plus que jamais ses petits yeux brillants
sur son hôtesse. « Je ne comprends pas ce que vous voulez
dire, et je ne crois pas que vous le compreniez vous-
même. » Ce n'était pas tout à fait sincère, car il comprenait

en fait Mrs Freer, dans une certaine mesure ; nous avons dit
que, avant de demander la main de lady Barb à ses parents, il
s'était demandé, à certains moments, si la fleur de l'aristocratie britannique s'épanouirait sur le sol américain. Mais
que quelqu'un d'autre laissât entendre qu'il n'était pas
capable de faire accepter sa femme (qu'elle fût fille de pair
ou de savetier), cela lui mit le sang en feu. Cela le rendit
instantanément aveugle aux difficultés de détail, ne laissant
plus persister que le sentiment qu'il était déshonoré, lui,
l'héritier de tous les temps, par de telles insinuations. Il
était convaincu — bien qu'il n'eût jamais encore eu
l'occasion de l'exprimer — que sa situation, qui était l'une
des meilleures du monde, était de celles qui rendent tout
possible. Il avait fait les meilleures études que l'époque
permît car, même s'il avait un peu perdu son temps à
Harvard, où il était entré très jeune, il était convaincu
d'avoir été effroyablement sérieux à Heidelberg et à
Vienne. Il s'était voué à l'une des plus nobles professions
qui fussent, profession reconnue comme telle dans le
monde entier, l'Angleterre exceptée, et il avait hérité une
fortune qui dépassait de loin ses premières espérances, à
l'époque où il avait cultivé des habitudes de travail qui
auraient suffi à elles seules, ou plutôt en combinaison avec
ses capacités, qu'il n'exagérait ni ne minimisait, à lui
permettre de se distinguer. Il était l'un des habitants les
plus privilégiés d'un pays immense, neuf et riche, un pays
dont l'avenir, de l'avis de tous, défiait toute prévision, et il
évoluait avec une aisance parfaite dans une société où
personne ne le surpassait. Il trouvait donc indigne de lui de
se demander s'il pouvait se permettre, socialement parlant,
d'épouser qui il voulait. Jackson Lemon se disait fort ; et à
quoi cela servait-il d'être fort si l'on n'était pas prêt à
entreprendre ce que des faibles trouveraient peut-être
difficile ? Il était décidé à épouser la femme qui lui plaisait,
et à ne pas avoir peur d'elle après coup. Les doutes de
Mrs Freer sur ses chances de succès revenaient à lui dire
que ce qu'il était ne suffirait pas à excuser ce qu'était sa
femme ; elle ne lui aurait pas fait éprouver une sensation
différente en lui disant qu'il commettait une mésalliance et
qu'il aurait à se la faire pardonner.

— Je crois que vous ignorez à quel point je pense que la femme qui m'épouse fait une excellente affaire, ajouta-t-il directement.

— J'en suis tout à fait persuadée, mais ce n'est pas si simple... d'être américain, répondit Mrs Freer en poussant un petit soupir philosophique.

— C'est ce qu'on choisit d'en faire.

— Soit, si tu emmènes cette jeune personne en Amérique et si tu l'y rends heureuse, tu en auras fait ce que personne n'a encore jamais fait.

— Trouvez-vous que ce soit un endroit si effroyable ?

— Certes pas, mais elle le trouvera.

Jackson Lemon se leva de son fauteuil et reprit son chapeau et sa canne. Une certaine pâleur l'avait envahi, si forte avait été son émotion ; il avait vraiment été piqué au vif par le fait que son mariage avec lady Barberina pût être considéré comme une ambition démesurée. Il resta un moment immobile, appuyé à la cheminée, et fut très tenté de dire à Mrs Freer qu'elle n'était qu'une vieille femme à la mentalité vulgaire. Mais il dit quelque chose qui était beaucoup plus à propos :

— Vous oubliez qu'elle aura de quoi se consoler.

— Ne t'en va pas, ou je croirai que je t'ai offensé. On ne console pas une marquise blessée.

— Comment blessée ? Les gens seront charmants avec elle.

— Ils seront charmants avec elle... charmants avec elle...

Ces paroles venaient de tomber des lèvres de Dexter Freer, qui avait ouvert la porte de la pièce et qui avait encore la main sur la poignée, rentrant ainsi dans la conversation que sa femme avait avec son visiteur. Ce fut l'affaire d'un instant.

— Je sais évidemment de qui vous parlez, dit-il tout en échangeant des salutations avec Jackson Lemon. Ma femme et moi — nous sommes les mouches du coche, vous le savez bien — nous avons parlé de votre histoire, et nous ne sommes pas du tout d'accord : elle n'en voit que les dangers, je n'en vois que les avantages.

— Ce qu'il appelle les avantages, c'est l'amusement que cela nous procure, fit observer Mrs Freer en remontant les coussins de son divan.

Jackson promena sur ces deux juges désintéressés, l'un après l'autre, un regard vide et glacial ; mais même alors ils ne comprirent pas l'effet que leur familiarité mal placée provoquait sur lui. Il lui était à peine plus agréable de savoir que le mari souhaitait voir lady Barb en Amérique que de savoir que cette vision n'inspirait que de l'effroi à sa femme ; car il y avait dans le visage de Dexter Freer quelque chose qui semblait dire que c'était pour le plaisir des spectateurs que l'événement se produirait.

— Je crois que vous y voyez trop de choses tous les deux, beaucoup trop de choses, répondit-il, assez froidement.

— Mon jeune ami, à mon âge, je puis me permettre certaines libertés, dit Dexter Freer. Faites-le, je vous en supplie, faites-le : personne ne l'a fait avant vous.

Puis, comme si le regard de Jackson était une contestation de cette affirmation, il poursuivit :

— Jamais, je vous l'assure, dans ce cas précis. Des jeunes femmes de l'aristocratie britannique ont épousé des cochers ou des marchands de poisson, mais jamais quelqu'un comme vous ou moi.

— C'est sûr qu'aucune ne t'a jamais épousé, dit Mrs Freer.

— Je vous suis très obligé de vos conseils.

On peut trouver que Jackson Lemon se prenait un peu au sérieux ; et il est vrai que s'il n'en avait pas été ainsi, je n'aurais sans doute pas eu l'occasion d'écrire cette petite histoire. Mais il avait presque la nausée d'entendre discuter de ses fiançailles comme d'un phénomène curieux et ambigu. Il avait sans doute ses propres idées sur la question, ce qui était normal s'agissant de ses fiançailles ; mais les idées qui se révélaient avoir peuplé l'imagination de ses amis finirent par lui faire monter le feu aux joues.

— Je préfère ne plus discuter de mes petits projets, ajouta-t-il à l'intention de Dexter Freer. J'ai raconté toutes sortes d'absurdités à Mrs Freer.

— Des absurdités très intéressantes, déclara la dame en question. Tu as été traité de façon fort sotte.

— L'autorisez-vous à m'en parler après votre départ ? demanda son mari au jeune homme.

— Je pars maintenant ; elle peut vous dire ce qu'elle veut.

— Je crains que nous n'ayons été désagréables avec toi, dit Mrs Freer. J'ai trop dit ce que je pensais. Il faut que tu me pardonnes, c'est uniquement pour ta mère que je l'ai fait.

— C'est elle que je veux présenter à lady Barberina! s'exclama Jackson Lemon, avec l'étourderie de l'amour filial.

— Mon Dieu! murmura Mrs Freer.

— Nous rentrerons en Amérique voir comment vous vous en tirez, dit son mari. Et si vous réussissez, ce sera un important précédent.

— Je réussirai, soyez-en sûrs!

Et sur ces mots, il prit congé. Il s'éloigna, de la démarche rapide d'un homme en proie à une certaine excitation; il remonta jusqu'à Piccadilly, redescendit au-delà de Hyde Park Corner. Il éprouvait un soulagement à parcourir ces distances, car ses pensées étaient en ébullition, sous l'effet de son irritation, et le mouvement l'aidait à penser. Certaines des suggestions lancées au cours de la demi-heure précédente tournaient dans sa tête, d'autant plus qu'elles semblaient être représentatives et exprimer tout haut l'opinion générale. Si Mrs Freer voyait son avenir ainsi, d'autres le verraient probablement de la même façon; et il ressentit soudain le besoin de montrer à ces autres-là qu'ils se faisaient une piètre idée de sa situation. Jackson Lemon marcha et marcha jusqu'à ce qu'il se retrouvât sur la route de Hammersmith. J'ai dit que c'était un homme très déterminé, et je donnerai peut-être l'impression de contredire cette allégation en rapportant qu'il écrivit le soir même à son avocat pour lui demander d'informer Mr Hilary qu'il accepterait les propositions de rente que Mr Hilary lui ferait. La détermination de Jackson se manifestait dans sa décision d'épouser lady Barberina à quelque condition que ce fût. Il lui apparaissait, dans son désir de prouver qu'il n'avait pas peur (tant il détestait ce soupçon), que les conditions étaient une affaire bien secondaire. Ce qui était fondamental, ce qui était essentiel, c'était d'épouser lady Barberina et de réaliser ses projets.

5

— Maintenant, vous pourriez rester à la maison le dimanche, dit Jackson Lemon à sa femme, au mois de mars suivant, plus de six mois après leur mariage.

— Est-ce que les gens sont plus sympathiques le dimanche que les autres jours ? répliqua lady Barberina du fond de son fauteuil, sans lever les yeux de son petit livre à couverture rigide.

Il hésita un seul instant avant de répondre :

— J'ignore s'ils le sont, mais je pense que vous pourriez l'être.

— Je le suis autant que j'en suis capable. Il faut me prendre comme je suis. Vous saviez en m'épousant que je n'étais pas américaine.

Jackson Lemon se tenait près du feu vers lequel sa femme tournait le visage et tendait les pieds ; il s'y tint un certain temps, les mains derrière le dos et le regard baissé, un peu de travers, vers la tête penchée et la silhouette richement drapée de lady Barberina. Disons sans plus tarder qu'il était irrité, et ajoutons qu'il avait deux raisons de l'être. Il sentait qu'il était au bord de la première crise qui eût éclaté entre sa femme et lui (le lecteur se rendra compte qu'elle ne tarda pas vraiment à éclater) et il était agacé de son agacement. Le lecteur a eu un aperçu de l'état d'esprit dans lequel il se trouvait avant son mariage, et il se souviendra qu'à cette époque Jackson Lemon se considérait d'une certaine façon comme inaccessible à l'irritation. Quand on est fort, on n'est pas irritable, et s'unir à une sorte de déesse constituait bien entendu une force. Lady Barberina était toujours une déesse, et Jackson Lemon avait toujours autant d'admiration pour sa femme que le jour où il l'avait conduite à l'autel ; mais je ne suis pas certain qu'il se sentît aussi fort.

— Comment savez-vous ce que sont les gens ? demandat-il au bout d'un moment. Vous en avez vu si peu ; vous ne vous montrez jamais. Si vous deviez quitter New York demain, c'est extraordinaire comme vous le connaîtriez peu.

— C'est toujours pareil, dit lady Barb. Tout le monde se ressemble.

— Comment pouvez-vous le dire ? Vous ne rencontrez jamais personne.

— Est-ce que je ne suis pas sortie tous les soirs pendant les deux premiers mois où nous avons été ici ?

— Seulement dans une douzaine de maisons, toujours les mêmes ; et de plus chez des gens que vous connaissiez déjà de Londres. Vous ne vous êtes fait aucune impression générale.

— Je n'ai que ça, des impressions générales, et je les avais avant de venir. Tout le monde est exactement pareil : les gens s'appellent pareil, se conduisent pareil.

Encore une fois, Jackson Lemon eut un instant d'hésitation ; puis il demanda, avec cette espèce de candeur dont il a déjà été fait mention, et qu'il avait parfois à Londres quand il lui faisait la cour : « Est-ce que vous ne vous plaisez pas ici ? »

Lady Barb leva les yeux de son livre :

— Est-ce que vous pensiez que j'allais me plaire ?

— Je l'espérais, bien sûr. Je vous l'avais dit, je pense.

— Je ne m'en souviens pas. Vous en parliez très peu, vous en faisiez une espèce de mystère. Je savais bien sûr que vous vouliez que je vive ici, mais je ne savais pas que vous vouliez que je m'y plaise.

— Pour vous, c'était une espèce de sacrifice que je vous demandais.

— A vrai dire, je n'en sais rien, dit lady Barb. (Elle se leva de son fauteuil et jeta sur le siège vide le volume qu'elle lisait.) Je vous recommande ce livre, ajouta-t-elle.

— C'est intéressant ?

— C'est un roman américain.

— Je ne lis jamais de romans.

— Vous auriez intérêt à jeter un coup d'œil sur celui-ci ; il vous montrera le genre de personnes que vous voulez que je connaisse.

— Je ne doute pas que ce soit très vulgaire, dit Jackson Lemon. Je ne vois pas pourquoi vous le lisez.

— Qu'est-ce que je peux faire d'autre ? Je ne peux pas passer mon temps à cheval dans le parc. Je déteste le parc, fit observer lady Barb.

— Il vaut bien le vôtre, dit son mari.

Elle lui jeta un regard rapide, les sourcils légèrement levés :

— Vous voulez parler du parc de Pasterns ?

— Non, je parle de celui de Londres.

— Je me moque de Londres. On ne passait jamais plus de quelques semaines à Londres.

— J'imagine que votre pays vous manque, dit Jackson Lemon.

Sa philosophie était qu'il ne devait avoir peur de rien et que, quelle que fût la situation, il ne devait jamais avoir peur d'apprendre le pire ; et le démon d'un courage qui n'était pas suffisamment tempéré de prudence le poussait à donner des coups de sonde qui n'étaient pas absolument exigés par la sécurité mais qui révélaient de véritables écueils. Connaître leur existence ne sert pas à grand-chose quand on ne peut pas les éviter : il ne reste plus qu'à s'en remettre au vent.

— Je ne sais pas ce qui me manque. Je crois que tout me manque !

Telle fut la réponse de sa femme à la question indiscrète qu'il lui avait posée. Ce n'était pas une réponse grincheuse, car ce n'est pas le ton qui convient à une déesse, mais elle en laissait beaucoup entendre — beaucoup plus que lady Barb, qui n'était pas très loquace, n'en avait jamais dit auparavant. Et même si sa question avait été précipitée, Jackson Lemon se disait que rien ne l'empêchait de prendre tout son temps pour réfléchir au contenu de la petite tirade de sa femme ; il ne pouvait éviter de voir que l'avenir lui en fournirait largement l'occasion. Il n'était pas pressé de se demander si cette pauvre Mrs Freer n'avait pas eu raison, après tout, en lui disant dans la maison de Jermyn Street que, quand il s'agissait d'épouser un rejeton d'une caste britannique, ce n'était pas si simple d'être un médecin américain, et pas si utile d'être l'héritier de tous les temps. Ce fut par un jeu d'associations complexes, mais qui se produisirent rapidement dans son esprit brillant,

qu'il passa de ces idées qui venaient de l'effleurer fugitivement à des réflexions qui l'amenèrent à demander à sa
femme, un instant plus tard :

— Aimeriez-vous descendre dans le Connecticut ?

— Le Connecticut ?

— C'est un de nos États ; il est presque aussi grand que
l'Irlande. Je vous y conduirai si vous en avez envie.

— Qu'est-ce qu'on y fait ?

— On peut essayer d'y chasser un peu.

— Tous les deux seuls ?

— On pourrait peut-être avoir quelques invités ?

— Des gens de l'État ?

— Oui, on pourrait le leur proposer.

— A des marchands ?

— Exact, il faudra qu'ils s'occupent de leurs boutiques, dit
Jackson Lemon. Mais nous pourrions chasser sans personne.

— Est-ce qu'il y a des renards ?

— Non, mais il y a quelques vieilles vaches.

Lady Barb s'était déjà aperçue qu'il prenait parfois à son
mari fantaisie de se moquer d'elle, et elle se rendait compte
que l'occasion présente n'était ni meilleure ni pire qu'une
autre. Elle ne s'en formalisait plus beaucoup à présent,
alors qu'en Angleterre elle en aurait été révoltée ; elle
avait, immense source de réconfort, la conscience de sa
vertu, et elle se flattait d'avoir su adapter ses critères de
convenance ; de plus, il y avait en Amérique une foule de
choses plus déplaisantes que les moqueries d'un mari. Mais
elle fit semblant de s'en formaliser, parce que c'était une
façon de l'interrompre, et surtout d'interrompre la discussion qui, comme souvent chez Jackson, était émaillée de
plaisanteries qui ne la rendaient pas moins fatigante pour
autant. « Je demande seulement qu'on me laisse tranquille », dit-elle en réponse (réponse qui en fait n'en était
pas une) à sa réplique sur les vaches. Sur quoi elle se
dirigea mollement vers une des fenêtres qui donnaient sur
la 5ᵉ Avenue. Elle aimait beaucoup ces fenêtres, et elle
s'était entichée de la 5ᵉ Avenue qui offrait, sous le climat
rigoureux de l'hiver, quand tout était illuminé, un spectacle
plein de nouveauté. On voit qu'elle n'était pas complètement partiale avec son pays d'adoption : elle trouvait un

grand plaisir à regarder par la fenêtre. C'était un plaisir qu'elle n'avait pu s'offrir à Londres que de la façon la plus furtive ; une jeune fille ne fait pas ce genre de chose en Angleterre. En outre, à Londres, il n'y avait rien de spécial à voir, dans Hill Street ; mais dans la 5ᵉ Avenue, c'était un flot continu de choses et de gens, et il était possible de les observer sans compromettre sa dignité grâce aux masses de brocart et de dentelle qui habillaient les fenêtres, ce qui n'aurait pas fait très ordonné en Angleterre, mais qui permettait de se mettre en embuscade et n'occultait pas l'éclat du jour. Des centaines de femmes, ces curieuses New-Yorkaises qui ne ressemblaient à rien de ce que lady Barb avait vu jusqu'alors, passaient devant la maison toutes les heures, et la jeune marquise s'amusait infiniment du fascinant spectacle de leurs vêtements. Cette distraction lui prenait beaucoup plus de temps qu'elle ne s'en rendait compte ; et si elle avait été portée à faire retour sur elle-même, ou à se demander des comptes sur sa conduite (question qu'elle ne négligeait à vrai dire pas complètement, mais qu'elle traitait assez sommairement), elle aurait souri avec tristesse en voyant ce qui semblait constituer la principale justification de sa venue à New York, toute consciente qu'elle fût d'avoir des goûts très simples et de se moquer de faire une chose plutôt qu'une autre, la chasse mise à part.

Son mari se retourna vers le feu, repoussant du pied une bûche qui était tombée. Puis il lui dit (le rapport avec les propos qu'elle venait d'émettre étant suffisamment apparent) :

— Il faut vraiment que vous restiez à la maison le dimanche, vous savez. J'aimais cela énormément, à Londres. C'est ce que font les femmes de la meilleure société ici. Vous feriez bien de commencer dès aujourd'hui. Je vais voir ma mère ; si je rencontre du monde, je leur dirai de venir.

— Dites-leur de ne pas parler autant, demanda lady Barb dans ses rideaux de dentelle.

— Ah, ma chérie, tout le monde n'a pas votre concision !

Il vint se placer derrière elle, à la fenêtre et il lui passa le bras autour de la taille. Il éprouvait autant de satisfaction que six mois auparavant, à l'époque où les avocats se

mettaient d'accord sur les questions financières, d'accrocher à sa boutonnière cette fleur d'une souche antique ; il
continuait de trouver que son parfum avait quelque chose
d'unique, et il était clair comme le jour que son épouse
était la plus belle femme de New York. Au début, après
leur arrivée, il le lui disait très souvent ; mais recevoir cette
assurance ne lui colorait pas les joues et ne lui illuminait
pas les yeux ; être la plus belle femme de New York n'était
pas, à ses yeux, une situation dans la vie. Il faut en outre
que le lecteur sache que, si surprenant que cela paraisse,
lady Barb n'était pas particulièrement convaincue de la
vérité de cette affirmation. Il y avait quelques très jolies
femmes à New York et, sans souhaiter le moins du monde
être comme elles (elle n'avait pas vu en Amérique de
femme à laquelle elle eût envie de ressembler), elle leur
enviait certaines choses. Il est probable que ses plus
grandes qualités étaient celles dont elle était le moins
consciente. Mais son mari avait conscience de toutes :
aucun détail n'échappait à l'admiration qu'il avait pour son
épouse. Tel était le sens du baiser très tendre qu'il lui
donna, après être resté un moment debout derrière elle.

— Est-ce que vous avez un message pour ma mère ?
demanda-t-il.

— Donnez-lui mon affectueux souvenir, je vous prie.
Vous pourriez aussi lui apporter ce livre.

— Quel livre ?

— Le vilain livre que je lisais.

— Au diable vos livres, dit Jackson Lemon avec une
certaine irritation, en quittant la pièce.

Dans la vie qu'elle menait à New York, il y avait
beaucoup de choses qui coûtaient un effort à lady Barb ;
mais adresser son affectueux souvenir à sa belle-mère ne
faisait pas partie de ces choses-là. Mrs Lemon était la
personne qu'elle préférait en Amérique : c'était la seule
qui donnât à lady Barb une impression d'ingénuité véritable, et c'était là une qualité qu'elle comprenait. Beaucoup
de gens lui avaient fait l'effet d'être ordinaires et rustauds ;
beaucoup d'autres d'être prétentieux et vulgaires ; mais
chez la mère de Jackson, elle avait trouvé le juste milieu,
une simplicité qui était, selon ses propres termes, vraiment

sympathique. Lady Agatha, sa sœur, avait encore plus
d'affection pour Mrs Lemon ; mais il fallait dire que lady
Agatha s'était absolument entichée de tout, des choses
comme des gens, et qu'à l'entendre l'Amérique était le
pays le plus délicieux qui fût au monde. Elle passait des
moments merveilleux (parlant déjà un américain magnifique) et avait été, au cours de l'hiver qui se terminait, la
jeune fille la plus en vue de New York. Elle avait
commencé par sortir avec sa sœur ; mais, depuis quelques
semaines, lady Barb laissait passer tellement d'occasions
que lady Agatha s'était jetée dans les bras de Mrs Lemon,
qui la trouvait extrêmement originale et amusante et qui
était ravie de l'emmener dans le monde. Mrs Lemon, qui
était une vieille dame, avait renoncé à ce genre de vanités ;
mais il lui suffisait d'un prétexte et, bien disposée comme
elle l'était, elle commanda une douzaine de bonnets neufs
et, assise contre le mur, alla en souriant regarder sa petite
Anglaise pratiquer en musique, sur les parquets vernis, les
pas et les intonations de l'Amérique. A New York, il
n'était pas difficile de sortir, et la moitié de l'hiver ne s'était
pas écoulée que la petite Anglaise se rendait toute seule, en
femme du monde accomplie, à toutes sortes de dîners où
elle pouvait être sûre de trouver un bouquet à côté de son
assiette. Sa mère et elle avaient échangé une grosse
correspondance sur la question, et lady Canterville finit par
cesser de protester, ce qui de toute façon n'aurait servi
absolument à rien. Lady Canterville sentait au fond d'elle-
même que si elle avait donné la plus belle de ses filles à un
médecin américain, elle pouvait bien en laisser une autre
devenir une « raconteuse » professionnelle (Agatha lui
avait écrit qu'on lui demandait sans cesse de parler), quelle
que fût l'étrangeté apparente de ce destin pour une fille de
dix-neuf ans. Mrs Lemon était beaucoup plus ingénue que
ne le croyait lady Barberina, car elle n'avait pas remarqué
que lady Agatha dansait beaucoup plus souvent avec
Herman Longstraw qu'avec qui que ce fût d'autre. Jackson
Lemon, qui allait cependant à peu de bals, avait découvert
cette vérité, et il prit un air un peu soucieux quand, après
cinq minutes passées en compagnie de sa mère, ce
dimanche après-midi dans le cadre duquel j'ai invité le

lecteur à reconstituer beaucoup plus de choses qu'il n'en apparaît, je le crains, dans le déroulement de cette petite histoire, il apprit que sa belle-sœur recevait Mr Longstraw dans la bibliothèque. Il était arrivé une demi-heure plus tôt, et elle l'avait emmené dans cette pièce pour lui faire voir le sceau des Canterville, qu'elle portait accroché avec ses multiples breloques (elle avait une centaine de bracelets et de chaînes en parure), et qu'elle ne pouvait lui montrer selon les règles de l'art qu'avec une bougie et un bâton de cire. Il était apparemment en train de l'examiner avec un soin particulier car cela faisait un bon moment qu'ils s'étaient absentés. L'ingénuité de Mrs Lemon apparaissait encore plus dans sa négligence à mesurer la longueur de cette absence ; seule la question de Jackson l'avait amenée à s'en souvenir.

Herman Longstraw était un jeune Californien, arrivé à New York l'hiver précédent et qui, selon l'expression que l'on pouvait entendre utilisée dans l'État qui l'avait vu naître, finançait ses voyages avec sa moustache. Ladite moustache, et certaines des caractéristiques qui allaient avec, était très décorative : on savait qu'il s'était trouvé des dames à New York pour dire que c'était un vrai rêve tellement c'était beau. Ajoutée à sa haute taille, à sa gentillesse familière et à son étonnant vocabulaire de l'Ouest, elle constituait la totalité de son capital social ; car des deux grandes espèces de Californiens, les riches et les pauvres, on savait bien quelle était la sienne. Jackson Lemon le considérait comme une espèce de cow-boy en moins fruste, et il était un peu agacé par sa mère, bien qu'il se rendît compte qu'elle pouvait difficilement imaginer l'effet que produirait un tel accent sous les lambris des Canterville. Il n'avait pas la moindre envie de jouer un mauvais tour à la maison à laquelle il était allié, et il savait pertinemment que lady Agatha n'avait pas été envoyée en Amérique pour se lier à un Californien de la mauvaise espèce. Il avait très volontiers accepté de l'emmener avec eux ; il se disait, de façon légèrement vindicative, que cela donnerait peut-être à ses parents une petite idée de ce qu'il était prêt à faire s'ils ne lui avaient pas mis Mr Hilary sur le dos. Herman Longstraw, à en croire la légende, avait été trappeur, squatteur, mineur, pionnier, bref tout ce que l'on pouvait être dans ces parties romanesques de l'Amérique, et il avait accumulé des tonnes d'expérience bien qu'il n'eût pas encore trente ans. Il avait tué des ours dans les Rocheuses et des bisons dans les plaines, et l'on pensait même qu'il avait abattu des animaux d'une espèce encore plus dangereuse, sur le territoire des hommes. L'histoire avait couru qu'il possédait un élevage de bétail en Arizona ; mais une version plus récente, et plus authentique, de la même histoire, tout en continuant à le montrer s'occupant de bétail, cessait de le présenter comme propriétaire. Nombre des histoires qui couraient sur son compte étaient fausses ; mais sa moustache, sa gentillesse et son accent étaient absolument authentiques. Il dansait très mal, mais lady Agatha avait déclaré franchement à plusieurs personnes que ce n'était pas le premier ; et (chose qu'en revanche elle ne disait pas) elle trouvait Mr Herman Longstraw à son goût. Ce qu'elle aimait en Amérique, c'était la révélation de la liberté ; et il n'y avait pas de plus grande preuve de liberté que de bavarder avec un homme qui s'habillait de peaux de bêtes quand il n'était pas à New York et qui, dans ses activités habituelles, portait sa vie (et celle de quelques autres) à bout de bras. Un monsieur, à côté duquel elle avait dîné dans les premiers temps de son séjour à New York, lui avait déclaré que les États-Unis étaient le paradis des femmes et des techniciens : à l'époque, elle avait trouvé cela très abstrait car elle avait alors le sentiment de n'appartenir à aucune de ces deux catégories. En Angleterre, elle n'était qu'une fille, ce qui signifiait essentiellement que, pour son malheur, elle n'était pas un garçon. Mais elle se rendait compte maintenant que New York était un paradis, ce qui contribua à lui apprendre qu'elle faisait partie des gens qu'avait cités son voisin de table, des gens qui pouvaient faire ce qu'ils voulaient, qui avaient voix au chapitre en tout, et qui manifestaient leurs goûts et leurs idées. Elle voyait bien qu'il était très amusant d'être femme en Amérique, et que c'était la meilleure façon de profiter de l'hiver new-yorkais — merveilleux, brillant hiver de New York, la grande ville bizarre, tout en longueur, avec ses mille lumières, son temps disloqué où l'on ne distinguait pas le matin de l'après-midi, ni la nuit du jour, sa ronde de libertés et de promenades, ses sorties et ses visites, ses intimités, ses affections, ses drôleries, ses clochettes et ses traîneaux, les couchers de soleil sur la neige, les sorties en patins dans la lumière glacée, la chaleur veloutée des maisons vivement éclairées, les bouquets, les sucreries, les petits gâteaux, les gros gâteaux, les tentations irrésistibles du lèche-vitrines, les innombrables déjeuners et dîners offerts à la jeunesse et à l'innocence, tous les papotages de toutes les jeunes filles, la ronde des Allemands, les soupers au restaurant après le spectacle, la façon dont l'existence était envahie par Delmonico et Delmonico par le sentiment que même s'il fallait faire une croix sur ses chasses, même si ceci était tout autre chose, c'était presque aussi bon et, imprégnant tout, baignant tout, ce bruit éclatant, sonore, amical, qui n'appartenait qu'à cette ville, mais qui était tellement humain.

Lady Agatha habitait maintenant, pour changer, chez Mrs Lemon, et ce genre d'aventure faisait partie des plaisirs de sa saison new-yorkaise. La maison était trop fermée, mais, physiquement parlant, la jeune fille pouvait supporter n'importe quoi, et c'était tout ce dont elle avait à se plaindre ; car, nous le savons, Mrs Lemon la trouvait délicieuse et n'avait pour la gâter aucun de ces scrupules du Vieux Monde auxquels lady Agatha comprenait maintenant qu'elle avait été indûment sacrifiée par le passé. A sa façon, qui n'était pas du tout celle de sa sœur, elle aimait être importante, et c'était assurément ce qu'elle était quand elle voyait Mrs Lemon n'avoir apparemment rien d'autre à faire au monde (après qu'elle avait passé une partie de sa matinée avec ses domestiques) que d'inventer des petites distractions (dont beaucoup étaient d'ordre comestible) pour son invitée. Elle avait bien quelques amis, mais pas de cercle à proprement parler, et les gens qui venaient chez elle venaient surtout pour voir lady Agatha. Et c'était éminemment, comme nous l'avons vu, le cas d'Herman Longstraw. Tout cela provoquait chez lady Agatha un immense sentiment de succès, succès d'un genre nouveau et inattendu. Bien entendu, en Angleterre, elle avait trouvé d'une certaine façon le succès dans son berceau, en

venant au monde dans une des plus belles pièces de
Pasterns ; mais son triomphe actuel était davantage l'œuvre
de ses propres efforts (même si elle n'en avait pas fait
beaucoup) et de son propre mérite. Ce n'était pas tant ce
qu'elle disait (car les jeunes filles de New York étaient
deux fois plus bavardes qu'elle) que cette disposition à
s'amuser qui dansait sur les courbes de son visage jeune et
frais, et qui pétillait dans le gris de ses yeux d'Anglaise.
Elle s'amusait de tout, même des tramways, dont elle
faisait grand usage ; et, plus que tout, elle s'amusait
de Mr Longstraw et de ses histoires d'ours et de bisons.
Dès que son fils eut commencé à la mettre en garde,
Mrs Lemon lui promit de faire très attention et, cette fois,
elle ne promettait pas sans comprendre. Elle trouvait
convenable que les gens choisissent les compagnons qui
leur plaisaient ; elle l'avait prouvé par la façon dont elle
s'était récemment comportée à l'égard de Jackson dont elle
considérait que le mariage n'avait aucune autre justification que l'amour. Ce qui ne l'empêchait pas pour autant de
voir que Herman Longstraw ferait probablement un peu
fruste en Angleterre, et pas simplement parce qu'il était
tellement inférieur à Jackson car, après tout, il y a des
choses sur lesquelles il faut savoir mettre une croix.
Jackson Lemon se sentait libre du côté de sa belle-mère,
ayant pris ses précautions en ce sens, mais il se rendait
compte qu'il donnerait à lady Canterville un avantage
permanent sur lui dans l'hypothèse où, au cours de son
séjour en Amérique, lady Agatha s'attacherait à une simple
moustache.

Comme je l'ai laissé entendre, Mrs Lemon ne partageait
pas toujours complètement les vues de son fils, même si
elle s'empressait toujours d'y souscrire en paroles. Par
exemple, elle n'avait pas encore réussi à appréhender les
raisons de son mariage avec lady Barberina Clement.
C'était un grand secret et Mrs Lemon était déterminée à ce
que nul ne l'apprît jamais. Quant à elle, elle était persuadée que les raisons de Jackson lui resteraient éternellement
impénétrables. Elle ne pourrait jamais poser de questions,
car cela serait se trahir. D'emblée, elle lui avait dit qu'elle
était ravie ; il était inutile à ce moment-là de demander des

explications qui lui seraient données par la jeune femme
elle-même, quand elle aurait fait sa connaissance. Mais la
jeune femme n'en avait toujours pas donné et il était clair,
à présent, qu'elle n'en donnerait jamais. Elle était très
grande, très belle ; elle répondait exactement à l'idée que
Mrs Lemon se faisait de la fille d'un lord, et elle portait
avec beaucoup d'élégance des vêtements un peu spéciaux,
mais qui lui allaient remarquablement. Mais elle n'élucida
rien ; nous savons, quant à nous, qu'il n'était pas dans la
nature de lady Barb de donner beaucoup d'explications. Si
bien que Mrs Lemon continua de s'interroger, de se
demander pourquoi celle-là et non des milliers d'autres qui
auraient été plus naturelles. Ce choix lui faisait, comme je
l'ai dit, l'effet d'être très arbitraire. Elle trouvait lady Barb
très différente des autres jeunes filles qu'elle avait connues,
ce qui la conduisait presque aussitôt à se désoler pour sa
bru. Elle se disait que Barb était bien malheureuse si elle
trouvait l'univers de son mari aussi spécial que la mère de
ce dernier trouvait la jeune femme ; car il en résulterait
qu'elle serait très isolée. Lady Agatha était très différente,
car elle donnait l'impression de ne rien garder pour elle ; on
voyait tout ce qu'il y avait à voir, et il était clair qu'elle
n'avait pas le mal du pays. Mrs Lemon se rendait compte
que lady Barberina était minée par ce mal-là mais qu'elle
était trop fière pour le montrer. Elle devina même le fond
de la vérité, à savoir que la femme de Jackson n'avait
même pas le réconfort des larmes parce que cela serait
revenu à admettre qu'elle avait été assez sotte pour croire
d'avance qu'elle échapperait à ce genre de tourments dans
une ville américaine, au milieu d'une société de médecins.
Mrs Lemon la traitait avec une extrême douceur, avec
toute la douceur qui était due à une jeune femme qui se
trouvait dans la triste situation d'avoir été mariée sans que
l'on pût dire pourquoi. Le monde se divisait, aux yeux de
Mrs Lemon, en deux grandes parties : les personnes et les
choses, et elle était convaincue qu'il fallait s'intéresser aux
unes ou aux autres. Ce qu'il y avait d'incompréhensible
chez lady Barb était qu'elle ne se souciait d'aucune des
deux parties de ce spectacle. Sa maison ne lui inspirait
apparemment ni curiosité ni enthousiasme, bien que les

journaux américains l'eussent jugée suffisamment magnifique pour consacrer plusieurs colonnes de suite à sa description ; et elle ne parlait jamais ni de ses meubles ni de ses domestiques, bien qu'elle eût pléthore des uns et des autres. Elle avait la même attitude à l'égard des gens qu'elle connaissait, foule immense dans la mesure où tout New York s'était présenté à sa porte. Mrs Lemon était la femme la moins portée à la critique qui fût ; mais elle avait à plusieurs reprises été légèrement exaspérée que sa bru reçût tout le monde très exactement de la même façon. Mrs Lemon savait qu'il y avait des différences, et que certaines d'entre elles étaient de la plus haute importance ; mais la pauvre lady Barb ne semblait pas les soupçonner. Elle acceptait n'importe qui et n'importe quoi, et ne posait pas de questions. Elle n'éprouvait aucune curiosité pour son entourage, et comme elle ne fit pas une seule fois semblant d'en avoir, elle n'offrit à Mrs Lemon aucune occasion de l'éclairer. Lady Barb était quelqu'un avec qui on ne pouvait rien faire si elle ne vous y invitait ; et rien n'aurait été plus difficile que de l'éclairer contre son gré. Elle avait bien entendu récolté quelques bribes de savoir, mais elle confondait et transposait les titres américains de la façon la plus extraordinaire du monde. Elle avait une façon à elle d'appeler tout le monde Docteur, et Mrs Lemon eut du mal à la convaincre que c'était une distinction trop précieuse pour être aussi librement attribuée. Elle avait un jour déclaré à sa belle-mère qu'on n'avait rien pour reconnaître les gens à New York : leurs noms se ressemblaient tous ; et Mrs Lemon avait suffisamment compris son point de vue pour voir qu'il y avait quelque chose dans le préfixe du nom de lady Barb qui le faisait nettement ressortir de la foule. Il est probable qu'on ne rendit pas complètement justice à lady Barb, au cours de son bref séjour à New York ; on ne lui sut jamais gré, par exemple, de ne pas manifester l'irritation que provoquait en elle l'aridité de la nomenclature sociale, qu'elle trouvait hideuse. Sa petite tirade à sa mère en fut la manifestation la plus imprudente ; et peu de choses contribuèrent plus à la bonne conscience dont elle jouissait habituellement que la maîtrise d'elle-même dont elle fit preuve sur ce point précis.

Jackson Lemon se livrait à cette époque à des recherches qui lui prenaient une grande partie de son temps et il consacrait, pour le reste, de longues heures à la compagnie de sa femme. Au cours des trois derniers mois, il avait donc à peine vu sa mère plus d'une fois par semaine. Malgré les recherches de son mari, malgré les associations médicales où, pour ce qu'elle en savait, Jackson faisait des communications, lady Barb le voyait plus qu'elle n'y avait compté au moment où elle l'avait épousé. Elle n'avait jamais connu de couple qui fût si souvent ensemble que Jackson et elle ; il trouvait apparemment normal qu'elle passât ses matinées assise avec lui dans la bibliothèque. Il n'avait aucune des activités des gentlemen et des aristocrates anglais, car ni la politique ni la chasse ne l'intéressait. On faisait de la politique à Washington, lui avait-on dit, et même à Albany, et Jackson lui avait proposé de lui faire connaître ces deux métropoles ; mais cette proposition qui lui avait été faite un soir au cours d'un dîner avait suscité un tel tollé qu'elle en avait été anéantie sur-le-champ. « Nous refusons que vous voyiez des choses pareilles », avait dit une des dames, et cela avait semblé décourager Jackson pour autant qu'on pouvait le savoir avec lui.

— Qu'est-ce donc que vous voulez me faire connaître, je vous prie ? avait-elle demandé à cette occasion.

— Eh bien, New York et Boston si vous y tenez vraiment, et le Niagara, et surtout Newport.

Lady Barb était fatiguée de leur sempiternel Newport ; elle en avait entendu parler des centaines de fois, et elle avait l'impression d'y avoir déjà passé la moitié de sa vie ; elle était de plus persuadée qu'elle détesterait cet endroit. Cette occasion lui avait peut-être permis de se former l'opinion la plus vivante qu'elle ait eue sur un sujet américain. Elle se demanda si elle était donc vouée à passer sa vie dans la 5ᵉ Avenue, en séjournant de temps en temps dans une ville de villas (elle haïssait les villas), et elle s'étonnait que ce fût là tout ce que le grand continent américain eût à lui offrir. A certains moments, elle se prenait à penser qu'elle aimerait les forêts et que le Far West serait peut-être une solution car, à l'époque où, non sans beaucoup d'hésitation, elle retournait dans sa tête l'éventualité d'épouser Jackson Lemon, elle avait poussé l'analyse de ses sentiments juste assez loin pour découvrir que ce n'était pas du tout de la barbarie américaine qu'elle avait peur ; ce qu'elle redoutait, c'était la civilisation américaine. Elle était convaincue que la petite dame que je viens de citer était une oie, mais cela ne dotait New York d'aucun intérêt supplémentaire. Il serait téméraire de dire qu'elle souffrait d'une indigestion de Jackson, car elle était consciente du fait qu'il constituait sa ressource sociale la plus importante. Elle pouvait lui parler de l'Angleterre, de son Angleterre, et il comprenait plus ou moins ce qu'elle voulait exprimer, dans les occasions, peu fréquentes, où elle voulait exprimer quoi que ce fût. Il y avait beaucoup d'autres personnes qui lui parlaient de l'Angleterre ; mais les sujets qu'elles pouvaient aborder se limitaient toujours aux hôtels, auxquels elle ne connaissait rien, aux boutiques, à l'opéra et aux photographies : ils avaient la folie des photographies. Il y avait aussi ceux qui ne cessaient de lui demander de parler de Pasterns, du mode de vie là-bas, et des réceptions qu'on y donnait ; mais s'il était une chose que lady Barberina détestait par-dessus tout, c'était de raconter Pasterns. Elle avait passé toute sa vie avec des personnes capables d'imaginer ce genre d'endroit par eux-mêmes, sans exiger d'elle des efforts descriptifs dont elle sentait vaguement qu'il n'était convenable de les demander qu'à cette classe de gens qui faisaient commerce des arts d'expression. Lady Barb ne s'y était bien entendu jamais aventurée, mais elle savait que le propre de sa classe à elle n'était pas d'exprimer mais de jouir ; pas de représenter, mais d'être représenté, bien que même cette dernière situation pût être un motif d'offense ; car l'on peut noter que même aux yeux d'un aristocrate, l'épouse de Jackson Lemon était aristocratique.

Lady Agatha et son visiteur revinrent de la bibliothèque au bout d'un moment, et Jackson Lemon sentit qu'il était de son devoir de se montrer assez froid avec Herman Longstraw. Il n'avait pas d'idée arrêtée du genre de mari que sa belle-sœur devait rechercher en Amérique, si mari il devait y avoir ; mais c'était un point sur lequel il n'avait pas à prendre de décision, pourvu qu'il écartât Mr Longstraw.

Toutefois, ce monsieur n'était pas sensible aux nuances de comportement ; il était peu observateur, et très sûr de lui.

— Je pense que vous feriez bien de rentrer avec moi, dit Jackson à lady Agatha. Je crois que vous êtes restée ici suffisamment.

— Ne le laissez pas dire des choses pareilles, Madame ! s'écria la jeune fille à l'adresse de Mrs Lemon. J'aime tellement être avec vous.

— Je m'efforce de rendre votre séjour agréable, dit Mrs Lemon. Vous me manqueriez beaucoup à présent, mais peut-être est-ce le souhait de votre mère.

S'il s'agissait de défendre sa petite pensionnaire contre des soupirants indésirables, Mrs Lemon sentait, bien entendu, que son fils était plus compétent qu'elle ; elle avait cependant un fond de tendresse pour Herman Longstraw et le sentiment vague que c'était un spécimen valeureux et sympathique de la jeune Amérique.

— Oh, cela ne ferait aucune différence pour maman ! s'exclama lady Agatha en suppliant Jackson de ses yeux bleus. Maman veut que je voie tout le monde, vous savez bien que c'est vrai. C'est pour cela qu'elle m'a envoyée en Amérique ; elle savait bien que ce n'était pas comme en Angleterre. Cela ne lui plairait pas que je ne séjourne jamais chez personne ; elle a toujours voulu que nous allions chez les autres. Elle n'ignore rien de vous, Madame, et elle vous aime à la folie. Elle a envoyé un message pour vous, j'avais oublié de vous le dire, il me semble : elle vous remerciait d'être si bonne avec moi et de toute la peine que vous vous donniez. C'est vrai, j'avais complètement oublié. Si elle veut que je voie l'Amérique le plus possible, c'est beaucoup mieux que je sois ici que toujours avec Barb : ça me dépayse beaucoup plus. C'est-à-dire, c'est beaucoup plus agréable... pour une jeune fille, dit lady Agatha à Mrs Lemon, sur un ton très affectueux.

Cette dernière se mit aussi à regarder Jackson avec l'air de le contredire tendrement.

— Si vous voulez quelque chose d'authentique, il faut que vous veniez dans la Prairie, intervint Mr Longstraw, avec un grand sourire sincère. C'est certainement ce que votre mère voulait. Pourquoi n'y venez-vous pas tous ?

Il avait posé sur lady Agatha un regard intense tandis que les remarques que j'ai rapportées se succédaient sur les lèvres de la jeune fille, la regardant avec une espèce d'approbation fascinée, exactement comme s'il avait été un Anglais un peu lent d'esprit devant une fleur de l'Ouest, une fleur qui aurait su parler. Il ne cachait pas que la voix de lady Agatha était comme une musique pour ses oreilles, qui étaient beaucoup plus sensibles que ses propres intonations ne l'auraient laissé penser. Lesdites intonations ne déplaisaient pas à lady Agatha, en partie parce que, comme Mr Herman lui-même, elle n'était de façon générale pas très sensible aux nuances ; et en partie parce qu'il ne lui était jamais venu à l'esprit de les comparer à d'autres. Elle avait l'impression qu'il parlait une langue complètement différente, un dialecte romanesque, émaillé çà et là des idées les plus comiques.

— J'aimerais cela par-dessus tout, fit-elle en réponse à sa dernière observation.

— Le paysage y dépasse tout ce que vous pouvez voir autour d'ici, poursuivit Mr Longstraw.

Mrs Lemon, nous le savons, était la plus douce des femmes mais en vieille New-Yorkaise qu'elle était, elle ne supportait pas certaines des modes récentes, au premier rang desquelles figurait l'habitude, qui remontait à quelques années seulement, de parler des marges du pays, de ces États et de ces territoires dont, de son temps, les enfants apprenaient le nom dans l'ordre à l'école, mais qu'il ne serait venu à l'idée de personne de visiter ou de mentionner. Mrs Lemon trouvait que ce genre d'endroit avait sa place dans les manuels de géographie, ou dans les articles des journaux, mais certainement pas dans la bonne société ni dans la conversation ; et ce changement (qui n'était pour elle qu'une affectation tant qu'il restait confiné au langage) risquait de donner quelque chose de vaguement vulgaire à sa terre natale. Pour cette aimable fille de Manhattan, l'existence humaine « se situait », selon son expression, entre *Trinity Church* et le beau *Reservoir* qui couronne la 5ᵉ Avenue, monuments qui lui inspiraient une fierté personnelle ; et si nous avions accès aux régions les plus profondes de son esprit, je crains bien que nous n'y verrions que l'Europe et le reste du continent sur lequel elle vivait étaient aussi excentriques et loin de la lumière l'une que l'autre.

— C'est que le paysage n'est pas tout, fit-elle gentiment remarquer à Mr Longstraw. Et si lady Agatha désire voir ce genre de chose, il lui suffit de remonter l'Hudson en bateau.

Je dois dire que Mrs Lemon ne prêtait pas à ce fleuve plus d'existence qu'il n'est nécessaire : elle considérait que sa finalité était de fournir les New-Yorkais en sensations poétiques, de les aider à faire face sans inconfort à des situations comme celle-ci et, d'une façon générale, à leur permettre d'affronter les étrangers avec assurance (une des caractéristiques bizarres de ces derniers étant l'orgueil qu'ils mettaient dans les sites de chez eux).

— Quelle bonne idée, lady Agatha ; allons en bateau, dit Mr Longstraw. J'ai passé des moments formidables en bateau.

Lady Agatha regarda brièvement son chevalier servant, posant sur lui ses yeux singuliers et charmants, des yeux dont il était impossible de dire à tout instant s'ils étaient les plus timides ou les plus francs du monde ; et elle ne se rendit pas compte que son beau-frère l'observait pendant ce temps. Il pensait en même temps à certaines choses, des choses qu'il avait entendu dire sur les Anglais qui, bien que son mariage l'eût fait entrer dans une famille de cette nation, ne lui étaient encore largement connus que par ouï-dire. Ils étaient plus passionnés que les Américains et faisaient des choses auxquelles on ne se serait jamais attendu ; tout en semblant plus rassis et moins excitables, ils étaient plus impulsifs, comme en témoignait largement leur comportement en société.

— C'est tellement aimable à vous de le proposer, dit lady Agatha à Mrs Lemon, un instant plus tard. Je ne crois pas être jamais montée sur un bateau, sauf pour venir d'Angleterre évidemment. Je suis sûr que maman voudrait que je voie l'Hudson. Nous étions très amateurs de bateau en Angleterre.

— Êtes-vous montée sur un gros bateau ? demanda

Herman Longstraw en découvrant ses dents avec hilarité et
en tirant sur sa moustache.

— Il y a beaucoup de marins dans la famille de ma mère.

Lady Agatha s'était rendu vaguement compte, et avec
amusement, qu'elle avait dit quelque chose qui devait
paraître bizarre à ces bizarres Américains, et qu'il fallait
qu'elle se justifiât. Son sens du bizarre était en train de
vaciller dangereusement.

— Je crois vraiment qu'il serait mieux que vous rentriez
avec nous, dit Jackson. Votre sœur est très seule sans vous.

— Elle l'est beaucoup plus avec moi. Nous ne sommes
jamais d'accord. Barb est effroyablement agacée parce que
j'aime l'Amérique, au lieu de... de...

Et lady Agatha s'interrompit un moment, car il venait de
lui apparaître qu'elle était peut-être en train de trahir sa sœur.

— Au lieu de quoi ? s'enquit Jackson Lemon.

— Au lieu de vouloir sans cesse retourner en Angleterre,
comme elle, continua-t-elle en se contentant d'adoucir
légèrement le ton de l'expression, car elle avait pensé
l'instant d'après que sa sœur n'avait certainement rien à
cacher et devait, cela allait de soi, avoir le courage de ses
opinions.

— L'Angleterre est mieux que tout, bien sûr, mais je
dois avouer que j'aime bien être mal, dit lady Agatha avec
candeur.

— Vous êtes effroyablement mal, il n'y a pas de doute là-
dessus, s'exclama Mr Longstraw, avec une joyeuse ardeur.
Il ne pouvait évidemment pas savoir qu'elle pensait avant
tout à un échange d'opinions qui avait eu lieu entre sa
sœur et elle, juste avant qu'elle ne vînt s'installer chez
Mrs Lemon. Cet incident, dont Longstraw avait fourni le
prétexte, mériterait même presque le nom de discussion,
car il les entraîna loin dans les domaines de l'abstraction.
Lady Barb avait dit qu'elle ne comprenait pas comment
Agatha pouvait seulement regarder un être pareil, un
être odieux, familier, vulgaire et sans l'ombre des traits
d'un homme du monde. Lady Agatha avait répliqué que
Mr Longstraw était familier et mal dégrossi ; qu'il avait
un accent très fort, et qu'il trouvait drôle de l'appeler « la
princesse », mais que cela ne l'empêchait pas d'être homme

du monde et que, de toute façon, il était follement amusant. A quoi sa sœur avait répondu qu'il ne pouvait pas être homme du monde s'il était mal dégrossi et familier, parce qu'être homme du monde, cela voulait dire être civil, bien élevé, et bien né. Lady Agatha avait répliqué que c'était bien là le point sur lequel elles différaient et qu'être mal dégrossi, voire ignare, n'avait jamais empêché quelqu'un d'être homme du monde si c'était quelqu'un de bien. La seule chose qui comptât était qu'il fût vraiment bien, ce qui était le cas de Mr Longstraw qui était, en outre, extraordinairement civil, qui l'était autant qu'il est possible de l'être. Et lady Agatha avança alors l'argument le plus fort qu'elle eût formulé de son existence (jamais elle n'avait été aussi inspirée) en disant que Mr Longstraw était peut-être mal dégrossi mais qu'il n'était pas grossier, distinction qui échappa complètement à sa sœur, qui annonça qu'elle n'était pas venue en Amérique, et là moins qu'ailleurs, pour y apprendre ce que c'était qu'un homme du monde. Bref, la discussion avait été animée. J'ignore si c'était l'effet tonifiant du beau temps hivernal ou, d'un autre côté, celui de l'ennui de lady Barb qui n'avait rien d'autre à faire, mais les filles de lord Canterville abordèrent la question avec le sérieux de deux Bostoniennes. Lady Agatha pensait entre autres de son admirateur qu'il ressemblait somme toute beaucoup aux autres hommes de grande taille, aux yeux et à la moustache souriants, qui avaient pas mal chevauché dans des contrées sauvages, et qu'elle avait rencontrés en d'autres endroits. S'il était plus familier, il était aussi plus vif ; mais ce qui le distinguait des autres ne tenait pas à lui mais au regard qu'elle posait sur lui, comme sur tout le monde en Amérique. Si elle pouvait poser le même regard sur les autres, ce serait certainement la même chose, et lady Agatha se mit à soupirer un peu devant les possibilités de l'existence ; car elle avait pris beaucoup de goût à ce genre de regard, surtout en ce qui concernait les messieurs.

Elle avait trahi sa sœur plus qu'elle ne le pensait, même si Jackson Lemon ne le montra pas spécialement au ton sur lequel il lui dit : « Elle sait bien entendu qu'elle verra votre mère cet été. » Son ton exprimait plutôt l'irritation d'avoir à répéter une idée bien connue.

— Oh, il ne s'agit pas seulement de maman, répondit lady Agatha.

— Je sais qu'elle aime les maisons fraîches, dit Mrs Lemon avec beaucoup de sous-entendus.

— Le jour de son départ, je vous conseille de lui dire au revoir, poursuivit la jeune fille.

— Bien sûr que je lui dirai au revoir, dit Mrs Lemon, à qui cette remarque avait apparemment été adressée.

— Moi je ne vous dirai jamais au revoir, Princesse, intervint Herman Longstraw. Je peux vous dire que vous ne vous débarrasserez jamais de moi.

— Oh moi, ce n'est pas le problème, je reviendrai ; mais si Barb repose le pied en Angleterre, elle ne reviendra jamais.

— Ma chère enfant ! murmura Mrs Lemon à l'adresse de lady Agatha, mais en regardant son fils.

Jackson regarda le plafond, regarda le plancher : il avait surtout l'air d'être très mal à l'aise.

— J'espère que cela ne vous ennuie pas que je dise cela, mon cher Jackson, lui dit lady Agatha qui aimait énormément son beau-frère.

— Eh bien, dans ce cas, elle ne partira pas, voilà tout, fit-il au bout d'un moment, avec un petit rire sec.

— Mais vous l'avez promis à maman, vous savez bien, dit la jeune fille, avec une affection confiante.

Jackson lui jeta un regard totalement dépourvu de la gaieté, même très modérée, qui était la sienne.

— Dans ce cas, il faudra que votre mère vienne la chercher.

— Faites envoyer un cuirassé par vos marins ! s'écria Mr Longstraw.

— Ce serait très agréable que la marquise vienne, dit Mrs Lemon.

— Oh, elle détesterait encore plus que la pauvre Barb, répliqua vivement lady Agatha.

Elle n'était pas du tout dans un état d'esprit favorable à l'arrivée d'une marquise dans son champ de vision.

— Est-ce que ce que vous lui avez raconté n'a pas excité sa curiosité ? demanda Herman Longstraw à lady Agatha.

Mais Jackson Lemon ne prêta pas attention à la réponse de sa belle-sœur ; il pensait à autre chose. Il ne dit toutefois

pas un mot de plus sur le sujet de ses pensées et dix minutes
ne s'étaient pas écoulées qu'il prenait congé sans s'être
davantage soucié de soulever à nouveau la question de la
fin du séjour de lady Agatha chez sa mère. Ce n'était pas
pour lui en parler (car, comme nous le savons, elle
souhaitait garder la jeune fille et n'arrivait pas, d'une
certaine façon, à avoir peur d'Herman Longstraw) qu'elle
accompagna Jackson, au moment où il partit, jusqu'à la
porte de la maison et que, debout en haut des marches, elle
le retint un moment, comme cela se faisait toujours à New
York, de son temps, même si c'était encore une de ces
nouvelles modes qui lui déplaisaient que de ne pas sortir du
salon. Elle mit la main sur son bras pour l'immobiliser sur
la véranda, et s'attarda à contempler l'éclatante après-midi
et la belle ville (avec ses maisons chocolat, tellement lisses)
dans laquelle il lui semblait que même les plus difficiles
eussent dû être heureux de vivre. Il était inutile d'essayer
de le dissimuler : le mariage de son fils avait changé des
choses, avait dressé une sorte de barrière entre eux. Il avait
créé un problème bien plus délicat que celui d'autrefois,
qui était de lui faire sentir qu'elle restait, comme dans son
enfance, la seule dispensatrice de ses récompenses. Le
problème d'autrefois avait été facilement résolu ; le nouveau la préoccupait visiblement. Mrs Lemon avait l'impression que sa bru ne la prenait pas au sérieux, et cela
expliquait en partie la barrière. Même si Barberina avait
pour elle plus d'affection que pour les autres, cela tenait
surtout au fait qu'elle en avait si peu pour eux. Mrs Lemon
était, par nature, totalement dépourvue de ressentiment et
ce n'était pas pour alimenter un sentiment d'injustice
qu'elle se permettait de critiquer la femme de son fils. Elle
ne pouvait pas s'empêcher de penser que ce mariage n'était
pas vraiment heureux si son épouse ne prenait pas sa mère
au sérieux. Elle savait qu'elle n'avait rien de remarquable
en dehors du fait qu'elle était sa mère, statut qui ne devait
rien à son mérite (tout le mérite d'être son fils revenant à
Jackson) mais dont la dignité devait naturellement frapper
une jeune fille aussi au fait que lady Barb semblait l'avoir
été en Angleterre des statuts de tous ordres, et qu'elle
devrait accepter aussi simplement qu'on accepte une belle

matinée. Si elle ne considérait pas sa mère comme partie
intégrante de son fils, peut-être en allait-il de même
d'autres choses, et Mrs Lemon sentait vaguement que,
pour remarquable que fût Jackson, il n'en était pas moins
un assemblage de parties et qu'il ne fallait pas que ces
parties se déprécient les unes après les autres, car on ne
savait pas où tout cela mènerait. Il devait trouver une
atmosphère plutôt froide chez lui, craignait-elle, s'il lui
fallait expliquer tant de choses à sa femme, et entre autres
les multiples sources de bonheur que New York renfermait. Elle fut frappée par la nouveauté totale du genre de
problème que cela constituait pour un mari. Elle n'avait
jamais séparé l'idée du mariage de celle d'une communauté
de sensibilité, religieuse et nationale : c'étaient des conditions nécessaires que l'on tenait pour acquises, tout comme
on ne discute pas le fait que ses aliments doivent être cuits :
et si elles devaient faire l'objet de discussions entre sa
femme et lui, il courait le risque de se faire embarquer dans
des régions où il s'empêtrerait et d'où il était même
possible qu'il ne revînt jamais. Mrs Lemon était terrifiée à
l'idée de le perdre d'une façon ou d'une autre, et cette
crainte se lisait dans ses yeux tandis qu'elle se tenait debout
sur les marches de sa maison et qu'après avoir parcouru la
rue du regard, elle passa un moment à le dévisager en
silence. Il se contenta de l'embrasser de nouveau, et de lui
dire qu'elle allait prendre froid.

— Je ne crains rien, j'ai un châle !

Mrs Lemon, qui était très petite et très blonde, avec des
traits aigus et un bonnet compliqué, passait sa vie envelop-
pée dans un châle, habitude à laquelle elle devait sa
réputation de malade, une idée pour laquelle elle n'avait
naturellement que mépris dans la mesure où c'était précisément son châle, croyait-elle, qui lui évitait de le vérifier.

— Est-ce vrai que Barberina ne reviendra pas ?
demanda-t-elle à son fils.

— Que je sache, nous n'aurons pas l'occasion de le
vérifier ; je ne la ramènerai pas en Angleterre.

— Mais ne l'as-tu pas promis, mon chéri ?

— Que je sache, je n'ai rien promis, du moins absolument.

— Mais tu ne la retiendrais pas ici contre son gré ? fit Mrs Lemon, enchaînant sans cohérence.

— Elle s'habituera, j'imagine, répondit Jackson avec une légèreté plus apparente que sincère.

Mrs Lemon parcourut de nouveau la rue du regard et poussa un petit soupir. « Quel dommage qu'elle ne soit pas américaine ! » Dans sa bouche, ce n'était pas un reproche, ni une façon de suggérer ce qui aurait pu être : c'était simplement de la gêne qui se libérait en paroles.

— Elle n'aurait pas pu être américaine, dit Jackson avec assurance.

— Vraiment, mon chéri ?

Mrs Lemon lui parlait avec une tendresse respectueuse ; elle sentait qu'il y avait à cela des raisons imperceptibles.

— Je la voulais exactement telle qu'elle est, ajouta Jackson.

— Même si elle ne revient pas ? demanda sa mère avec un certain étonnement.

— Oh, il faudra bien qu'elle revienne ! dit Jackson en descendant les marches.

6

Après cela, lady Barb ne s'opposa pas à voir ses relations new-yorkaises le dimanche après-midi, tout en refusant pour l'heure de s'associer à un projet de son mari qui trouvait qu'il serait agréable qu'elle reçût ses amis le dimanche soir. Comme tous les bons Américains, Jackson Lemon avait l'esprit très occupé par la grande question de savoir comment donner naissance à une « société » dans sa terre natale. Il lui semblait que sa femme servirait la bonne cause, pour laquelle tant d'Américains sont prêts à donner leur vie, en ouvrant un « saloon », comme il l'appelait en plaisantant. Il était convaincu, ou du moins il essayait de se

convaincre, que ce *salon* était maintenant possible à New
York, à condition qu'il soit exclusivement réservé aux
adultes ; et en ayant pris femme dans un pays dont les
traditions sociales étaient riches et anciennes, il avait
rempli une condition de plus (toutes les conditions maté-
rielles l'étant déjà splendidement) pour faire de sa maison
le décor d'une telle tentative. Femme charmante, habituée,
comme le disait lady Beauchemin, à ne rencontrer que
l'élite des deux pays, quels résultats n'obtiendrait-elle pas
en étant chez elle (pour les aînés) sans façon, de bonne
heure, en offrant largement une hospitalité stimulante, le
soir de la semaine où l'activité sociale était la plus ralentie ?
Il exposa cette philosophie à lady Barb en application d'une
théorie selon laquelle, si elle n'aimait pas New York après
l'avoir un peu fréquenté, elle ne manquerait pas de l'aimer
quand elle l'aurait fréquenté beaucoup. Jackson Lemon
croyait en l'esprit new-yorkais, pas tant d'ailleurs en ses
réussites littéraires, artistiques ou politiques qu'en sa
vivacité générale et en sa souplesse innée. Il s'accrochait à
cette croyance qui était un élément essentiel de l'édifice
qu'il essayait de consolider. L'esprit new-yorkais inonde-
rait de son éclat lady Barb, si elle lui en laissait la
possibilité, car c'était un esprit excessivement brillant,
distrayant et bienveillant. Il suffisait qu'elle eût un salon où
cette plante charmante pût se développer et où elle pût en
inhaler le parfum le plus commodément et le plus luxueusement sans avoir, pour ainsi dire, à se lever de son fauteuil ;
il suffisait qu'elle se livrât à cette expérience élégante et
aimable (et grâce à laquelle elle se ferait elle-même aimer
de tous), pour que l'étoffe dorée de son destin à lui se
déroulât à nouveau sans faux plis. Mais lady Barb ne
partageait absolument pas cette conception, et n'éprouvait
pas la moindre curiosité pour l'esprit new-yorkais. Elle
trouvait très désagréable la perspective de voir toutes
sortes de gens dévaler chez elle le dimanche soir sans avoir
été invités : et la vision que son mari se faisait du saloon
anglo-américain ne semblait lui évoquer en tout et pour
tout que familiarité, bavardages bruyants (elle lui avait
déjà fait une remarque au sujet de « ces femmes qui
hurlent ») et rires exagérés. Elle ne lui expliqua pas (car

c'était une chose qu'il n'était pas en son pouvoir d'exprimer et, aussi étrange que cela puisse paraître, il ne la devina jamais complètement) qu'elle était singulièrement dépourvue de toute idée, innée ou même acquise, de ce qu'un saloon pouvait être. Elle n'en avait jamais vu et, d'une manière générale, elle n'avait aucune idée de ce qu'elle n'avait pas vu. Elle avait vu des grands dîners, et des bals, des réunions et des promenades et des courses ; elle avait vu des garden-parties, des thés ennuyeux et bourratifs avec des foules d'invités, des femmes en majorité (qui, cependant, ne hurlaient pas) et des assemblées distinguées dans des châteaux splendides ; mais rien de tout cela ne lui permettait de concevoir qu'il y eût une tradition de la conversation, un consensus social pour ne pas laisser se perdre la continuité de la conversation, pour ne pas en interrompre l'accumulation, de saison en saison. La conversation, telle que lady Barb en avait eu l'expérience, n'avait jamais été quelque chose de continu ; si elle l'avait été, elle était sûre que cela aurait été assommant. C'était quelque chose d'occasionnel et de fragmentaire, un rien heurté, plein d'allusions qui ne recevaient jamais d'explication ; qui avait le détail en horreur, poursuivait rarement très loin quoi que ce fût et ne gardait pas souvent un sujet très longtemps.

Il y avait autre chose qu'elle n'avait pas dit à son mari, en liaison avec ses visions d'hospitalité, à savoir que si elle devait ouvrir un saloon (lady Barb qui avait éminemment bon caractère avait repris la plaisanterie à son compte) Mrs Vanderdecken en ouvrirait immédiatement un de son côté, et que c'était celui-là qui marcherait le mieux des deux. Cette femme était censée être, pour des raisons que lady Barb n'avait pas encore percées, la grande figure de New York ; la famille de son mari était le sujet de légendes qui la faisaient remonter à la plus haute antiquité. Quand ce sujet était abordé, on en parlait comme d'une chose qui ne saurait être mesurée, qui se perdait dans la nuit des temps. Mrs Vanderdecken était jeune, jolie, intelligente, d'une prétention aberrante (selon lady Barb) et sa maison était une merveille d'art. Le moindre froissement de ses vêtements exprimait également son ambition, et il était

clair que si elle était la première dame des États-Unis
(quelle chose extraordinaire à dire) elle entendait le rester.
Ce ne fut qu'après quelques mois de séjour à New York
que lady Barb réalisa brutalement que, toutes piques
dehors, la brillante New-Yorkaise lui avait jeté le gant ; et
le jour où elle en prit conscience, à la lumière d'un incident
que je n'ai pas la place de rapporter, elle se contenta
d'avoir un peu honte (pour Mrs Vanderdecken) et de se
taire. Elle n'était pas venue en Amérique pour avoir des
mots sur une question de préséance avec une femme
comme elle. Elle n'y pensait pratiquement plus (on y
pensait bien entendu en Angleterre), mais son instinct de
protection la poussait à éviter les situations où ses prétentions pourraient être mises en question. Cela avait fondamentalement beaucoup contribué à lui faire adopter, après
le premier bouquet d'hommages qui lui avaient été rendus
à son arrivée et qu'elle avait trouvés grossièrement surfaits,
une ligne de conduite qui consistait à ne sortir pratiquement pas. « Ils ne pourront pas continuer sur le même
ton ! » s'était-elle dit et, bref, elle était déterminée à rester
chez elle. Elle avait le sentiment qu'à chaque sortie elle
allait rencontrer Mrs Vanderdecken et que cette dernière
lui refuserait, lui dénierait ou lui disputerait quelque chose,
dont la pauvre lady Barb ne réussit jamais à imaginer en
quoi cela consistait. Elle ne l'essaya pas, et accorda peu
d'importance à tout cela, car elle n'était pas encline à
s'avouer ses peurs, surtout quand il s'agissait de peurs d'où
la terreur était absente. Mais comme je l'ai dit, il lui en
restait comme un pressentiment que si, elle ouvrait un salon
à la mode étrangère (c'était curieux comme on cherchait à
se donner un air étranger à New York), Mrs Vanderdecken
la prendrait de vitesse. La continuité de la conversation !
Voilà bien une idée qu'elle aurait certainement ; il n'y avait
personne de plus continu que Mrs Vanderdecken. Lady
Barb, comme je l'ai rapporté, ne fit pas à son mari la
surprise de lui faire état de ces pensées, bien qu'elle lui en
eût fait d'autres. Il aurait été tout à fait étonné et peut-être,
au bout d'un moment, légèrement encouragé de découvrir
qu'elle était sujette à ce genre particulier d'irritation.
    Le dimanche après-midi, elle était visible et, à l'une de

ces occasions, alors qu'il pénétrait à une heure avancée
dans le salon de sa femme, il la trouva qui recevait deux
dames et un monsieur. Le monsieur était Sidney Feeder et
l'une des dames était Mrs Vanderdecken qui n'entretenait
ostensiblement avec lady Barb que des relations extrêmement cordiales. S'il était dans ses intentions de l'écraser
(comme deux ou trois personnes qui ne brillaient pas par
leur souci d'exactitude laissaient entendre qu'elle le décla-
rait en privé), Mrs Vanderdecken souhaitait au moins
étudier les faiblesses de l'intruse et s'imprégner du caractère de l'Anglaise. Lady Barb semblait en effet exercer une
fascination mystérieuse sur la représentante du patriciat
américain. Mrs Vanderdecken ne pouvait détacher les yeux
de sa victime et quelque idée qu'elle se fît de son
importance, du moins était-elle incapable de la laisser
tranquille. « Pourquoi vient-elle me voir ? se demandait la
pauvre lady Barb. En ce qui me concerne je n'ai vraiment
aucune envie de la voir. Il y a longtemps qu'elle m'a rendu
toutes les civilités qu'elle me devait. » Mrs Vanderdecken
avait ses raisons, dont l'une était simplement le plaisir de
voir l'épouse du docteur, comme elle appelait la fille des
Canterville. Elle ne se rendait pas coupable de sous-estimer
l'allure de notre jeune dame, et professait à son endroit une
admiration sans bornes, la défendant en maintes occasions
contre des gens superficiels qui disaient qu'il y avait
cinquante femmes plus belles à New York. Quels que
pussent être les points faibles de lady Barb, il ne pouvait
s'agir de la courbure de sa joue ou de son menton, de la
façon dont sa tête était posée sur sa gorge ni de la
tranquillité de ses yeux sans fond qui étaient aussi beaux
que s'ils avaient été vides comme ceux des bustes antiques.
« La tête est un enchantement, un véritable enchantement », disait Mrs Vanderdecken hors de propos, comme
s'il n'y avait eu qu'une seule tête sur place. Elle s'informait
toujours du docteur, et c'était une autre raison de sa venue.
Elle ramenait le docteur à tout bout de champ ; elle
demandait s'il était souvent dérangé la nuit, et elle considérait en un mot que c'était le plus grand des luxes que de
parler à l'épouse d'un médecin qui connaissait plus ou
moins les affaires des patients de son mari. L'autre dame,

ce dimanche après-midi, était une certaine Mrs Chew dont les vêtements étaient si neufs qu'elle avait l'air d'être la publicité ambulante de quelque grand magasin, et qui ne cessait de questionner lady Barb à propos de l'Angleterre, ce que Mrs Vanderdecken ne faisait jamais. Cette dernière avait avec lady Barb une conversation purement américaine et faisait montre (de son côté) de cette continuité dont il a déjà été question, tandis que Mrs Chew avait entrepris le docteur Feeder sur des sujets d'intérêt tout aussi local. Lady Barb aimait bien Sidney Feeder, mais elle détestait son nom, qu'elle entendit résonner à ses oreilles pendant la demi-heure où ces dames restèrent avec elle, car Mrs Chew ne pouvait s'empêcher de répéter le nom entier de son interlocuteur.

Toutes les relations de lady Barb avec Mrs Vanderdecken consistaient essentiellement à se demander, en l'écoutant parler, ce qu'elle pouvait bien lui vouloir et à examiner avec ses yeux de statue les vêtements de sa visiteuse, où il y avait toujours beaucoup à regarder. « Oh, docteur Feeder ! », « Dites, docteur Feeder ! », « Eh bien, docteur Feeder ! » — les exclamations de Mrs Chew formaient un fond sonore dans la conscience de lady Barb. Quand je dis qu'elle aimait bien le « confrère » de son mari, comme il se désignait lui-même, j'entends par là qu'elle lui souriait quand il arrivait, qu'elle lui tendait la main et qu'elle lui demandait s'il voulait du thé. Il n'y avait rien de « désagréable » chez lady Barb (comme on disait à Londres), et elle aurait été incapable de battre froid un homme qui avait l'air de pouvoir affronter n'importe quelle tâche qui lui eût incombé. Mais elle n'avait rien à dire à Sidney Feeder. Il semblait avoir l'art de l'intimider, plus que de coutume, car timide elle l'était toujours un peu ; elle le décourageait, de façon rédhibitoire. Ce n'était pas un homme qu'il fallait prier de parler ; il n'y avait rien de tel avec lui ; il était remarquablement prolixe ; mais lady Barb semblait incapable de le suivre et il était clair que la moitié du temps elle ne savait même pas de quoi il parlait. Il essayait d'adapter sa conversation aux besoins de son interlocutrice, mais quand il parlait du monde et des événements de la bonne société, elle était encore plus perdue que quand il parlait d'hôpitaux et de laboratoires, de la santé publique à New York et du progrès de la science. Elle lui donnait en effet l'impression, après le premier sourire, au moment de son arrivée — sourire toujours charmant — qu'elle le voyait à peine : elle regardait derrière lui, au-dessus ou au-dessous de lui, elle regardait partout sans le regarder jamais jusqu'au moment où il se levait de nouveau et où elle le gratifiait d'un autre sourire qui exprimait autant de plaisir et d'amitié sans façon que le premier, et qui semblait dire qu'ils venaient de passer une heure délicieuse à bavarder ensemble. Il se demandait quel intérêt Jackson Lemon pouvait bien trouver à cette femme et il était convaincu que son collègue, doué mais pervers, ne trouverait pas en elle la lumière de sa vie. Il plaignait Jackson ; il voyait bien que lady Barb ne s'intégrerait jamais à New York, et que New York ne l'intégrerait pas ; mais il craignait de laisser voir son scepticisme, pensait que ce serait démoraliser le pauvre Lemon que de lui faire voir quelle impression son mariage (terriblement irrémédiable à présent) produisait sur les autres. Sidney Feeder avait une conscience exigeante et il s'acquittait plus que nécessaire de ses devoirs envers son vieil ami et son épouse, par peur de ne pas s'en acquitter assez. Afin de ne pas donner l'impression qu'il les négligeait, et malgré l'urgence de ses occupations, il rendait héroïquement visite à lady Barb semaine après semaine et sa vertu procurait aussi peu de plaisir au docteur Feeder que de profit à son hôtesse qui finit par se demander ce qu'elle avait bien pu faire pour mériter ces visites. Elle en parla à son mari qui se demandait aussi ce que ce pauvre Sidney avait en tête mais qui ne put bien entendu pas lui suggérer qu'il ne devait pas se croire obligé de venir aussi souvent. Entre le docteur Feeder qui souhaitait ne pas laisser Jackson voir que son mariage avait changé des choses, et Jackson qui hésitait à révéler à Sidney qu'il se faisait une idée trop haute de l'amitié, lady Barb occupa une grande partie de ces nombreuses heures à se demander si c'était pour cela qu'elle était venue en Amérique. Il avait été très peu question de Sidney Feeder entre elle et son mari ; car son instinct l'avertissait que s'ils devaient avoir

des scènes, il fallait qu'elle en choisît l'occasion avec soin :
et cette étrange personne n'était pas une occasion. Jackson
avait tacitement admis que son ami Feeder était tout ce
qu'elle jugeait qu'il était ; il n'était pas homme à se rendre
coupable de déloyauté, au cours d'une discussion, en
l'accablant avec des éloges tièdes. Si lady Agatha avait
d'ordinaire été avec sa sœur, le docteur Feeder aurait passé
des moments plus agréables, car la cadette se faisait gloire,
après quelques mois de New York, de comprendre tout ce
qui se disait et de saisir toutes les allusions, de quelque
lèvre qu'elles tombassent. Mais lady Agatha était toujours
dehors ; elle avait appris l'expression qui la décrivait le
mieux à l'époque où elle écrivit à sa mère qu'elle « ne
s'arrêtait pas une seconde ». Aucune des innombrables
victimes qui ont fui la tyrannie du Vieux Monde pour
trouver aux États-Unis une terre de liberté n'a jamais brûlé
plus d'encens sur l'autel de cette déesse que notre jeune
Londonienne émancipée. Elle s'était associée à un petit
groupe sympathique connu sous la dénomination humoristique des « Fonceuses », groupe d'une douzaine de jeunes
femmes d'allure agréable, dotées d'autant de vivacité que
de voix, et dont le principal trait commun était que, quand
on avait besoin d'elles, il fallait les chercher partout ailleurs
que sous le toit qui était censé les abriter. Elles étaient
toujours dehors et quand Sidney Feeder rencontrait lady
Agatha à l'extérieur, ce qui arrivait parfois, elle était
toujours sous la coupe de l'inévitable Longstraw. Elle était
revenue chez sa sœur mais Mr Longstraw l'avait suivie
jusqu'à la porte. Pour ce qui était de la franchir, il en avait
été personnellement découragé par le beau-frère de la
jeune femme, mais il lui restait au moins la ressource de
traîner à l'attendre à proximité. On peut bien avouer au
lecteur, au risque de diminuer l'effet du seul coup de
théâtre susceptible de l'étonner au cours de ce récit sans
surprise, qu'il n'eut pas bien longtemps à attendre.

Au moment où Jackson arrivait, les visiteurs de sa
femme étaient sur le point de partir, et il n'essaya pas de les
retenir, pas même Sidney Feeder, parce qu'il avait quelque
chose de particulier à dire à lady Barb.

— Je ne vous ai pas posé la moitié des questions que je

voulais ; j'ai tant bavardé avec le docteur Feeder, dit la chic Mrs Chew en tenant la main de son hôtesse dans l'une des siennes et en jouant de l'autre avec les rubans de lady Barb.

— Je ne crois pas avoir quoi que ce soit à vous dire ; je crois avoir tout dit à tout le monde, répondit lady Barb avec une certaine lassitude.

— Vous ne m'avez pas dit grand-chose, à moi ! dit Mrs Vanderdecken avec un sourire éclatant.

— Que pourrait-on vous dire ? Vous savez tout, intervint Jackson Lemon.

— Mais non, il y a des choses qui sont pour moi de grands mystères, repartit cette dame. J'espère que vous viendrez chez moi le 17, ajouta-t-elle à l'intention de lady Barb.

— Le 17 ? Je crois que nous allons quelque part.

— Il faut abolument que vous alliez chez Mrs Vanderdecken, dit Mrs Chew ; vous y rencontrerez la crème de la crème.

— Oh, mon Dieu ! s'exclama Mrs Vanderdecken.

— Moi, je m'en fiche ; c'est vrai, docteur Feeder, non ? La société américaine la plus choisie..., poursuivit Mrs Chew, sans renoncer à son idée.

— Mais je ne doute pas que lady Barb s'y amusera, dit Sidney Feeder. C'est la sciure qui vous manque, n'est-ce pas ? continua-t-il avec un humour hors de propos.

Il essayait toujours l'humour en dernière ressource.

— La sciure ? interrogea lady Barb en le dévisageant.

— Là où vous montiez, dans le parc.

— Mon vieux, tu en parles comme s'il s'agissait d'un cirque, dit Jackson Lemon avec un sourire. Je n'ai pas épousé une bateleuse.

— En tout cas, ils mettent quelque chose sur la route, expliqua Sidney Feeder, qui ne tenait pas beaucoup à sa plaisanterie.

— Il y a mille choses qui doivent vous manquer, dit Mrs Chew avec tendresse.

— Je ne vois pas quoi, fit Mrs Vanderdecken, sorti des brouillards et de la reine. New York ressemble de plus en plus à Londres. C'est dommage : il aurait fallu que vous nous connaissiez il y a trente ans.

— C'est vous la reine ici, dit Jackson Lemon. Mais je ne vois pas ce que vous pouvez savoir de ce qui se passait il y a trente ans.

— Vous croyez qu'elle ne connaît pas le passé ? Elle appartient au siècle dernier ! s'écria Mrs Chew.

— Je dois dire que cela m'aurait bien plu, dit lady Barb, mais je n'imagine pas...

Et elle regarda son mari avec un air qu'elle prenait parfois, comme si elle souhaitait vaguement qu'il fît quelque chose. Il n'eut toutefois pas à prendre de mesures violentes, car Mrs Chew annonça immédiatement : « Eh bien, au revoir, lady Barberina », et Mrs Vanderdecken sourit en silence à son hôtesse et salua son hôte en faisant sonner son titre de façon très audible ; quant à Sidney Feeder il fit une plaisanterie où il était question de marcher sur la traîne de ces dames, tandis qu'il les accompagnait jusqu'à la porte. Mrs Chew avait toujours beaucoup de choses à dire au dernier moment ; elle parla jusqu'à ce qu'elle fût dans la rue et continua après. Mais cinq minutes plus tard, Jackson Lemon se retrouvait seul avec sa femme, et c'est alors qu'il lui annonça une nouvelle. Cependant, alors qu'il revenait du vestibule, il la fit précéder d'une introduction en forme de question.

— Où se trouve Agatha, ma chérie ?

— Je n'en ai pas la moindre idée. Quelque part en ville, je suppose.

— Il me semble que vous devriez le savoir de façon un peu plus précise.

— Comment saurais-je ce qui se passe ici ? Je ne m'occupe plus d'elle ; je n'arrive à rien avec elle. Je me moque de ce qu'elle fait.

— Il serait convenable qu'elle retourne en Angleterre, dit Jackson Lemon après un instant de silence.

— Ce qui aurait été convenable, c'était qu'elle ne vienne pas.

— Ce n'est pas moi qui l'ai proposé, Dieu m'en est témoin ! répondit Jackson Lemon d'un ton plutôt sec.

— Maman n'avait aucun moyen de savoir ce qu'il en était, dit sa femme.

— Non, les choses ne se sont pas passées jusqu'ici

comme votre mère l'imaginait! Herman Longstraw veut l'épouser. Il m'a fait une demande officielle. Je l'ai rencontré il y a une demi-heure dans Madison Avenue et il m'a demandé de l'accompagner au Columbia Club. Là, dans la salle de billard qui est vide le dimanche, il s'est ouvert à moi; il est clair que, en m'exposant ainsi la situation, il avait le sentiment de faire preuve d'un sens très élevé des convenances. Il m'a expliqué qu'il se mourait d'amour et qu'elle était parfaitement prête à aller vivre en Arizona.

— C'est ainsi, dit lady Barb. Et que lui avez-vous dit?

— Je lui ai dit que j'étais convaincu que cela ne marcherait jamais et que, de toute façon, je n'étais pas en mesure de dire quoi que ce soit. Bref, je lui ai dit de façon explicite ce que je lui avais déjà laissé entendre auparavant. J'ai dit que nous devions renvoyer Agatha en Angleterre immédiatement et que s'ils en avaient le courage ils devaient soulever la question là-bas.

— Quand la renverrez-vous? demanda lady Barb.

— Dès que possible, par le premier bateau.

— Toute seule, comme une petite Américaine?

— Ne vous emportez pas, Barb, dit Jackson Lemon. Je n'aurai pas de mal à trouver des gens; il y en a plein qui font la traversée de nos jours.

— C'est moi qui dois l'escorter, annonça lady Barb un moment plus tard. Je l'ai amenée, et je dois la ramener à ma mère moi-même.

Jackson Lemon s'attendait à cela et il était convaincu d'être prêt à cette éventualité. Mais quand elle se réalisa, il s'aperçut que sa préparation n'était pas complète, car il n'avait rien à répondre, ou du moins rien qui lui semblât vraiment à propos. Au cours des semaines passées il avait été lentement, irrésistiblement et impitoyablement envahi par le sentiment que Mrs Dexter Freer avait eu raison, ce dimanche après-midi de l'été précédent, dans la maison de Jermyn Street, quand elle lui avait dit qu'il s'apercevrait que ce n'était pas si facile d'être américain. C'était une identité compliquée, comme elle l'avait prédit, par la nécessité d'acclimater son épouse. La difficulté n'était pas amoindrie du fait qu'il l'avait prise de haut: elle le faisait

souffrir du matin au soir, comme une chaussure qui va mal.
Sa façon de la prendre lui avait donné le courage de
franchir le grand pas, mais il se rendait compte que ce n'est
pas en prenant les choses de haut qu'on en change la
nature. Les oreilles lui sonnaient quand il imaginait que si
les Dexter Freer, qui lui avaient paru aussi ignobles dans
leurs espoirs que dans leurs craintes, avaient par malheur
passé l'hiver à New York, ils auraient trouvé dans sa
situation toute la distraction qu'ils pouvaient en attendre.
Petit à petit, la conviction s'était ancrée dans son esprit,
après y avoir été insinuée par la phrase de lady Agatha, que
si jamais sa femme retournait en Angleterre, plus jamais
elle ne retraverserait l'Atlantique d'est en ouest. Ce mot de
lady Agatha avait été l'élément extérieur qui, souvent, fait
cristalliser nos peurs. Ce qu'elle ferait, comment il s'y
opposerait, c'étaient des choses qu'il n'était pas encore prêt
à s'avouer ; mais, chaque fois qu'il la regardait, il avait la
sensation que cette belle femme qu'il avait adorée était
sourdement, irrésistiblement, implacablement tendue vers
un but unique. Il savait que si, elle plantait des racines,
aucune force au monde ne pourrait l'arracher, et sa beauté
antique et florissante, son éducation hautaine se mirent
rapidement à lui faire l'effet de n'être que l'expression
magnifique d'une obstination dense, patiente, imperturba-
ble. Elle n'était pas légère, elle n'était pas souple et six
mois de mariage l'avaient amené à constater qu'elle n'était
pas intelligente ; mais cela ne l'empêcherait pas de lui
échapper. Elle l'avait épousé, il lui avait donné sa fortune
et sa réputation (car qui était-elle, après tout ? Jackson
Lemon fut un jour assez en colère pour se poser cette
question, se rappelant que les lady Clara et les lady
Florence poussaient comme du chiendent en Angleterre),
mais elle refusait, dans toute la mesure où cela lui était
possible, d'avoir rien à faire avec son pays à lui. Au
commencement, elle était allée dîner dans toutes les
maisons, mais cela ne l'avait pas satisfaite. Cela avait
vraiment été une chose simple que d'être américain, en ce
sens qu'il ne s'était trouvé personne d'autre à New York
pour faire des difficultés ; c'étaient des sentiments bizarres
de son épouse que les difficultés avaient jailli, et c'était

bien à cause d'eux après tout qu'il l'avait épousée, dans l'idée que c'était un bon tempérament à léguer à sa descendance. Et ce serait indubitablement le cas, dans les années à venir, quand descendance il y aurait ; mais, en attendant, ils entraient en conflit avec le meilleur de tous les héritages : la nationalité de ses enfants éventuels. Lady Barb ne se livrerait à aucune action violente, il pouvait en être raisonnablement assuré. Elle ne retournerait pas en Angleterre sans son consentement ; mais une fois qu'elle y serait retournée, ce serait pour de bon. Il n'avait donc qu'une chose à faire : ne pas la ramener en Angleterre, mais c'était une attitude grosse de difficultés parce qu'il avait bien entendu donné sa parole, d'une certaine façon, tandis qu'elle n'avait donné aucune parole hors de la promesse générale qu'elle avait murmurée à l'autel. Elle était restée dans le général, mais lui était allé dans le particulier ; la rente qu'il avait constituée sur sa tête en était un exemple. C'étaient des difficultés d'un genre qu'il ne pouvait pas affronter de face. Il ne pouvait approcher une côte si incertaine qu'en louvoyant. Il se contenta pour l'heure de dire à lady Barb qu'il lui était très malcommode de quitter New York en ce moment : qu'elle se souvînt qu'ils avaient projeté de partir plus tard. Il ne pouvait pas envisager de la laisser faire cette traversée sans lui, et il était par ailleurs impératif d'expédier sa sœur sans délai. Il se mettrait donc immédiatement en quête d'un chaperon et il donna libre cours à son énervement en exprimant un dégoût considérable pour Herman Longstraw.

Lady Barb ne prit pas la peine d'accuser ce monsieur ; elle se comportait comme quelqu'un qui s'attend depuis longtemps au pire. Elle se contenta de faire observer sèchement, après avoir écouté son mari en silence pendant quelques minutes : « J'aimerais autant qu'elle épouse le docteur Feeder ! »

Le lendemain, Jackson Lemon s'enferma pendant une heure avec lady Agatha, en n'épargnant aucune peine pour lui exposer les raisons qu'elle avait de ne pas s'unir à son Californien. Jackson était gentil, et affectueux ; il l'embrassa, il lui passa le bras autour de la taille, il lui rappela qu'elle et lui étaient les meilleurs amis du monde,

et qu'elle avait toujours été délicieuse avec lui ; par
conséquent, il comptait sur elle. Elle briserait le cœur de sa
mère, elle s'exposerait à être, à juste titre, maudite par son
père, et elle le jetterait, lui Jackson, dans un embarras dont
personne au monde ne pourrait le sortir. Lady Agatha
écouta et pleura, elle lui rendit son baiser avec beaucoup
d'affection, et elle reconnut que son père et sa mère ne
consentiraient jamais à un tel mariage ; et quand il lui
apprit qu'il s'était organisé pour qu'elle embarquât pour
Liverpool le surlendemain, en compagnie de gens charmants, elle l'étreignit de nouveau et l'assura qu'elle ne
pourrait jamais le remercier assez de tout le mal qu'il s'était
donné à cause d'elle. Il se flatta d'avoir réussi à la
convaincre et, d'une certaine façon, à la réconforter et il se
dit avec satisfaction que, quand bien même sa femme en
aurait l'idée, Barberina ne pourrait jamais se préparer du
lundi au mercredi pour prendre le bateau en direction de
son pays natal. Le lendemain matin, lady Agatha ne se
montra pas au petit déjeuner ; mais comme elle se levait
d'ordinaire très tard, son absence ne suscita aucune inquiétude. Elle n'avait pas sonné, et tout le monde considérait
qu'elle dormait encore. Mais il ne lui était jamais arrivé de
dormir plus tard que midi et comme on approchait de cette
heure, sa sœur se rendit dans sa chambre. Lady Barb
découvrit alors qu'elle avait quitté la maison à sept heures
du matin et qu'elle était allée retrouver Herman Longstraw
qui l'attendait au coin de la rue. Une petite lettre laissée sur
la table expliquait tout cela brièvement, interdisant à
Jackson Lemon et à son épouse de douter qu'au moment
où cette nouvelle leur parvenait leur dévoyée de sœur ne
fût unie à l'homme de son choix par des liens aussi serrés
que les lois de l'État de New York pouvaient en nouer. Sa
petite lettre expliquait que, sachant qu'on ne l'autoriserait
jamais à l'épouser, elle s'était résolue à le faire sans
autorisation et que, dès la fin de la cérémonie qui serait des
plus simples, ils prenaient un train pour l'Ouest. Notre
histoire n'est concernée que par les conséquences lointaines de cet événement qui causa évidemment bon nombre
d'ennuis à Jackson Lemon. Il partit pour l'Ouest à la
poursuite des fugitifs et il les rattrapa en Californie ; mais il

n'eut pas le front de les inviter à se séparer car il lui était
facile de constater qu'Herman Longstraw était au moins
aussi bien marié que lui-même. Lady Agatha était déjà
célèbre dans les nouveaux États, où l'histoire de sa fugue
fut colportée, en lettres immenses, par des milliers de
journaux. Cette affaire des journaux avait été pour Jackson
Lemon un des résultats les plus clairs du coup de tête de sa
belle-sœur. Sa première pensée avait été pour eux, et sa
première prière qu'ils ne s'emparent pas de l'histoire. Mais
ils s'en emparèrent bien, et ils la traitèrent avec toute la
vigueur et toute l'énergie qu'on leur connaît. Lady Barb ne
les vit jamais ; mais un ami bien intentionné de la famille,
qui se trouvait en voyage aux États-Unis à ce moment-là,
fit un paquet de quelques-uns des principaux journaux et
les envoya à lord Canterville. Cet envoi fit écrire à lady
Canterville une lettre destinée à Jackson Lemon et qui
ébranla dans ses fondations la position du jeune homme.
Les vases d'une innommable vulgarité s'étaient déversés
sur la maison Canterville et sa belle-mère exigeait qu'en
compensation des affronts et des insultes qui s'accumu-
laient sur sa famille, dans l'affliction et le déshonneur qui
étaient siens, elle pût au moins revoir les traits de son autre
fille. « J'imagine que vous saurez, par pure compassion, ne
pas vous montrer sourd à une telle prière », lui dit lady
Barb ; et quelle que soit ma réticence à prendre acte d'une
deuxième faiblesse chez un homme qui prétendait tellement être fort, il est de mon devoir de rapporter que le
pauvre Jackson, que les journaux avaient effroyablement
fait rougir et qui avait éprouvé une fois de plus, à leur
lecture, toute la force du terrible axiome de Mrs Freer, le
pauvre Jackson se rendit au bureau de la Cunard. Il se dit
après coup que c'était la faute des journaux ; il lui était
insupportable de donner l'impression qu'il était de leur
côté ; ils rendaient bien difficile de soutenir que le pays
n'était pas vulgaire, à un moment où il avait besoin de tous
les arguments. Avant de s'embarquer, lady Barb avait
fermement refusé de fixer d'avance la semaine ou le mois
de leur retour à New York. Bien des semaines et bien des
mois se sont écoulés depuis, et elle ne manifeste aucune
intention de rentrer. Elle ne veut jamais fixer de date. Elle

manque toujours beaucoup à Mrs Vanderdecken qui
continue de faire allusion à elle, de dire qu'elle avait une
superbe ligne d'épaules, mettant rêveusement sa déclara-
tion au passé. Lady Beauchemin et lady Marmaduke sont
très décontenancées : le projet international n'a pas avancé
à leurs yeux.

Jackson Lemon a une maison à Londres et il monte dans
le parc avec sa femme, qui est belle comme le jour et qui, il
y a un an, lui a donné une petite fille dont Jackson scrute
déjà les traits pour savoir s'ils portent la marque de la race ;
mais qu'il l'espère ou le craigne à présent, voilà qui est plus
que ma muse ne m'en a révélé. Il a quelquefois avec lady
Barb des scènes au cours desquelles la marque de la race
apparaît très nettement dans son expression à elle, mais
elles ne se terminent jamais par une visite à la Cunard. Il
est extrêmement agité et ne cesse de voyager en Europe,
mais il en revient assez brusquement, car il ne supporte pas
de rencontrer les Dexter Freer, qui semblent avoir envahi
les endroits les plus agréables du Continent. Il doit les
éviter dans toutes les villes. Sidney Feeder lui en veut
beaucoup : il y a des mois que Jackson ne lui a pas envoyé
de « résultats ». Cet excellent garçon va souvent rendre
visite à Mrs Lemon pour lui apporter quelque consolation,
mais il n'a pas encore réussi à répondre à la question qu'elle
se pose tout le temps : « Pourquoi cette fille-là plutôt
qu'une autre ? » Lady Agatha Longstraw et son mari sont
arrivés en Angleterre il y a un an, et la personnalité de
Mr Longstraw lui a valu un immense succès dans la capitale
au cours de la dernière saison. On ne sait pas exactement
de quoi ils vivent, bien que l'on sache parfaitement qu'il est
à la recherche de quelque chose à faire. En attendant, il est
pratiquement de notoriété publique que c'est Jackson
Lemon qui les entretient.

Table

IMPRIMERIE BUSSIÈRE À SAINT-AMAND (CHER)
DÉPÔT LÉGAL : SEPTEMBRE 1991. N° 13348 (1739)

Du même auteur

Retour à Florence et autres nouvelles d'Italie
Compagnons de voyage, Retour à Florence
La Différence, 1983

Nouvelles
La Leçon du maître, Greville Fane, Le Fonds Coxon,
La Prochaine Fois, L'Image dans le tapis
L'Équinoxe, 1984
Paru au Seuil sous le titre :
La Leçon du maître et autres nouvelles
coll. « Points Roman », n° 213

Singulières jeunes filles
Pandora, Les Vraies Raisons de Georgina,
Lady Barberina
L'Équinoxe, 1984

La Revanche
Les Mariages, La Revanche, Le Départ,
Le Holbein de Lady Beldonald
Balland, 1985
Seuil, coll. « Points Roman », n° 255

Le Menteur
Le Menteur, La Patagonie, Le Faux Bijou
L'Histoire dans l'histoire
Lattès, 1987

La Madone de l'avenir
et Le Premier Amour d'Eugène Pickering
Chimères, 1990

Œuvres complètes de Henry James
1. Nouvelles 1864-1875
La Différence, 1990

Owen Windgrave
Owen Windgrave, Sir Dominik Ferrand,
La Vie privée, Le Coin plaisant
Rivages, 1991